極道記者

塩崎利雄
Shiozaki Toshio

文芸社文庫

目次

真夜中の鉄火場

1

「今夜の俺《おれ》はどうかしてるぜ……無駄自模《ツモ》が一枚もねえってんだから、笑いがとまらねえ……」

バタッと牌《パイ》を倒したノミ屋の梅原が、黄色い歯を出してニッと笑った。

東の二局で親満を自模あがりして、慎重に打っていた〝遊び人〟の山健が五順目で気なしに振った三索《ソー》が、梅原の闇《やみ》テン満貫にぶち当たり、トップがひっくり返ってしまった。

「出どころ最高よ！　直撃じゃなきゃあ、逆転できなかったところだ……」

嬉《うれ》しそうに点棒を数える梅原。

逆に山健は、豆腐を食べていて釘《くぎ》を噛《か》み当てたような顔。

尻《しり》のポケットから、めっきり薄くなった万札を出し、鉄火場風にサクサクと数えたあと卓の上に叩《たた》きつけ、

「やめた、やめた、こんなクマ連中を相手にしてたら、それこそケツケバだ……」

ふんぎりをつけたように、勢いよく立ちあがり、カーテンの奥に声を掛けた。

「オイ！　誰《だれ》か入ってくれよ……」

だが、反応はまるでない。

山健のチンマイ（一人沈み）だから、ノミ屋の梅原もバーテンの郷原も、〈やめたってかまやしない……〉てな顔で、ゆっくりタバコをふかしてる。

〈もう半チャンやると、調教に行くのにいい時間なんだが……〉

松崎は、年代モンの柱時計をチラッと見た。

午前三時を少し回っている。

梅原のバカヅキに、ひっかき回され六回やってトップが一回しかない。

豚のケンカ（トントン）で、もう少しやりたい気もあった。

雀荘《ジャン》のオバちゃんは、とっくに二階へ引っこんで寝ちゃってる。

「こっちだって熱くやめられねえよ……ひでえもんだよ、もう十万ぐらい溶けてる……」

カーテンから顔を覗《のぞ》かせた、通称〝べしゃりの欣治〟が渋い面を作ってる。

サイコロが、どんぶりの中で踊ってる音がしている。

「またゾロ目かよ、いいかげんにしてくれよなホントにヨオ……」

悲鳴に近いテキ屋の梶山の声。

板前のタクさんの長い親が続いているらしい。

「かったるくって麻雀なんか、もうやってられねえよ。みんなでチンチロやりゃあいいじゃん……」

欣治が誘いをかけている。

人数が増えれば、ツキも変わって逆転できるかも知れないと踏んでいるのだろう。

「ヤだね……懐の薄べったいのが、二人も三人もいるチンチロなんか、水のない川で泳ぐようなもんだ。金太郎のオモチャじゃないが、マタカリ、マタカリじゃあ、やってらんねえよ」

と梅原。麻雀で二十五、六万浮いているから、満腹になってる。

「こじっかりした野郎だぜ……。テメエの得意種目しか手を出さねえんだからヨオ……空気を売ってるドリンク屋（ノミ屋）らしいぜ……」

顎《あご》をしゃくって罵《ののし》る山健。

ニヒルが売り物だが、今夜は虫のいどころが悪いのか、かなりメッチになってる。

四、五年前までは、関西に隠然たる勢力を持つY組の構成員で、福原あたりでは、いい顔だったらしいが、盃《さかずき》を交した兄貴分の男が、シャブ（覚醒《かくせい》剤）中毒で「破門」になったのを潮時に足を洗い、品川《しながわ》に流れてきた。
女好きのする渋い男前で、常に三、四人の女を抱えており〝ねぐら〟もまちまち。女を泣かして食っているいい身分である。

「一時間ばかり振るか……」

山健が、のそっと立ち上がった。

ガミ分をチンチロリンで、取り戻す肚《はら》らしい。

松崎も、五時半から始まる調教に行くには時間が中途半端であった。なまじ少し眠ると、サボリたくなる恐れもあった。

「俺も嫌いじゃないね……飛び込み自殺しそうな嫌な予感がするんだけど……ヨ……」

松崎は、座ったまま椅子《いす》から立とうとしない梅原と郷原に、軽くウインク。山健の後から、カーテンをめくった。

チンチロ組に合流したのは、結局、山健と松崎の二人だけ。

腹の一杯になった梅原と、日当の出た郷原は意志堅く観戦に回った。

夜中の三時過ぎ。いい年こいた男が、五人も六人も目を血走らせてサイコロの目を追う格好は、あんまりいいもんじゃあないが、親で〝一、二、三〟（倍付け）をひと振りすれば三、四万の金が、羽生えて飛んじゃうから、指先が硬くなるのも無理はない。

そこで奇跡が起こった。

親でジリ貧。子で張り駒《こま》を増やすと親に〝四、五、六〟の倍取りをやられ、あっという間に残り金のなくなった山健が、観戦組の郷原から三万借りてやった最後の親。それも、二度振って絵にならず（目にならない）一総ヅケで親潰《つぶ》れ寸前の三回目。

〝勝手にしやがれ〟

と勢いよく振った三個の賽（サイ）。その二つが先に止まって〝三〟と〝三〟。もう一つの賽が、ゆっくりとどんぶりの底に舞い落ちてきて、赤い〝一〟の目を天井に向けかけたが、どう気が変わったのか、コロッと倒れて〝三〟が出た。

〝三〟のゾロ目で親のカッパキである。

「ヒエー」

だの、

「チッ、チッ」

だの、

「喜ばせやがって……」

とタクさんや欣治が呻《うめ》く。

ザクッと金が、山健のアグラをかいた膝元《ひざもと》に掻《か》き集まった。

〈子で儲《もう》けようと思うな〉

松崎が、ガキの頃から手を染めたチンチロリンの勝負で、肌で知った鉄則である。

だから、松崎はどんなに荒っぽい場になっても、大張りしない。

親でツカなければ、駄目な博奕《ばくち》なのである。

それからが、驚きの連続だった。

〝四、五、六〟。六ゾロ。三ゾロ。六ゾロ。ピンゾロ（5倍）、ごていねいに、また〝四、五、六〟と振り出しに戻って六回連続、親のカッパキで子に一度も賽を振らせない。

そこで欣治がパンクした。

梶山もタクさんも、駒を増やしてノッペしていたから、いっぺんに疲れが出たような虚《うつ》ろな目になった。

一万円ずつ張っていたから、十二万の金が、僅《わず》か一分足らずのうちに消えてしまってる。

松崎は、被害が少ない。千円張ったり二千円にしたり、ピンゾロの時は嫌な予感がして、ケン（見）していたから、一万円もやられていない。

こういう場面での松崎の勘は、自分でも不思議なくらい鋭いものがあった。

両親を早くに失って、小学校に上がる前に、おふくろの弟にあたる叔父さんに預けられたが、この叔父さんが、博奕の世界では〝役者・政〟と異名をとった男で、札を持たせりゃ、日本で三本の指に入ると噂《うわさ》された男だった。

電車の中でも、六枚の札を、親指で器用に操り、順送りに札を動かしていたのを、不思議に思ったことのある松崎だった。

ホンビキで胴師をつとめることの多かった叔父は、ヒマさえあれば、六枚の札を肌身離さず持ち歩き、絶えず〝かいくり〟をしていた。

そんな叔父と暮らしているうちに、いつのまにか松崎も、賭《か》けごとに対して遊びと楽しみだけではない、厳しさというものを教えられた。

ベーゴマ、メンコ、ビー玉など、賭けて遊ぶことにかけては、同級生はおろか、年上の連中も舌を巻くほど強く〝戦利品〟を箱に入れ切れないくらい集めては満足していた。

四国、九州といった地方の鉄火場へ、胴師として呼ばれて行くことの多かった叔父は、しょっ中、家を留守にした。そんな環境が、いい方へ走らせるわけがなかった。

高校へ進学する頃は、品川のチンピラたちに一目置かれる存在になっていた。先輩だろうが、地元の筋モンだろうが、相手構わず喧嘩《けんか》を買う松崎の無鉄砲ぶりは、しばしば叔父の耳にも伝わった。

しかし、叔父は、夜遅くソッと玄関を開けて家に帰ってくる松崎に、

「体だけは気をつけろよ」

と寝床の中から静かに言うだけであった。

その気になって繁華街を肩で風切って歩いていた松崎も、この言葉には弱く、

「……うん……」

と頷《うなず》いて、素早く蒲団《ふとん》にもぐりこむしかなかった。

何度か停学をくいながらも、不思議と卒業できた松崎は、東洋スポーツに就職した。新聞記者というラクそうに見える生活が、なんとなく性《しょう》に合っているような気がしたからだった。

中でも、ギャンブル部に惹《ひ》かれた。しつこいくらい会社に願い出て、競馬担当記者として配属された時、首になるような事件は引き起こさぬよう心に誓ったものだ。

「凄《すご》い親だね……。ヒョットコのたき火だぜ……。ケンしててよかったぜ……」

と側（がわ）の梅原がチャチを入れたが、山健はニコリともしない。

チンチロなんて、最後の千円から、勝負がデングリがえることを百も承知だからだ。

このすさまじいまでの親のツキも、最後のひと振り、それも一度決まりかけた〝一〟の目がコロッと〝三〟になったのがきっかけ。

〈勢いのついた駒は、常識の通用しない〝目〟を出していくもんだ〉

松崎は、調教に行く時間が、迫ってきたことを理由に、勝負を諦《あきら》め、雀荘から出た。ブルッとするほど、夜明けは寒かった。

品川から京浜急行で二つ目の駅が『新馬場《しんばんば》』だ。

ほんの少し前までは、ドブ川になった目黒《めぐろ》川を挟んで、北馬場と南馬場にわかれていたが、高架して統一された駅だ。

北馬場商店街には、路地がいくつもあって、路地ごとに小さなスナックやバー、赤提灯《ちょうちん》が軒をならべていた。

だが、さすがに明け方の通りには人影はなかった。裏通りを走る牛乳配達の自転車を止める音が聞こえてくるだけだ。

眠気はなかったが、松崎は体のだるさを覚えていた。夜っぴいてやったわりに、懐は潤っていなかった。府中《ふちゅう》までの車代がやっと浮いたにすぎない。

〈調教がなけりゃ、競馬記者も楽な稼業なのだが……〉

空車がなかなかこないもどかしさに松崎は目と鼻の近さにあるアパートに帰ってひと眠りしたい誘惑にかられていた。

天皇賞の追い切りは、すでに始まっていたが、松崎はタクシーから降りると真っすぐにジョッキーたちのたむろする『小天狗《てんぐ》』へ向かった。

馬たちの走る動き、気配などを見ても、何の役にも立たないことを、僅か四年足らずのうちに思い知らされていた。

もちろん、調教タイムは、馬券を買う上での一つの要素にはなると考えてはいたが、決して決め手にはならないと——。

それでも松崎は、記者になりたてのころは一頭たりともみのがさない覚悟で双眼鏡とストップウォッチ、そしてゼッケン番号表を体から離すことなく調教開始前からスタンドの記者席に陣取って、目を凝らしたものだ。しかし、日ごとにその作業が無駄な努力に思われてきた。

アテにならないのである。

(冗談じゃあないぜ……、百メートルも遠く離れたところから双眼鏡で見て、馬の良し悪しがわかってたまるかい……。俺っちたちは、朝から晩まで米櫃《こめびつ》(馬)と暮らしてんだぜ……。それでも、今度のレースで走ってくれるかどうか半信半疑なんだ。二年も三年も一緒に、カカアより付き合う時間の長いテメエの馬でさえだ。それが、ひと月に一度か二度、チョロッと眺める連中にわかってたまるか……)

ある時、東府中の小さなスナックで隣り合わせたきゅう務員の言葉は、妙に生々しく迫力があった。

競馬の上っ面だけをかじって知った風な気になっていた松崎には、その五十がらみ

のきゅう務員が言う、

（同じ競馬でメシ食ってるったってなァ、ブン屋なんてのは、しょせんはラチの外にいる人間よ。評論家も同じだ。言葉の遊びにしかすぎねえのサ……）

そのセリフに返す言葉はなかった。

競馬欄の紙面拡充にともなって、ギャンブル部に三人の若い記者が配属されたのを機に、松崎はストップウォッチを手にしなくていい、聞き込み取材に回してもらった。

調教師や、ジョッキー、きゅう務員たちからコメントを集める仕事だ。

それも、最初のうちは、

（どこの野郎だ……）

てな顔をされ、つっけんどんな話しか聞けなかったが、機会さえあればジョッキーたちと飲み歩くうちに、だんだん気を許してくれるジョッキーも増え、それの紹介でどんどん取材できる対象の範囲が広がっていった。

二軒飲みにいけば、一軒は必ず勘定を払う松崎に彼らは悪い印象は持っていないようだった。

一晩で二、三十万の浮き沈みがある麻雀やチンチロリンをしょっちゅうやっていると、彼らが出入りする銀座《ぎんざ》や六本木《ろっぽんぎ》のクラブの高い勘定も、さして苦痛ではなかった。

浅黒い顔で、どことなく遊び人の雰囲気を漂わせている松崎を、

（きっぷのいい風変わりなブン屋）

として受けとめているようでもあった。

2

派手な色彩のウインドブレーカーを着たジョッキーたちが、忙しそうに馬から乗り降りしていた。

『小天狗』から出てきたジョッキーが松崎をチラッと見て、手で合図した。タイホウヒーローの小島太だった。

『目黒記念』を勝ち、先週の日曜日にも三勝を上げた小島太は、軽い足どりで松崎の傍にくると、

「弱った魚は目を見りゃあわかるっていうけど、松さんのは鰯《いわし》の腐った目だね、それは……」

悪タレをついたあと、

「うまやに寄ってから帰るけど、朝メシでも食いにこないか……」

と誘って軽くウインク。馬道《うまみち》の入り口で待ってた馬の上へサッとまたがった。

調教は、冬時間のため、午前九時過ぎに終わる。土曜日と日曜日の特別レースに出

走する馬のジョッキーから、体調なり、作戦めいたものや、自信のあるなしを、他社の記者連中と一緒に訊《き》き回ったりしているうちに、あっという間に時間が過ぎてしまう。

強気に〝勝てる〟というジョッキーもいれば、〝相手が強い〟と泣きを入れるジョッキーもいる。

だが、たいがいは〝具合はいいけど……〟とか、〝この間よりはいいと思う……〟〝調子はいいんだが、距離的にどうかな……〟といった、どっちにも取れる漠然としたニュアンスで、お茶を濁す話が多い。

腹の中では、絶対に五着も無理と考えているのに、

〝いらないから買うなよ〟

なんて言うことはまずない。

松崎が築地本願寺《つきじほんがんじ》の傍にある社に上がって、原稿を書き、デスクに渡すと、それを見ていたように電話がかかってきた。

「いい盆が立つぜ今晩。ネス（素人）ばっかりのオイシイ、ホンビキがよ……」

原田の弾んだ声がビンビンする。ゆうべ、品川の雀荘『ロン』へ顔を出さなかったのは、そっちへデバ（出張）っていたからだという。

原田も遊び人の山健と同じで、生まれてこのかた、給料など貰《もら》ったことのない人間。

小田原の特別少年院で〝兄弟分〟の盃をかわしたという石峰のツテで、テキ屋稼業をしたこともあるが、すぐに飽きがきて、今ではソープ嬢の若葉ちゃんのヒモでブラブラしてる。

大のファンだという菅原文太にそっくり。ケンカは強いが、バクチはからきし駄目で、自称は〝渡世人〟だが、仲間うちでは〝くすぶりの原ちゃん〟と陰で呼ぶ奴もいる。

高輪《たかなわ》のゴルフ練習場と向き合っている船員病院の裏にあるマンションの五階で、夜の十時から開帳するから、どっかで待ち合わせようという原田に、北品川のスナック『潤』の名を言って、松崎は社を出た。

東映の藤純子が演じる〝お竜さん〟が、チョクチョク胴師で登場するのが手本引だ。

ホンビキは関西が本場で、手ホンビキと賽（サイ）ホンビキがあるが、張り方とウカった時のつけ方が複雑で、素人同士には向かない勝負だ。れっきとした博徒の常盆でも、テラ銭の回収が早く、簡単で誰にでもできるアトサキ（バッタまき）か、バカラをやるのが普通だ。

しかし、手本引を覚えると、これほど面白く、神経をすり減らす勝負もない。

胴師が、次にどの目を出してくるか、

「入ります……」

と言ってから、紙下（かみした）に札が収まるまで、胴師の表情と動きを〝読む〟緊張感は、やったものでなければわからないものだ。松崎は、小学校に入る前から、普通の花札と、絵柄の違う六枚ひと組の張り札を知っていた。

胴師だった叔父が、古くなった札をメンコがわりにくれたのだが、何かとても大事なもののような気がして、机の中にしまい、時おり取り出しては、意味もなく並べて遊んだことを覚えていた。

原田と、その〝場〟が開かれているというマンションのドアを叩くと、小さな覗き窓から、目が二つ、用心深く外の気配をうかがい、原田の顔を認めてから、ガチャリと鍵《かぎ》を開ける音がした。

もう始まっていた。

白いシーツを盆布がわりに、十人近い人間が、その周りにへばりついていた。

白い盆布の敷かれた八畳の日本間の奥に洋間があって、そこに三人の屈強な男がいた。

その真ん中にどっしりと胡座《あぐら》をかいた四十がらみの男が、

「オウ……ようきたな……」

と鋭い目をフッと和ませ、原田に声をかけた。

「自分のダチですわ……軽く遊ばしてもらいますわ」

顔見知りの胴元らしい男に松崎を紹介すると、サッサと手近の縦盆に胡座をかいて座った原田。

ドアのところでシキテンを切っていた若い衆が差し出す、二組の張り札の一組を松崎に手渡しながら、

「あれが、芳田さんだ」

と小声でささやいた。五反田《ごたんだ》周辺では、かなりの顔役らしいことは松崎も知っていた。

横盆中央に座っている胴師が、横島という名の芳田の兄弟分だということは、くる途中の車の中で聞いていた。

ちょうどひと勝負がおわって、白いダボを着た合力のツケヒキがすんだところである。

胴師の前の盆布には、一から六までの数字が記されたモク札が横一列に並べられている。それは左から一、三、二、五、六、四の順で並んでいた。ネを引いて（前回と同じ目数）いなければ、その順序で胴師が、目を出していったことを示している。

「さあ、次いきましょう」

「さあ、手をおろしてください」

「さあ、張って」

いかにも渡世の荒波をくぐり抜けてきたという雰囲気を漂わせる胴師の横島が、六枚の引き札を隠し持った右手を左肩に羽織った濃紺の半纏《はんてん》の陰へ入れると、合力が客をうながし始めた。

松崎は、隣に座る原田の頭ごしに、客の顔と風体をさりげなく見回した。

原田の言った通り、客は博奕好きの旦那《だんな》衆が大半で、遊び人らしく装っている者も二人ほどいたが、半グレの域を出ない小者だった。

合力の声にせかされ、首をかしげたり小声でブツブツ呟《つぶや》きながら張り札をおろし始める客もいれば、胴師の表情と右手の操りぐあいをみのがすまいと、じっと目をこらす者もいる。

「さあ、入りました」

胴師が繰り終えた引き札を、厚い布地でできた紙下にはさみ、盆布の上に置いた。

頭のハゲた商店街の親爺《おやじ》さんといった格好の男は、六枚のうち二枚を見切って下におき、残りの四枚をチャキチャキとツイて〝ヤグラ〟のように伏せて並べた。

張り方には、四枚張り、三枚張り、二枚張り、一枚張りがある。

だが、四枚張りにもソーダイ、キツウケ、安ウケの三種類があり、三枚張りにはクイチ、六三ピン、ヤマポン、二枚張りにはグニ張り、ケッタツ、一枚張りにはスイチといった具合にいろんな張り方がある。タマ（銭）の置き場所と、ウカった札の位置で、胴元からツケてくる倍率がそれぞれ違う複雑な博奕である。素人の客などは、全部知ってるわけではない。だから、素早く間違いなくツケヒキのできる合力の〝腕〟が絶対に必要なのである。

たいがいの客は、危険率の少ない四枚張りで、もっとも率の高い〝大〟（てっぺんに並べた札）でウカっても1・2倍の安ウケに張っていたが、側（がわ）の中には取られ続けて熱くなったのか、二枚の札を縦におき、その真ん中にタマを置くグニ張りをしたのもいる。上の札でウカれば2・6倍、下の札でウカれば張り金の1・0倍がもらえるが、二枚ともスベれば胴の銭になってしまう荒っぽい張り方だ。

よほど胴の出す目を読み切った自信のある者か、ヤケになってる者しかやらない張り方だが、目が血走っているところをみると、後者にちがいない。

原田は、四枚張りのキツウケに三万張った。

松崎は、ウス（六、二、一）とアツ（三、四、五）を交互に出している胴師の前のモク札に素直に従って、左下の〝ツノ〟（0・2倍、払い）にネの四を置き、右下の〝トマリ〟（0・2倍、取り）に六、真ん中の〝中〟（0・6倍、取り）に一、一番上の〝大〟（1・2倍、取り）に二を置き安ウケで十万張った。

深く読みすぎると、テンコシャンコに張りかねず、胴師の思う壺《つぼ》にはまる――。叔父の〝役者・政〟が教えてくれた鉄則だ。

「できました」

「しょうぶ」

「しょーうぶ」

合力のサビのきいた声に、ザワついていた側（がわ）が急に静かになった。

客の目が胴師の、フシくれだった太い指の動きに注がれる。

緩慢な動きで、その手が横一列に並んだ六枚のモク札から〝二〟の札を拾って、右の端へ送り、ピチッと並べた。そして、おもむろに紙下をひらき重ねられた六枚の引き札の一番上にある札をみせる。〝二〟の数字を抽象化した図柄の引き札が表れている。

左手の中に残した〝二〟の札を松崎にチラッと見せ、張った四枚の札を盆布の上から拾ってる原田。

松崎は〝大〟でウカっているのを知っているが、一応、作法どおり率の低いツノ、トマリ、中の順で起こしていき、最後に〝大〟の〝二〟の札を起こした。

ツケヒキを始めた合力が、無表情に十万の束一つと、横に半分に折った一万円札を二枚、松崎の張り札の脇《わき》にツケた。

〈やるじゃんか……〉

手ホンビキを松崎が得意としていることを百も承知の原田だが、初手からいきなり十二万も胴から取った勘のよさに、改めて感心したような顔をしている。

小一時間、張ったところで胴師が交代した。奥の洋間に控えていた角刈りの四角い顔の男が、上着を脱いで、横盆中央に正座して座ったのを機に、松崎は原田の尻を突っつき、帰りをうながした。
四十五、六万浮いていた。原田も、テンにバタバタとカッツベって二十ばかり走っていたが、松崎に乗り出してから調子ヅイて、十万ばかりプラスになっていた。
〈もう、帰るのかよ……〉

一瞬、未練気な目をしたが、諦めたように立ち上がった。

「どうも、お疲れさんでした」

ニキビ面の若い衆が、洋間の芳田から渡された白い紙で包んだ〝足代〟を二つ持ってきたが、「芳田さん、少し浮からせてもらいましたから、若い衆のカイワキ（小遣い）に……」と、いいところを見せた原田。格好をつけるのが大好きな悪い癖がある。

「ウーサブ。やけに冷えるなア、気持ちのいいお風呂でも行くかい……」

マンションから表通りに出るなり、寒くてたまらんといった風に体を小刻みに震わせた原田。

「若葉ちゃんに、またドヤされるんじゃねえのか」

「大丈夫だってェ、奴《やつ》の店なんか行きゃあしねえし、奴ァ、今晩、遅番だから、三時過ぎになんなくっちゃ帰ってきやしねェ……。この時間なら楽勝に間に合うし、それに、いいのがいるんだよ……ホラ、三、四日前にそっちと『姫太郎』に行った時だよ……知ってる女が休みだ、予約だでいねえもんだから、いいの頼むぞってマネジャーにいったら、これがハクイスケだよ。しかもだ……アレが抜群……」

「予約してなきゃ、すぐ入れねえだろ。一時間も待つのはいやだぜ」

「ヘッヘッ。そんなこったろうと、ちゃんと十一時半から三十分刻みで別々の名で予約しといたんだ。ホンビキじゃあそっちにはかなわないが、こういうことは先が見えるんだ」

話は決まったとばかり、タクシーを停《と》める原田。

〈まあ、久しぶりにオイシイ博奕をやったし、行くか……〉

十五で童貞をなくしてから、女に不自由したことの一日たりともない松崎だが、ソープへ行こうと誘われて断った記憶は一度もなかった。

付き合ってる女には〝いい仕事〟をしなければならないが、ソープなら〝アナタ任せ〟でよかったし、ひょんなことから〝後援会〟のメンバーになってくれる可能性もある。

真珠四つ入りの原田と違って、松崎のは人工加工ナシの本物。テイタニヤにみせたら、泣き出しちゃうんじゃないかと心配するくらい。しかも、カリ首のエラがぐっと張っているうえに鋼もつらぬきかねないほど硬い。ちょっとこれはオーバーだが、競馬記者を首になったら〝竿師《さお》〟になっても食っていけそうな気がしていた。

車は六郷《ろくごう》大橋を渡りかけていた。

3

〈くすぶってやがるなあ……まったく……下がっちゃ怖いよ、柳のオバケ……か〉

双眼鏡をゴンドラの記者席から、馬場の中へ叩きつけてやりたいような衝動に松崎は駆られていた。

朝の1レースから軽いジャブのつもりで買い出した馬券がカスリもしない。ここらで一発当てて、ガミ分を取り返しておかないとまずい……と勝負に出た6レースの『さざんか賞』。

ラッキールーラとサクラトップの⑥―⑧3・2倍に二十万一点で張りこんだのが凶と出てパー。

カーッと熱くなって7レース、一番人気のサクラリバーを見切って、タッヒサ＝ソロナハードの⑦―⑧に十万ぶちこんだら、これが絵に書いたような一着、三着。8レースもハズして、木曜日の夜にホンビキで稼いだ四十数万と、持ってた銭、合わせて

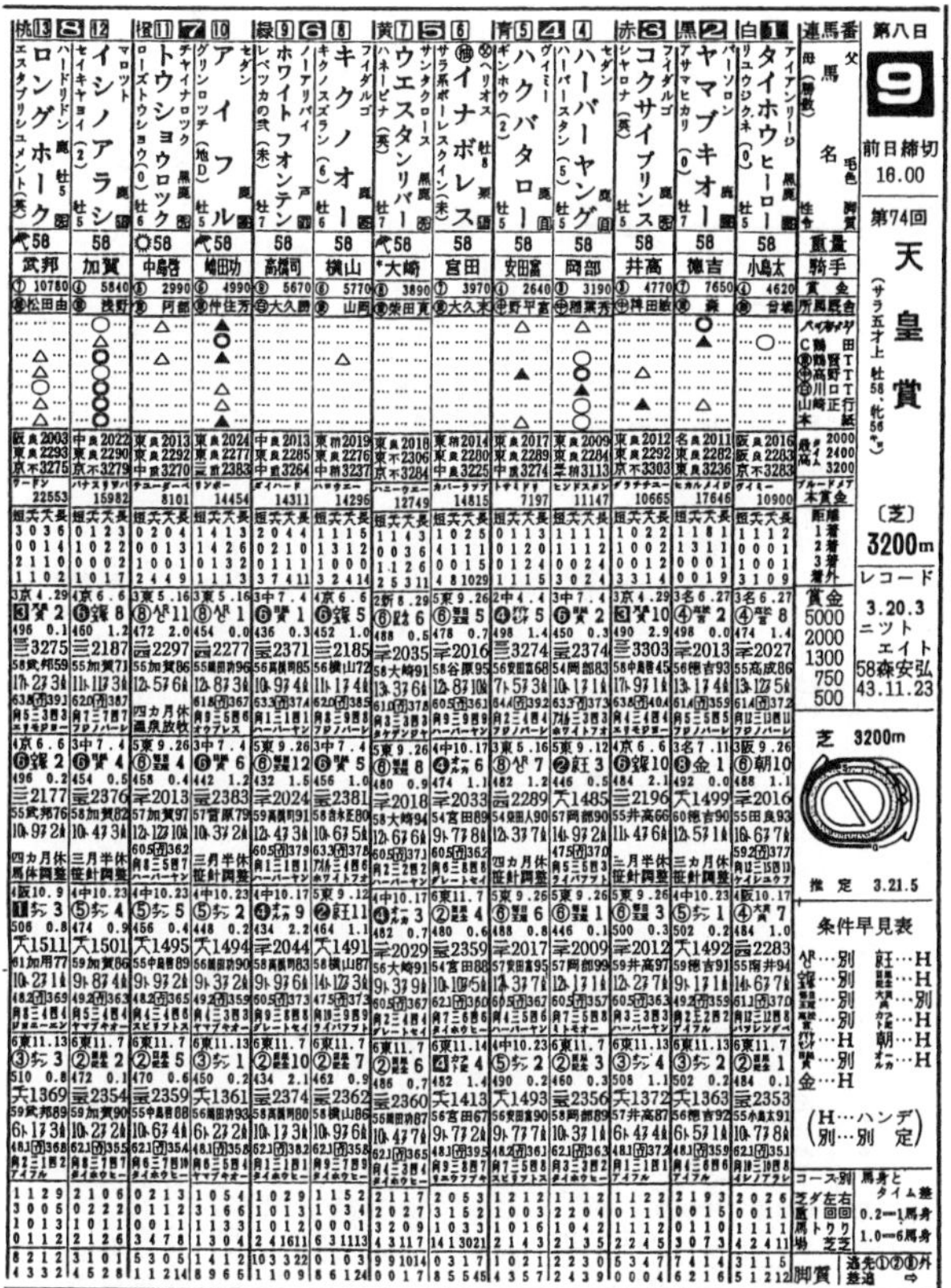
第八日 9 前日締切 16.00

第74回 天皇賞（サラ五才上 牡58、牝56キロ）〔芝〕3200m

レコード 3.20.3 ニットエイト 58森安弘 43.11.23

賞金 5000 2000 1300 750 500

推定 3.21.5

枠	馬番	馬名	父	母	性齢	重量	騎手	賞金	所属厩舎
白1	1	タイホウヒーロー	アイアンリージ	リュウジクネ(0)	牡5	58	小島太	4620	[illegible]
黒2	2	ヤマブキオー	バーソロン	アサマヒカリ(0)	牡7	58	徳吉	7650	森
赤3	3	コクサイプリンス	フイダルゴ	シャロナ(英)	牡5	58	井高	4770	稗田敏
青4	4	ハーバーヤング	セダン	ハーバースタン(5)	牡5	58	岡部	3190	稲葉秀
青4	5	ハクバタロー	ヴイミー	ギンホウ(2)	牡5	58	安田富	2640	野平富
黄5	6	イナボレス	ヘリオス	サラ系ボーレスクイン(未)	牡8	58	宮田	3970	大久末
黄5	7	ウエスタンリバー	サンタクロース	ハネービナ(英)	牡7	58	*大崎	3890	柴田寛
緑6	8	キクノオー	フイダルゴ	キクノスズラン(6)	牡6	58	横山	5770	山岡
緑6	9	ホワイトフオンテン	ノーアリバイ	レベッカの弐(未)	牡7	58	高橋司	5670	大久勝
橙7	10	アイフル	セダン	グリンロッチ(地D)	牡5	58	嶋田功	4990	仲住芳
橙7	11	トウショウロック	チャイナロック	ローズトウショウ(0)	牡6	58	中島啓	2990	阿部
桃8	12	イシノアラシ	マロット	セイキヤヨイ(2)	牡5	58	加賀	5840	浅野
桃8	13	ロングホーク	ハードリドン	エスタブリシュメント(英)	牡5	58	武邦	10780	松田由

条件早見表

(H…ハンデ 別…別定)

七十万近いタネ銭が天皇賞の前に、半分に減ってしまった。

朝、競馬場へくる前は、ハーバーヤングからアイフルの④－⑦を本線に、イシノアラシとロングホークが同居した⑧枠への④－⑧を元取りに買うつもりだったのが、急に気がぐらついて④－⑧勝負の⑦－⑧押えに変えてしまった。

縦目をくらって、目の前が真っ暗になった松崎。

メシ代に残しておいた二万円で最終レース、⑦枠のサツキセブンから②－⑦、⑥－⑦の二点を買ったら、サツキセブンが発走除外。アワをくって、馬券売り場へ走って、②－⑥に打ち替えてもらったら、なんとサツキセブンの代用ファーザークインが一着で飛び込んで②－⑦四千八百三十円とウソみたいな話。

松崎のポケットには、百円玉が三つと十円玉が二つしかない。

「バカくせえ……なーんじゃい、これは……」

◇9R　第74回天皇賞
（五歳上オープン　別定・3200ｍ芝　良）

1	△	❼	⑪	アイフル	58	嶋田功	3.20.6		452	4人	東京仲住芳
2	○	❹	④	ハーバーヤング	58	岡部	3.20.9	1¾	458	3人	中山稲葉秀
3	△	❽	⑬	ロングホーク	58	武邦	3.21.0	½	502	2人	東京松田由
4	△	❻	⑧	キクノオー	58	横山	3.21.9	6	466	8人	東京山岡
5	◎	❽	⑫	イシノアラシ	58	加賀	3.21.9	N	470	1人	東京浅野
6	▲	❹	⑤	ハクバタロー	58	安田富	3.22.3	2½	496	9人	中山野平富
7		❼	⑪	トウシヨウロツク	58	中島啓	3.22.5	1¼	474	10人	東京阿部
8		❷	②	ヤマブキオー	58	徳吉	3.22.5	Nt	502	7人	東京森
9		❶	①	タイホウヒーロー	58	小島太	3.23.3	5	486	6人	東京曽場
10		❸	③	コクサイプリンス	58	井高	3.23.5	¾	504	5人	中山稗田敏
11		❺	⑦	ウエスタンリバー	58	大崎	3.23.6	½	488	12人	東京柴田寛
12		❺	⑥	イナボレス	58	宮田	3.25.8	大差	488	13人	東京大久保末
13		❻	⑨	ホワイトフオンテン	58	高橋司	3.32.4	大差	442	11人	白井大久保勝

単 820円　複 230円　190円　180円　連❹－❼1130円④

五百円札一枚をヒラヒラさせて、隣に座ってる吉田キャップが顔をしかめる。

松崎の先輩だが、馬券の下手さかげんでは、どっちもどっちものいい勝負だ。

「もう、こんりんざい馬券はやめた。やってられねえよ……」

「へっへっへ。キャップのヤメタは毎週だ。まあ、お天道様が西から上がるようなことがあっても、キャップが馬券を買わない日はないだろうな……」

日刊スポーツの福内が原稿書いてた手を休めて笑った。

「因果な商売だなァ。裸の女が、目の前でベッドで寝ているのに、抱いちゃいけないってのと同じだもんなあ……。やっぱり、やめられねえよ」

松崎がそう言うと、

「ナアー。俺もそう思うよ」

とアッサリうなずいた吉田キャップ。

「松やん……早く帰ろ。こんなおそろしいところ一分だっていたくはねえや……」

じゃあね……と、他社の連中に声をかけ、廊下に出た。

「これから社に上がって原稿を書くのかと思うとウンザリするな。仕事ブン投げてソープでも行きてえ心境だ」

ゴンドラから四階へ下りる階段を、面倒くさそうに歩きながら、松崎の方を振り返るキャップ。

松崎も全く同感だった。

ズシリと胸ポケットをふくらませていた、あの万札の束は、跡形も残っていない。僅か半日で、メシも食えないチャラ銭に化けてしまったと考えると、さすがに松崎もグッタリしていた。

三か月分の給料をはるかに超える金を、たいした根拠もなく張り流してしまう己の異常さに疑問は持っていたが、

〈今に一発、カマドを起こしてやる……〉

という気も捨て切れなかった。

相手の懐に限りのある小博奕では、大勝ちしたところでタカが知れてるが、馬券で儲け続けるのなら永久的に底はない。それこそ、無限の可能性があるのだ。

小博奕とは違う競馬の魅力というか、魔力がそこにある——。


「天皇賞、バッチリだったね。きょうは儲かったでしょう……」

「顔色がいいね……。何かオゴってよ……」

内勤の連中から声が飛んだ。冴《さ》えない顔して戻ってきた吉田キャップと、松崎の歩き方で、やられたか儲かったか、彼らにはすぐわかるらしい。

官庁や一流商社と違って、さすがにスポーツ新聞の社員らしく、馬券をやらないの

は五人に一人いるかいないかの割合だ。

競馬の前の日など、それこそ、宝のありかが隠されている絵図を見るように、専門紙と首っぴきの連中ばかり。それをたしなめなきゃあならない部長が、率先して専門紙を買いに走るんだから、おしてしるべしだ。

「予想がいくら当たったって、馬券が当たらねえんじゃ、生活は楽にならねえんだなあ……わかる……読者の配当を少しでもよくしてやろうと、わざとハズレ馬券を買うこのせつなさ……」

コートのポケットからチャラ銭をつかみ出して、机の上にブン投げた松崎を（しようがないなあ……）てな顔で内勤の連中が見てる。

「早えとこ片づけて、氷枕《まくら》を抱いて帰るとするか……」

松崎が、重いペンをなんとか動かし原稿用紙を埋めていると、目の前の電話が鳴った。

「ア・タ・シ。今晩きてくれるんでしょう……。なんか元気ないのね。負けちゃったんでしょう?　いくらかあるわよ……慰めてあげるから、早くネ……」

二か月ぐらい前から付き合ってる由紀の甘ッタレた声だった。

大原麗子に似ている小柄な子で、銀座のミニクラブに勤めている。二、三度飲みに行った帰りに誘ったら、喜んでついてきて、その晩にデキてしまった。

麻布の、ちょいとしたマンションに一人で住んでいるから、ドヤ代の心配はないし、案外しっかりしたところがあって、小銭も貯め込んでいるようだった。

「いくらか、あるわよ……」というセリフが、オケラにされた松崎にとって魅力だった。

「軽くそこらでやらねえか……」と酒を飲む真似《まね》をしたキャップに、

「金を作りにいってくるよ。整理部の林から引っ張った二千円じゃあ、動きがとれないから……」

と誘いを断って、松崎は社を出た。

麻布《あざぶ》十番の商店街を通り抜けたところのすぐ左側に由紀のマンションがある。

「外は寒かったでしょう。暖めてあげるから、こっちへいらっしゃい……」

テレビを見ながら、一丁前にブランデーを嗜《な》めていた由紀が、グラスを置いて、松崎の首にかじりついてきた。

「お湯入ってんだろ。まず、競馬場の垢《あか》を落としてからだ」

「アタシも一緒に入る……洗ってあげる……」

初めて由紀のマンションに泊まった晩に、湯船の中でキツく攻めてから、すっかり味を覚えてしまって、一緒に入りたがるようになっていた。

「目をつぶってて……」

さすがに、湯船をまたぐ時、二十歳の娘らしい羞恥心《しゅうち》をみせたが、お湯につかると、もう松崎のモノに手を伸ばし、強く握ったり、つまんだり、しはじめた。

「ワー、こんなに……なってきちゃった……」

硬さと太さを増すのが、うれしくてたまらない……といった感じで、体を寄せてくる。

ホテルのバスよりもはるかに大きい湯船は、二人が入ってもまだ余裕があった。

由紀を後ろ向きにさせ、左手で乳首を弄《もてあそ》びながら、右手で〝花弁〟を開き、腰を浮かすようにして刺し貫いた。

由紀の手が宙を摑《つか》み出した。耐えられない……といった風に、言葉にならない短い声を断続的に出し、小刻みに体を震わせ始めた。

荒れ狂うシケの海のように、湯が弾《はじ》け、波立った。

風呂の中で一回、寝しなに一回。明け方に一回と三度挑まれて、さすがに松崎も、朝起きた時はくたびれていた。

松崎は一ラウンドにタップリと一時間はかける。抜かずの何発などという数の多さを自慢するガキの仕事とは密度の濃さが違う。

しかも、普通の男が、一生かかっても経験できないほど、豊富に女を知っていた。

だから、百戦練磨のソープ嬢が、あれよ、あれよという間に、松崎のペースに乗せられ、

「憎らしい人ねえ。気がいかないように我慢しようと一生懸命考えてるのに、忘れさせちゃうんだから……アーア、もう、きょうは早退したくなっちゃった……」

と、ベッドから、なかなか立ち上がれず、つい本気になってしまった自分を恥ずかしがることが、ばんたび（しばしば）だった。

「きょうも来てくれる？」

出がけに、五万円をジャケットのポケットに入れてくれた由紀が、松崎の腕を摑んで訊いたが、

「こられたらな……夕方、社に電話してくれ……」

松崎は、そっ気なく言って部屋を出た。

なんとか、由紀から貰った五万円で食いつながなければならないから、下手な約束はできない。

月曜日と火曜日が松崎の公休日だった。

調教のある水曜と木曜日だけは、朝が早いだけにキツイが、それ以外の日は遊んでるようなものだった。

〈朝八時半出社の午後五時半退社、それも一日中、会社の机にへばりついていなきゃ

あならない仕事じゃ、三日も続かない……〉

ラフな生き方をしてきた松崎にとって、新聞社の競馬担当記者はピッタリだった。

北品川でタクシーを停め品川女学校の脇にある我が家のアパートへ松崎は三日ぶりに戻った。

家賃は七万と安くはなかったが、新築したばかりで、部屋がきれいだったし、管理人のオバさんが、なにかと面倒をみてくれるので満足していた。

松崎が、一度も女を引っぱり込んだことがなかったのも、管理人の心証をよくしていたようだ。

留守番電話のテープのボタンを押すと、女の声が出てきた。

「紀子だけど……連絡して」

次は原田の、

「『ロン』で麻雀やってるぞ」

とぶっきらぼうな声。

そのあと、何も言わないでプツリと切れた音が聞こえて、

「何時でもいいから電話して……」

とソープ嬢の淳子の声。

最後にノミ屋の梅原から、

「急ぎの話があるんだ。昼間の一時過ぎに『ロン』へきてくれ……」

というのがあった。

紀子とは、もう二年越しの仲。日本橋にある有名なデパートの売り場に勤めている。松崎が最初の〝男〟だった。ソープ嬢の淳子は、松崎の女というより、友達みたいなもので、いざという時、一番たよりになる金脈だった。

松崎は由紀、淳子、紀子の三人とも気に入っていた。連れて歩けば、誰もが振り返るほど三人とも個性的な美人だったし、あっちの具合も最高だった。

紀子には男の征服欲を満たしてくれる可憐《かれん》さがあった。秋吉久美子にセーラー服を着せたような感じ――。

由紀には、男が喜ぶことならなんでもし、自分もまたそうされたいという野性的な魅力があった。

そして二十三歳になる淳子には、いろんな男たちを養分にして完成された、妖《あや》しいまでの女としての美しさがあった。

松崎は、仲間うちの人間が、別の女の存在を暗示するような話をその女たちに言っても、気にしなかった。

三人の女がてんでんに、

〈自分だけを、この人は愛してくれている……。他の女とは、絶対に一緒に寝るよう

な人じゃない……〉

と思い込んでいたからだ。

『ロン』へ電話すると、原田も梅原もいて、すぐに来てくれといった。

ノミ屋殺し

1

まだ陽《ひ》が高い昼過ぎだというのに、渡世人の原田と山健にテキ屋の梶山が、口汚く罵《ののし》り合いながら、三マンをやっていた。

万子《マージャン》（マンズ）の中張牌《ハイ》を省き、一万と九万、そして北と花牌が全部ドラになる鉄火場麻雀だ。

そのドラ牌は、自模《ツモ》ると同時に曝《さら》してリンシャン牌から、もう一回自模るから、テンパイが猛烈に早い。三巡か四巡するうちに、七、八回自模ってくる勘定になる。五、六巡目になれば、三人のうち誰《だれ》かしら必ずテンパイしている。

普通の麻雀の一翻役《イーファン》が三点、二翻役が四点だから、すぐに二十点ぐらいの手になる。それを一点五百円でやるから、ツカない時は、あっという間に十万円ぐらいの浮き沈みが出る。

　原田が清一色のドラ七つを自模上がりして、うれしそうに点数を数えてる。

「清一色が七点のリーチが三点、自模が一点、場のドラが七つで、十八点……九千円オールだな……」

　一回上がるたんびに、キャッシュで払うから、銭が行ったり来たりする。

「マイッタさんにコマッタさんだよ。もう三十分も、牌を並べてるだけだ。ええところに飛び込んじゃったよ……」

　梶山にいい泣きが入ってる。

「向島の芸者もいい泣きするが、梶やんもヨガルねえ……」

　原田が、おちょくる。

「梅原はどこにいったの……」

　配牌でイーシャンテンになってる山健の手を覗《のぞ》き込みながら、松崎が訊《き》くと、

「奥で金勘定してるよ……今週は、かなり抜け（儲《もう》け）たらしい」

　と奥のカーテンを指さした。

　松崎が、カーテンを引いて入ろうとすると、あわてて伝票をしまいかけた梅原。電卓が傍《そば》に置いてある。松崎だとわかると、しまいかけた伝票の束をまた広げて、封筒に一つ一つ入れている。

「凄《すご》いじゃん……客が三十人ぐらいいそうだね。一人平均、週に五万負けたとして百五十万、月に六百万か……そんなに銭を儲けてどうするんだよ」

「そんなにボロく儲かるわけがないよ。最近の客は、こじっかりしてるからハタで考えるほどやられないよ。買い方も巧《うま》くなったし、それに、ちょっと負けがこむと、すぐに待ってくれだろう。タレこまれちゃかなわないから、強く脅かすこともできないし……」

〝儲からないよ〟は梅原の口グセだ。だが、電話番の二人に十五万ずつ。集金役の芦川に二十万、仕事場のマンションの家賃が十万と荒軽費だけでも月に六十万かけているのだから、儲かってないわけがない。

「取れるもんなら、取ってみろ。芦川の坊やが集金にきたりしやがったら、足腰立たねえように、ブチのめしてやる……」

なんて、さんざん負けたあと凄んだり、

「悪い、悪い。あんなに買う気はなかったんだが、つい熱くなって走って……。毎月千円ずつの月賦で払うからヨオ、こらえてくんないかね――」

などといいそうな原田や山健からは、絶対にノマない。商店街の若旦那《だんな》連中か、ちゃんとした会社に勤めてるサラリーマンしか客として相手にしない。

「何だい話ってえのは。金の使い道に困ってるんなら相談に乗るよ。自慢じゃあないが、こちとら、それだけが自慢なんだから……」

「ここじゃ、ちょっとまずいんだよ。『ベラミ』知ってるだろ。すぐ行くから、あそこで待っててくんないか」

三マンをやってる、うるさい連中に聞かれたくないのか、小さな声で梅原が答えた。伝票の入った小さな封筒の束をアタッシェケースの中にしまい、松崎をうながすように見上げた。

「ヨォ、どこ行くんだよ。梶やんがもうネカナシなんだってよ。メンチョウ（帳面）の三マンじゃ、面白くねえから戻ってきてくれよな……」

『ロン』から出ていこうとする松崎の背中に声をかけた原田に、

「梅原の大将が女を紹介してくれっていうんだ。セーラー服が好きらしいから」

と、わざとらしい嘘《うそ》をついて、松崎は肩でドアを押した。『ベラミ』は目と鼻の先にあった。

いつになく真剣な梅原の顔に、漠然と抱いた松崎の予感は当たっていた。

足早に『ベラミ』へ入ってきた梅原は、隅のボックスに松崎と向き合って座ると、

「噂《うわさ》が洩《も》れるとまずいから、あの連中には絶対に内証にして欲しいんだ」

と釘《くぎ》を打ってから切り出した。

「ノミ屋殺しをやるのに手を貸してくれないか……相手はカタギだし、金はアリアリ

だから、うまくやれば四、五百万にはなると思う……」

小太りの体をテーブルにくっつけるように、身を乗り出した梅原。

松崎の反応を確かめるように顔を覗き込んだ。

〈ノミ屋を殺すって、自分を殺すのかい？〉

そういおうとした松崎も、梅原の気迫にたじろぎ、真面目に「どこのノミ屋よ……バックに筋モンがついていて、戦争になるんじゃあ、ねえんだろうな……」と、まず一番肝心なことを聞いた。

「その野郎は、五反田で、ちょいとしたレストランをやってるんだ。六本木にも店を出すといってるくらい羽振りがいいんだ。ただ、そいつの実の姉さんというのが、I会の芳田という男のレコなんだ……」

小指を二、三度ピクつかせた梅原。さめかけたコーヒーをまずそうにすすった。

「芳田っていえば、ここんとこ売り出してるいい親分じゃねえか。義理の弟が泣きを入れてきたら、九分九厘出てくるだろう……」

「だから、松ちゃんにイザという時、兵隊を集めてもらいたいんだ。でも、おそらくは、そういうケースにはならないと思うんだ。いいがかりをつけて脅かすんじゃないし、相手が仕掛けられたとは、おそらく気がつかないと思うんだ……」

何かうまい方法を考えているらしく、ニヤッと梅原は笑った。

松崎は、つい先日、高輪の賭場《とば》で会った芳田の造りの大きい赤ら顔と、首がめり込むほど盛り上がった肩の筋肉を思い出していた。

だが、こちらに分のある話なら、たとえ相手がどんな親分だろうと関係ない……兵隊の集めっこなら……という自信めいたものが松崎にはあった。それに、二十人を超えるような大人数同士のゴロ（ケンカ）は、めったに殴り合いにならないという、今までの体験からくる読みもあった。

「こちらに筋の通る話ができるんなら、乗ってもいい。だけど、まともな勝負で、ノミ屋から五百万以上の金をはき出させるのは、難しいぜ。一日いくらでも買えるんなら話は別だが……それだって、下手すれば一発も当たらずにやられるケースだってあるんだから……」

松崎はノミ屋で馬券を買ったことは一度もなかった。銭が一円もなくても、馬券が買えるノミ屋は便利だし、競馬場で〝いい情報〟が入った時など手持ちの金だけでは物足りず、ノミ屋に入れたい誘惑に駆られたことは何度もあったが、かろうじて辛抱していた。

極道モンと変わらぬ生活はしていても、オレは競馬記者なんだぞ……という意識が、僅《わず》かに残っていたからだ。

「買うんじゃないんだ……向こうに買わさせるのよ……もう、そのパイプはできているんだ……」

梅原の言葉は、松崎にとって意外だった。

「実は、二か月ぐらい前に、そのレストランの経営者というかマスターを、うちの客が紹介してきたんだ。長いこと付き合いのある客だし、鉄工所の社長で払いもいいから信用して……そのマスター、中村って名前なんだが……そいつの注文を受けるようになったんだが、一発でノミ屋とわかる買い方なんだ。いわゆる逃げの目を買ってくるんだ。キツイ配当の目だけを選んでバラバラと締め切り寸前に買ってくるし、最終レースになると、六、七百円の本命の目をドーンと三十万ぐらい入れてくる。客に最終レースで逆転されないよう保険をかけているんだ……」

ノミ屋がノミ屋に馬券を注文するというのも変な話だが、梅原はよくあることだといった。

そこまで聞いて、松崎は、梅原が何を考えているのか、だいたい察しはついた。こういうことにかけては、勘が鋭いのである。

「すると、その中村ってえノミ屋が、こっちに逃げたくなるようなキツイ馬券を注文する仕掛けが必要なわけだ……」

そこまで松崎が言うと、

「図星だ。さすがに読みが鋭いねえ……」

飲みかけたコーヒーカップをテーブルの上に戻した梅原。これからが肝心なんだといわんばかりに身を乗り出してきた。

「まず、いかにも社長さんでございます……といった押し出しのいい役者が一人必要だ。そいつを中村の客として送り込まなければ、この作戦は成功しない。口が固くて、小遣い銭を欲しがっているような四十前後の男を捜してくれないか……そいつを中村の経営しているレストランの馴染《なじ》みにして、向こうからバンをかけてくるようにしむけるんだ……」

何度も練り直して考えたらしく、一気にしゃべった梅原。

適役になりそうな男の心当たりはないか……と目が言っている。

いかにも遊び人でござい……といった原田や山健じゃあ、相手に警戒されてしまう。といって、根っからの素っカタギじゃ、万一もめた時に、口を割ってしまう恐れがある。

「梶山の舎弟分になってる菊地はどうだろう。恰幅がいいし、そっちの着ているダブルの洋ランでも貸してやれば、とてもテキ屋の三ン下には見えねえだろう……」

「うーん。悪くはないが、奴《やつ》を使うとなれば、梶山にもナシを通しておかなければまずいだろう。それこそ、ノミ屋の客になるまでは一日おきくらいに女を連れて食事に行かなきゃあ、ならないし……」

ふだん梶山とあまりしっくりいっていない梅原。賛成しかねるといった口ぶり。

「でも、他にいるかい？　梶山も今くすぶっているから、十万もやりゃあ、ウンと言うよ」

　雀荘から松崎が出ていこうとした時、オケラにされて情けなさそうな面をしてた梶山の顔を思い浮かべながら松崎が言うと、

「じゃあ、菊地と梶山の件は、松さんに任せるよ。それと一緒に連れていく女も、なんとか……」

　由紀や淳子をアテにしている梅原。ニヤッと黄色い歯を出して笑った。
二、三人の違った女をしょっちゅう連れて食事に行き、羽振りのいい旦那らしく装った仕掛け人の菊地が、今まで買ってたノミ屋に逃げられたようなことを言って、中村の気を引き、客になることは、それほど難しいことではないと松崎は思っていた。
　金の払いがいい大銭打ちは、ノミ屋にとってヨダレが出るほどオイシイ客なのである。

「きっかけを作るのは簡単だ。その中村ってえ男と馬券の話をしながら、土曜日から旅行に行くので、悪いけど馬券を買ってきてくれないか……とポンと二、三十万、現金で渡しちゃうんだよ。それが当たってもハズれても次の週に会った時は、絶対に電話番号を菊地に教えるはずだ」

フンフンとうなずいて聞いていた梅原。チョッピリ気になることがあるのか、松崎の話を手でさえぎって、

「問題は、ひと目幾らまで受けるかなんだ。五万や十万じゃラチがあかないから、せめて、ひと目三十万までOKにさせなければ……。だから一週目ぐらいは四、五十万やられたところでやめて、ビシッと約束の日に銭を払って信用をつけるんだ。それと安いアパートを借りてそこの電話番号を教えてやるんだ。会社に連絡されるとまずいとかなんとか理由をつければ納得するはずだ。俺《おれ》ァ、今度の仕事のタネ銭として百万用意してあるんだ。菊地の日当とメシ代、それから捨て馬券の払いと借りてすぐ引っ越すアパートの権利金と家賃で、どうしてもそのくらいはかかる。仕掛け料……だ」

驚くほど雄弁な梅原。喉《のど》が乾いたのかグラスの水を飲もうと口につけてそれが空っぽになっているのに気がついてニガ笑いした。

「それでだ。これは松さん以外には頼めない重要なポイントなんだが……」

空のコップを持ち上げ、ウエートレスに水を催促しながら梅原が言った。

「菊地から中村のところに入れる馬券の目を松さんに作ってもらいたいんだ。きそうでこない馬券じゃあないとまずいんだ。中村がノミ切れずに、俺のところに逃げてくるような……」

〈これは案外やさしそうで難しい……〉

松崎は複雑な気持ちになっていた。

馬券を当てようとシャカリキになって予想している自分が今度は、ワザとハズレる馬券を考えねばならない皮肉なまわりあわせに、おかしさがこみあげてきた。

「ハズすつもりで予想した目が間違って当たっちゃうと、どうなっちゃうんだ……」

最悪のケースを想定して、梅原に笑いながら尋ねると、

「一番マズイ展開は、中村の奴が拾いノミして当たり目だけをこっちに逃げてきた場合だ。仮にだ、三、四千円つく配当の目を菊地が二十万ずつ五、六点、中村に入れるとすると、中村がその中から二点だけ選んで俺の方に逃げて、その一つが当たっちゃうようなことが何鞍《くら》もあると、菊地の方はトントンで、俺の方が大負けになって中村に払うハメになることだ……」

俺はフケるわけにはいかない……といった顔つきで、梅原は両手を大きく上にあげた。

（パンクしちゃう……）

というゼスチャーだ。

理想のケースは、菊地もプラスになって、中村が梅原に逃げてきた馬券も全部ハズレる……というケースだが、よっぽどのことがなければありえない。

もちろん梅原は、そんな夢みたいな幸運を狙《ねら》ってはいない。

一レースに二、三十万ずつ四、五点菊地に買わせれば、土、日の二日間で一千万以上は買う結果になる。そのうち、間違って一鞍ぐらいは当たっても五百万のマイナスだ。

問題なのは、中村が梅原にどのくらい逃げてくるかだ。トータルで百万ぐらい浮くと、ヨソのノミ屋（梅原）に保険をかけて逃げの手に出るという中村の計算高い慎重さが頼りである。

「菊地はどのみち、日曜日の最終レースが終わったところで、ズラカリャあいいんだから何千万負けてもいいんだ。中村と俺との貸借には関係ないんだから……」

思い出したように、ラークをポケットから取り出し、煙りを天井に吹きかけながら梅原が言った。

「菊地がフケたことを知ったら、その野郎、驚くだろうな……。まあ、必死で捜すだろうから、五反田周辺は無論のこと、品川でもあまりチョロチョロさせられないな。菊地と梅原が同じ穴のムジナのグルだってバレルと面倒になる……」

松崎もラークを一本抜いて、火をつけた。

一歩間違えれば、こっちが仕掛けて、逆に墓穴を掘りかねない危険な賭《か》けである。

だが、松崎は直接、相手と接触しない立場からくる気楽さを覚えていた。

どっちに転んだところで、火の粉を浴びるわけではない。タネ銭まで用意して、お膳立てした梅原にチョイと知恵を貸すだけで、儲け分から経費を引いた三分の一をくれるというボロイ話である。

〈案外とこれは、うまくいくかもしれない〉

百五十……いや二百万ぐらいの取り分になるかも……と松崎は頭の中でソロバンを弾《はじ》きながら、呟《つぶや》いていた。

石橋を叩《たた》いても渡らない、こじっかりした性格の梅原が、勝負と出るからには、それなりの成算があってのことだ。

「早速、あすの晩から菊地に豪華なメシを食ってもらおうか……。細かい打ち合わせは、その時にしようよ。菊地にいろいろ演技してもらわなくちゃならねえから……」

伝票を摑《つか》んで立ち上がると、松崎の肩をポンと叩いた梅原。ちょっと疲れたような顔をしてレジへ向かった。

松崎は時計をみて、驚くほど長い時間が経《た》っているのに気がついた。

梶山に、ノミ屋殺しの計画をぼかしながら、菊地を二、三週間、夜だけ貸してくれと頼まなければならない。

『ベラミ』の外は、夕飯の買い物をするオカミさん連中で流れていた。

2

根回しはすべて完了した。

黙って菊地を貸してくれ……と松崎に頼まれた梶山は、最初のうちこそなんだかんだ、もったいつけて渋い返事をしていたが、十万円を渡すと急に愛想がよくなり、

「よっしゃ、俺から菊地に納得させとくから……」

と胸を叩いた。

アクセサリーとして連れて行く女は、松崎の三人の女が交代で行くことにした。デパートに勤めている紀子には、松崎の裏の姿をあまりみせたくなかったが、クラブで働いている由紀とソープ嬢の淳子を、そうばんたび（しばしば）休ませるわけにはいかなかった。

何をやらされるのか……と不安そうな顔でやってきた菊地も、仕事のあらましと役割を聞くと、嬉《うれ》しそうに二つ返事で引き受けた。

梅原からは、赤坂の檜《ひのき》町にアパートを借りたからと、その部屋の電話番号を教えてきた。

あとは、レストランとノミ屋の二股《ふたまた》稼業をしている中村が、エサに食らいついてく

るのを、焦らず待つだけだ。

松崎は、獲物を追い込んだハンターのような、充実した気分を味わっていた。

〈太く短く生きてやれ……〉

十五の春にグレ出した松崎は、いつしかそんな考えを植えつけていた。といって、一気にアウトローの世界に身を投げる気はなかった。どこかの組織にゲソをつければ、それなりの制約を受けるし、甘い汁はほとんど上層部に吸い上げられ、バカをみるのは下っ端だけということを百も承知だったからだ。

ひと握りの人間の下で、数え切れぬくらいの、うだつの上がらぬ極道モンが、看板料ともいうべき上納金や、義理かけの金を作るために、危ない橋を渡っている現実を嫌というほど見てきた。

美味《うま》いもんを食い、いい女を抱き、好きなことをやる……それが男の夢だと松崎は思っていた。

きれいごとを言ってる人間が、陰でどんなに悪どいことをやっているか、わかりゃしない……むしろ、極道を張って、これでいいのかと常に悩みながらギリギリのところで生きているヤクザの方が、精神的には純粋だと——。

〈競馬記者ってえのは、世を忍ぶ仮の姿じゃねえのかい……〉

ある時、渡世人の原田が松崎にそう言ったことがあったが、当たらずとも遠からずだった。

……好きなように生きて、それで駄目なら往生するしかない……。

親代わりの叔父の役者・政が、酒に酔うと口ぐせのように言ってたのが、この言葉だった。


スナック『潤』は、マフィアの溜《たま》り場のように、ひとクセも二クセもある連中で占拠されていた。風邪を引いたとかで、しばらく姿を見せなかったソープの若葉ちゃんが、セーターの上にドテラをしっかりと着込んでカウンターに座っていた。

松崎の顔をみると、

「アラ……ウチの文太ちゃんと一緒じゃないの……」

と、ケゲンな表情をみせる。

渡世人の原田のことを、ノロケ半分に文太ちゃんと呼ぶ若葉ちゃん、色恋抜きで松崎は、この若葉ちゃんが好きだった。

日本一馬券が下手なんじゃないだろうか……と噂高い原田に、それこそ献身的に尽くしてる。それでいて、暗さはまるでない。きょうびの女学生でない、昔の純真な女学生が、そのまま大人になったような素直さがある。

「いや……どっかで麻雀でもやってるんじゃないの」

と、松崎が言いながら隣のスツールに腰かけると、その背中に、

「ソープでも行ったんじゃねえかな。俺から、金をひったくっていったから……。ホラ、この前の三マンで借りた五万円よ……」

と、テキ屋の梶山が声をかけた。

もう、それだけで悲しそうな顔になってる若葉ちゃん。

バーテンの郷原が、目をパチパチさせて、松崎に合図してる。

（表で話そう……）

原田の行った先を松崎に教えたいような素振りだった。

「仙台坂《せんだいざか》にいるって、さっき電話があったよ。バッタ巻いてるらしい……」

表に出るなり、札を巻く仕草をした郷原。若葉ちゃんには内証だというように、人差し指を口に立てた。

何か賭けていないと気がすまない性分の原田。金さえあれば、船橋《ふなばし》や浦和《うらわ》まで足を運ぶ。

堀之内《ほりのうち》で百万円以上稼いでくる若葉ちゃんから、せっせと貢いでもらった金を、きれいに張り流してしまう。

勝負弱いのは、品川の半可博奕《ばくち》打ちの間でも有名である。

「山健と原田の他に誰がやってるんだ？」

メンバーしだいで行ってみてもいいな……という気になった松崎が、店の中に戻りかけた郷原に訊くと、

「山健のダチで、築地の河岸にいってる連中がいるだろ……なんでも七、八人いるらしい……」

それだけ言うと、寒そうに体をブルッと震わせて、ドアを開けて入っていった。

松崎は、迷っていた。

十一時過ぎになると、ノミ屋の中村が経営するレストラン『ユーカリ』へ食事に行った菊地と紀子が『潤』に戻ってくることになっていた。

「菊地さんて失礼なのよ。いかにも俺の女でございます……って口のきき方するのよ……そうかと思うと、店の人にエッチなこと大声で言ったり……」

と、最初に行った晩、怒っていた紀子も、食事に行った夜は必ず松崎が紀子の部屋に泊まるからと約束すると、いっぺんにきげんを直した。

仙台坂にある山健のマンションに博奕やりに行くと、その約束を破ることになる。

だが、張りっぷりのいい河岸の連中が相手だという郷原の言葉に、大いに気をそそられていた。

松崎は、もう一度『潤』を覗き、寂しそうにしてる若葉ちゃんに、

「原ちゃんを連れてくるから待ってなよ……それと紀子がここへ戻ってきたら、じき

に帰るから部屋で待っててくれって伝えてくんないか……」

と言い残し、オダを上げてるテキ屋の梶山や、その舎弟分に、

「いくらか絵にしてくるから……」

と声をかけ、踵《きびす》をかえして表に出た。

懐には、二十万近くあった。

由紀から引っ張った五万円が、麻雀でいくらか増えていた。

品川神社の前でタクシーを停《と》めて、

「大井町《おおいまち》へ行ってくれ……仙台坂の途中でいい……」

と運ちゃんに言うと、近すぎるためか露骨な舌打ちが聞こえたが、松崎は黙っていた。

テラのない仲間うちの博奕という気安さか、ドアの覗き窓から部屋の中が丸見えだった。

お茶汲《く》みにきている山健の女が、台所から出てきて、ドアの鍵《かぎ》をあけてくれたが、
松崎が、

「覗き窓に新聞紙をかぶせておいた方がいい」

と言うと、

「アラ、そうね……」

と言ったまま、台所へ戻っていってしまった。

白いシーツを盆布がわりにしたそのまわりに、八人の男がへばりついていた。河岸で軽子（荷の運搬）をやっている中条という男が横盆中央に座って札を巻いていた。その対面に渡世人の原田と山健が並んで座り、サクサクと縦に万札を数えて弄《もてあそ》んでいた。

「おいでなすったね……きらいじゃないねえ……松ちゃんも……」

目モクを紙に書きながら、山健が松崎を見上げ、座蒲団《ざぶとん》を横にズラして場所を作ってくれた。

「どんな目が出てんの……」

目モク帳を覗きこんだ松崎に、

「間抜けが巻いてるから、素抜けばっかしよ……」

と縦盆に座った吉松が、ぶっきら棒に言った。

サキと出ると○、アトで出ると△、タメと出ると×の印をつけるのが目モクである。

赤、黒、四十八枚ずつの花札をまぜた合計九十六枚の札を、一列に並べ、巻き手の右をサキ、左をアトとして交互に三枚ずつ切り、三枚の合計した数字が、カブ（九）に近いのを勝ちとする勝負が、バッタ巻き、俗にいうアトサキ勝負である。

ホンビキが胴と側の勝負なら、バッタは、側同士の取りっこである。

単純で勝負が早い半面、落ち出すとトコトンやられる怖い博奕である。

河岸組の兄貴株である吉松が、

「間抜けが巻いているから、素抜けばっかりよ……」

と言ったとおり、目モク帳には十回ばかり続けて○と△がかわりばんこに書き並べてあった。

ひと巻き十六回の勝負。アトかサキか確率は五分だが、きたいにツラ目ばっかり出る時と抜け目ばかりの時がある。

松崎は、おもむろに懐から全財産の二十万を引っ張り出した。

だが、いきなり飛び込みざまに張るような真似《まね》はしない。

バッタ巻きには、幾つかの鉄則めいた教訓があった。

(口切り三分の損)

(ナシ＝落ち向こうを張れ)

(ホシ＝目標になるな)

叔父の役者・政が教えてくれた言葉だ。ツキまくってる人間は、いつツキが逃げていくかわからない。ツキ駒《こま》だと乗っかっていくと、大変な目に遭うが、落ちてる駒は、最後まで落ち続けることが多い。

だから、鉄火場に行って勝つ秘訣《ひけつ》の最も簡単な方法は、下がっている人間を早く見つけ、その逆を張ることだ。

「サキ、七ケン……アト、五ス……サキと出ました……」

巻き手の中条が札目を読んで、アトに張ってあったタマを拾い上げ、サキ駒にツケていく。

松崎は、五番ばかり、万札を弄《いじ》りながら見送り、側に座っている連中の張りっぷりをジッと見ていた。

「抜けはカブからツラがツク……昔の人は巧いこといったもんだ……」

ウカってはしゃいでいる原田。座蒲団の下から十万束が覗いているところをみると調子がよさそうだ。

山健も落ちてる時の悪い癖である、真っ先にタマを降ろす〝口切り〟をやらないところをみると、幾らかになっているようだ。

「ヨシ！　食った、空けろ……」

とアトとサキの駒が合わないのに業を煮やし、巻き手の中条に札を起こさせている吉松が、だいぶ走っているらしく目が血走ってる。

サキ、サキ、サキとツラが三番続いたところで、アトに〝のっぺし〟で張り唸《うな》っていた吉松が、

「ヨタヨタにされちゃったぜ……こうなりゃ、火事場のウンコだ……」

ヤケクソだとばかり、手に持っていた十五万ばかりのタマを、サキにドサッと張った。

「アトから張れるよ……サア、ノリヒキないかな……」

巻き手の中条が、側をうながした。

「またツラが出そうだな……」

と呟きながら、原田も吉松の大玉にノって二万サキに張った。

山健は、盆の見える男らしく黙ってアトに三万ほど張ってる。側に座ってる他の連中も、てんでんに手を降ろした。

「サア、アトに、十一万……十一万に限って張れるよ……」

勝負と出た熱い駒が、なかなか合わないのに苛立《いらだ》った吉松の舌打ちに、中条が声を出した時、

「よし！　オープン……」

と松崎は声をかけた。駒が足りない分の責任を持つという意味だ。

「サキ……オイチョ……」

吉松の口元が、僅かにほころんだ。オイチョ（八）あれば楽勝といった顔つきだ。

（よしゃあ、いいのに……）

といった風に原田が松崎の腰のあたりを突っついた。

「アト……カブ……」

ピッと投げられた三枚のアト札は、海に桜に藤。二、三、四のカブだ。

灰皿に、まだ咥《くわ》えたばかりのタバコをもみ消し、荒々しい手つきでズボンの尻《しり》ポケットから十万束を五つ取り出した吉松。

またツケヒキが済んでいないうちから、今度は引っくり返ってアトに張った。

〈牛若丸の弁慶みたいだ……〉

松崎は、いい目標ができたと北叟笑《ほくそえ》んだ。

ここと思えば、またあちら……落ちてくるとテンコシャンコに張って、やられるのがよくあるケースだったからだ。

松崎のいいホシ（目標）になった吉松の五十万が溶けるのは、驚くほど早かった。口切って、しかもテンコシャンコに張り続けてくれるのだから、松崎は鼻歌まじりに、駒を合わせるだけでよかった。

「ケッ！　猫の死んだ場所に座っちゃったぜ……」

〝烏《からす》のカア〟で返すから……と山健から引っ張った十万を一発で張り流した吉松。今まで敷いていた座蒲団を隣の部屋に、ほっぽり投げ、足音も荒く帰っていった。

〈ここらが見切り千両だな〉

松崎は、急に少なくなった盆布の上の張り駒を見ながらつぶやいた。

河岸組で残った三人の男は、ツラ構えとナリだけは一丁前だが、ひと張りせいぜい五千円どまり。まるで五千円の定期預金をやっているような、しみったれた小博奕だ。

山健は、二十万ばかし浮いて、もうおなかが一杯になったらしく、手を止めている。

原田にいたっては、哀れにもオケラにされて、目モクを書く係になってしまった。

「またにしようじゃねえか……もうお開きにして……」

これじゃ面白くない……といった口ぶりで松崎が言うと、その言葉を待ってたように山健も、

「そうだな……あした競馬もあることだし……川崎に、いいのがあるらしいんだ……」

と、川崎競馬の専門紙を出して、もう終わらせたい素振りをみせた。

「アーアー。つまんねえところで飛び込んじゃったぜ……なんにもならねえ隣の柿《かき》の木だ。いっとき三十近く浮いていたのが、アララッという間に消えちゃったもんな……」

仙台坂から、北馬場の『潤』にいく途中の車の中で、ボヤキ続ける原田。

なんでも若葉ちゃんが、コートを買うつもりで貯めていた金に手をつけてしまったらしく、

「まずいなあ……どう言い訳したもんかなァ」

と頭を抱えこんじゃってる。

それでも『潤』の前までくると、ひらき直ったように勢いよくドアを開けて入っていった。

若葉ちゃんは、さっきと同じところに腰かけ、寂しそうに水割りをなめていた。もう、怒る気もないのか原田の顔をみて何か言いかけたが、黙ってくちびるをかみ、カウンターの上にこぼれていた水で指を濡《ぬ》らし、何か書いている。

バーテンの郷原が、

「どうだった？」

と札を巻く仕草をしながら目できいたあと、奥のボックスをアゴで示した。

ノミ屋の梅原と仕掛人役の菊地が、待ちくたびれたような顔で座っていた。

郷原が、松崎の水割りをテーブルの上に置いてカウンターの中に戻ると、

「連絡つけたかったんだが、なかなかつかまらなくて……寝るところが幾つもある奴は、探すのに骨が折れるぜ」

と言いながら、原田の方をチラチラ気にしてる梅原。仕事の話を聞かれたくないのだろう。

〈原田なら、口が堅いし大丈夫……〉

と松崎は言いかけたが、少なくとも自慢できる性質の話ではないと思い直し、口をつぐんだ。

若葉ちゃんの隣のスツールに腰かけた原田が、小さな声で謝り、〝いや、いや〟という風に若葉ちゃんが首を振っている。

それを見た梅原。ニヤッと笑うと、幾らか安心したように、

「実は……もう、かなりいい線までいってるんだ。中村の野郎、思った以上にダボハゼで、エサにバックリ食いついてきたんだ。松ちゃんの絵図どおり、菊地が旅行に行くっていうことにして、日曜日の馬券を現金で頼んだんだ。牝馬《ひんば》特別のパースタイムとミスデイジーの⑤－⑥に二十万。朝日杯は、遊びだと言ってマルゼンスキーをけ飛ばし、ヒシスピードとキクアサジロウの①－④に十万。結局はこなかったけど……そしたら、来週から……つまり今週からなんだが、ノミ屋に話しとくから電話で頼みなさい……と電話番号を教えてくれたんだってよ……」

と菊地の労をねぎらうように、菊地の肩を叩いた梅原。事が順調に運んでいるのに満足そうだ。

〈ようやくツキが回ってきた……〉

菊地が、中村をうまく罠《わな》にはめた自慢話をするのを、黙ってききながら、松崎は楽しい興奮を覚えていた。

「今週は、信用づけに軽く遊び、来週の中山大障害の日に勝負と出よう……」

松崎の案に、梅原と菊地は大きく頷《うなず》いた。

〈うまくすれば、年内に金を手にすることができる……〉という思惑が、より現実味を帯びてきたためか、無意識に菊地が指を鳴らした。

松崎は一緒に出ようとする梅原と菊地を手で制し、立ち上がった。

「仲直りしなよ……原ちゃんも、気にしてんだから……」

そういいながら若葉ちゃんの肩を撫《な》で、振り返った原田に〈うまくやれよ……〉と松崎はウインクした。

甘酸っぱい若葉ちゃんの髪の匂《にお》いが『潤』の戸外《そと》までついてきた。

商店街の通りには、犬の影すらなかった。

時計をみると、もう夜中の三時を回っていた。

〈紀子の奴、怒ってるだろうな〉

おそらく寝ずに待ってるであろう紀子の顔を思い浮かべながら、松崎はコートの襟を立てた。

紀子の部屋は、商店街と旧道が交錯したところにある聖跡公園の脇《わき》にあった。

案の定、部屋の灯りが洩れていた。

鍵のかけてない部屋に、そーっと松崎が忍び込むと、紀子はベッドの上に腹這《はらば》いになって本を読んでいた。

パンティーの線が薄いネグリジェを透して見え、松崎の欲情を誘っていた。

「ごめん……な」

後ろから、そっとおおいかぶさるようにして耳元に囁《ささや》くと、紀子は本を枕元《まくらもと》の隅におしやり、枕に顔を伏せて身をよじった。

小刻みに体を震わし、嗚咽《おえつ》をはじめた紀子に「ごめん……」ともう一度いってから、身を起こし、ベッドから離れた。

しばらく、じっと佇《たたず》んでいると、松崎が帰ってしまうのでは……と不安にかられた紀子が、顔だけ、おそるおそるといった感じで曲げ、松崎を見上げた。

ヒクッ、ヒクッという嗚咽は止んだが、眼が赤く腫《は》れぼったくなっている。

松崎は、そんな紀子を真底可愛いと思った。右手で敬礼の真似をし、コートを脱ぎ始めると、ベッドから降りた紀子が「もう……知らないから……」と松崎の胸に顔を埋め、むしゃぶりついてきた。

石けんの香りが、松崎の鼻をくすぐった。

白い木綿のパンツ一枚になった松崎は、紀子をやさしく横抱きにしてベッドへ運んだ。

小柄だが、紀子の体はましゅまろのように柔らかく、白い陶器のようにスベスベしていた。

松崎によって〝女〟になった紀子は、この半年ぐらいの間に、男の味を知る〝女〟として急速に変わりつつあった。

松崎は、ベッドの上では、女の奴隷にも、征服者にもなりきれることができた。豊かな女遍歴によって、女のツボと、泣きどころを熟知した松崎に開発された紀子の肉体は、抱くたびに異なった反応を示した。

その新鮮さが、松崎に飽くことのないスタミナを与えてくれた。

ほんのりと、ピンク色に染まっていく紀子。うねるような快楽に耐えきれず、苦しむ小猫のような声をたてながらも、もどかしげに腰を小刻みにゆすり、激しく松崎の背に爪《つめ》を立てた。

休む間もなく三度、四度とベッドが軋《きし》み、全身びっしょりの汗をすすり合い、ときに嚙《か》み合って二匹の獣になりきった松崎と紀子。

読みかけの『いちご白書をもう一度』が、はね飛ばされ、カーペットの上に落ちたのを、二人は知らない……。

3

昼下がりの東京競馬場は、のどかな冬の日がまどろんでいた。

松崎は、ときおり、すれ違う馬を曳《ひ》いたきゅう務員に、声をかけながら、わけもなく歩いていた。

有馬記念に出走する馬の、情報を集める仕事をしなければならなかったが、午後のカイバ付けの時間には、まだ間があった。

きゅう舎に住み込んでいるきゅう務員より、近くに住んで通ってくるきゅう務員の方が多く、馬房を訪ねても、徒労に終わる時間だったからだ。

さすがに有馬記念ともなると、各社、熱の入れかたが違う。

松崎が競馬記者になった頃は、水曜と木曜日の追い切り取材だけしかこない社が大半だったが、今では、火曜日の朝から土曜日の午後まで取材のしっぱなしである。

ハイセイコーブームを一つの契機に各社、とくにスポーツ紙は競馬欄の大拡充を行った。競馬を載せなければ新聞が売れないからだ。

昼寝から起きた東京競馬場には、専門紙のトラックマンやスポーツ紙の記者たちが、細い馬道を縫うようにして歩き、情報を集めていた。

松崎も、トウショウボーイのうまやを皮切りにテイタニヤ、キクノオー、タイホウヒーロー……と出走予定の馬房に足を運び、きゅう務員から話を聞いて回った。

正直に、心配材料を並べて〝泣き〟を入れるきゅう務員もいれば、強気一本やりでまくしたてる威勢のいいきゅう務員もいる。

どこまでが本音で、どこまでがハッタリやヘンタ（嘘）なのか、とおりいっぺんの〝付き合い〟では判断できない難しさがあった。

〈ブンヤさんに、いちいち本音を吐いてちゃ仕事にならないよ。だいいち、馬の周りでワイワイやられると、気が散っていけねェ……馬もそうだが、俺も……だから、早くけえってもらいたいから、適当なこといって、お引き取り願うんだ……〉

ある時、新潟の夜の街で偶然、隣り合わせたきゅう務員が、松崎をブンヤとは知らずにそういっていたが、うまや情報なんてのは、およそこの程度のものである。

よく、電車の中で、専門紙やスポーツ紙の「きゅう舎情報」を、穴のあくほど何度も読み返している人間を見かけるが〈ムダですよ〉と忠告したい衝動に駆られることが、松崎にはよくあった。

断念する……と噂されていたアイフルが急遽《きゅうきょ》、出走の意志を固めたというのが、ニュースらしいニュースで、三時間近く歩き回った割に、さしたる収穫はなかった。

築地の本願寺脇にある社に上がった松崎は、百行足らずの原稿を一気に書きなぐった。

好きで入ったこの道だが、原稿を楽しみながら書くところまではいかない。とくに、競馬でやられた日や、夜っぴいてやった博奕でオケラにされた時など、ペンを持つのさえ苦痛であった。

「武邦が、火曜日の朝からずっと府中に泊まってケイ古をつけるらしい……ダービーでテンポイントに乗って、トウショウボーイを負かしにかかった武邦が今度はトウショウボーイでテンポイントをやっつける側に回っているのも皮肉な巡り合せだね」

東京担当の柄沢が、デスクに原稿を渡しながら言った。

「いやあ、まいったよ。武さん、あまり、しゃべってくんないんだよ……やっぱり、無理やり降ろされた池上の心情を、おもんばかっているんだな……」

主役をつとめるであろうトウショウボーイの乗り役が二転三転して武邦に決まったのが、つい先日である。池上と武邦の両方に同情しているような柄沢の口ぶりだ。

松崎は菊花賞で、イヤというほどやられた。クライムカイザーを蹴《け》ったまではよかったが、トウショウボーイとテンポイントの③－⑥に十五万、ニッポーキング、フェアスポート、ライバフットの関東馬が三頭仲良く並んだ②枠を押えに②－③十万といってから奇跡を願って縦目の②－⑥に五万を奮発。直線中程で〝やった！〟と声を出しかけて、唾《つば》をのみ込まなければならなかった。

まるで眼中になかったグリーングラスが、気がついた時はもうどうしようもないほど凄い勢いでゴールに向かっていたからだ。

それだけに、菊花賞の借りを返してもらう意味も含めて、テンポイントとトウショウボーイに、目一杯〝気〟があった。

博奕で稼いじゃ、競馬でそっくり負ける……というパターンを、もう何年も繰り返している松崎は、あっちこっちに借金があった。

四か月分出たボーナスなど、砂漠に水であった。

〈一発決めなくっちゃ、年が越せない……〉のである。

4

朝が駆け足でやってくる。雀《すずめ》のさえずりしか聞こえなかった東京競馬場。それも午前七時になると終わる。

砂を蹴る蹄音と、馬のいななきが、静寂を破る。

淡いシルエットを描いていた馬たちの姿が、鈍い冬の木漏れ日によって、くっきりと浮かび上がってくる。

カラフルなジャンパーに身を包んだジョッキーたちが無造作に馬の背にまたがり、

馬場へ出ていく。

ジョッキーたちのたむろする『小天狗《てんぐ》』の周辺は、銀座の歩行者天国のような、賑《にぎわ》いを呈していた。

調教を終えて引き揚げてきたジョッキーからコメントをとろうと、忙しそうに動き回るトラックマンや新聞記者の数が、いつもの三倍近くに増えていた。

ベテランの記者になると、こんなあわただしい時には、挨拶《あいさつ》がわりに軽口を叩くだけで、質問などしない。

その点、駆け出しの連中は、みさかいなく、ぶしつけな聞き方をするから露骨に嫌な顔をされ、横を向かれてしまう。

競馬記者になりたての頃、松崎も幾度となくみじめったらしい思いをさせられた。てんで相手にしてくれないのである。

「おたく、どこの社？」なんて横柄にあしらわれることがよくあった。

〈競馬記者になったら、じかにジョッキーと話をすることができるから、いい情報を訊いて馬券で儲けることができる……〉なんて、甘い思いを抱いたのが、滑稽《こっけい》なほど、ブンヤとジョッキーの間には、大きな川が流れていた。

売られたケンカに背を向けたことがなかった松崎は〈なんだこの野郎！　下手に出てりゃあ、その気になりやがって……〉と、啖呵《たんか》の一つも切って脅かしてやりたい衝動にかられたことがよくあったが、そのたんびに〈我慢……我慢……〉と自分にいいきかせ、気の昂《たか》ぶりを抑えたものだった——。

松崎は、オヤッ、と目を疑った。菅原を背に、馬道を馬場に向かっていく馬は、まぎれもなくアイフルだった。しかし、有馬記念の青地に橙《だいだい》色のゼッケンをつけていないため、危うく見過ごしそうになった。

松崎は、後ろからぞくぞくとやってくる、他の馬たちに蹴飛ばされぬよう警戒しながら、アイフルのあとを追った。

青地に橙色のゼッケン表をたよりに馬場の入り口で待ち構えているカメラマンの大矢に、いつものゼッケン〝9〟をつけた馬がアイフルであることを教えてやるつもりだったが、松崎の顔をみるなり大矢は「承知の助よ、天皇賞で儲けさしてくれた馬の顔は忘れんよ……」と指を丸め、了解のサインを送った。さすがにベテランだ……と松崎は感心した。

キャンターで馬場を一周したあと、アイフルは徐々にスピードをアップしながら、松崎の前を駆け抜けていった。そして、豆つぶほどに小さくなったアイフルが、軽い地響を立て、アクションごとにまた近づいてきた。ゴーグルに隠された菅原の表情は定かでないが、リズミカルに躍動する四肢を砂で蹴り、力強い蹄音を後へ、後へと置いていくアイフルの動きは、松崎に迫力を感じさせた。

〈先週あたりとは比べものにならぬくらい、よくなっている……〉松崎はそう思った。

断念の噂で、軽く扱っていたアイフルだが、この動きを見ては、考え直さなければならなかった。

アイフルが地下道に消えると、武邦のトウショウボーイが、タイミングよく馬場に入ってきた。

〈武さん、ちょっぴり緊張してるな〉

色白の端正な顔をキュッと引き締めた武邦を見上げながら、松崎は呟いた。

カシャッ、カシャッというシャッターの放列を浴びながら、悠然と馬場に入っていくトウショウボーイ。

青地に橙色のゼッケンが、選ばれたものの誇りと、貫禄《かんろく》を誇示しているようだった。

スタンドと馬場をさえぎる白いラチに、もたれかかりながら、松崎は、その後ろ姿を複雑な思いで見送っていた。

〈よもや消えまい……〉と妄信的に勝負した菊花賞の苦い思い出もあったが、それ以上に、競馬に対する松崎の考えを根底から揺さぶったのが、このトウショウボーイだった。

競馬に絶対があるなんて露ほども思っちゃいない松崎だったが〝みおろし〟のレースは、必ずあると信じていた。

偶然性の強い博奕でも、初心者と、その道の玄人が、どっこいの条件で戦えば、まず百回のうち九十九回は玄人が勝つ。腕が違いすぎるからだが、それと同じように能力が二ケタも違えばよほどのことがないかぎり負けないだろう……と半ば信じていた。

馬券を弄《いじ》るようになってから両手、両足じゃ数え切れないいくらい痛い思いをしているくせに、懲りもせず、全財産を二分足らずの勝負に賭けていたのは〝ほぼ絶対〟のレースはある……と考えていたからだ。

しかし、それは自分の錯覚にすぎないことを、トウショウボーイによって松崎は知らされた。

〈競馬は、いいかげんなもの……賽（サイ）の目よりもよっぽど……〉

――と。

豆つぶほどに見えていた武邦とトウショウボーイが、アクションごとに近づいてくる。

長身を馬の背でたたみ、華麗なモンキー乗りで武邦が追う。

首をグッと低く下げ、砂を舐《な》めるように突き進むフォームは、まさに重戦車のようだった。

武邦の黄色いウインドブレーカーが一瞬のうちに松崎の前をよぎっていった。

「百四つの上がり三十七秒……馬なりで、このタイム……やっぱり怪物だな」

競馬ブックの石橋が、ストップウォッチを片手に、誰に言うともなく呟いた。

トウショウボーイの神話は、菊花賞の敗戦で崩れつつあった。

だが、松崎には〝一度惚《ほ》れたら命がけ……〟という悪い癖があり、そう簡単にボーイを見切れぬ、何かがあった。

〈もう一度、トウショウボーイと心中してやれ〉

『潤』へ通じる馬道を歩きながら、松崎はそう決めかけていた。

「フジノパーシアが凄いタイムを出したらしいじゃん……」

早耳の郷原が、グラスを拭《ふ》きながらいった。

白井へ取材にいった後輩の町田から松崎は詳しく聞いていたが、郷原と馬の話をすると長くなるので、

「……らしいな」

と気のない返事をして、奥のボックスに座った。まだ宵の口のせいか、勤め帰りのOLが二人いるだけだった。

からかうのも気が引けるほど、みったくない女のくせに、一丁前に男の名を、ひんぱんにあげて、モテた話をしてる。

「石田ってえ、きゅう務員さんは、夜も帰らないで馬の世話をしてるって、話じゃんか……去年のツキサムホマレだって三着したんだから、ツキサムより数段強いパーシ

ンなら、楽に勝っちゃうんじゃないの……。なんたって日本代表馬だかんね……」と、ブスったれの客なんか眼中にないといった顔つきで、カウンター越しに、デカイ声で話しかけてくる郷原。

だが、松崎は全く別のことを考えていた。

高利貸しの黒田に借りた五十万の返済日が、十八日の土曜日に迫っていたからだ。手元にある全財産の六十万をそれに当てると、有馬記念でいくらも買えなくなってしまう。といって、一日でも返済が遅れると、ギャーギャーうるさい黒田のことを考えると、トボケるわけにもいかなかった。

〈梅原に、月曜の日付の小切手を借りて、それを黒田に渡せば、二日間しのげる……〉

名案だ……と松崎は、えらく得をしたような気分になった。

〈おそらく、梅原は断るまい……ノミ屋殺しの片棒だけに……〉

という打算があった。

「①枠一番、アイフル……」

中山競馬場から、確定枠順を送ってくる梶の声が、はずんでいる。

出馬登録の窓口から、一刻も早くとばかり、走ってきたのだろう。

午前十時十二分——。

雑談していたギャンブル部全員が、息を殺し、次々に埋められてゆく枠順確定用紙に眼を注ぐ。

〝もう、ここまできたらためらうことはない〟松崎はそんな感じで無表情に、予想欄に印を打っていった。

8枠に回ったトウショウボーイに、なんとなく嫌な予感を覚えたが、土壇場にきて印を変える気にはならなかった。

蜂《はち》の巣を突ついたような騒ぎが始まった。一分一秒を争う早刷り競争は、なにも専門紙に限ったことではない。即売に命をかける夕刊紙とて同じだ。

有馬記念関係の出稿が終わると息つく間もなく、土曜日の確定メンバーが入ってくる。命の次に大事な金がからんでいるだけに、僅かなミスも許されない戦場のような緊張が続く。

昼休みの終わった築地周辺は、人影がまばらになる。社の隣にある喫茶店『リズ』もすいていた。

刷り上がったばかり、まだインクの匂いがする「確定版」に吉田キャップと松崎は黙って目を通していた。

ハーバーヤングに◎、フジノパーシアに○をつけ、トウショウボーイを△に落としたキャップ。松崎とはまるで違う見解が、馬名の上に散らばった印に表れていた。だが、それはあくまでも二人の主観の相違であり、好みの違いであった。互いにこの社会に入って長い。取った取られたの生活を何年も繰り返している。いまさら青くさい競馬論を展開するほど純粋ではなかった。

どんなに、難しくても、数学には正解が必ずある。が、競馬はあくまでも終わった瞬間が答えであり、何時間、何十時間スタート前に検討したところで、それは言葉の遊びであり、マスターベーションにすぎないことを松崎もキャップも知っていた。

　割り当ての原稿を書きあげ、デスクに提稿した松崎は、築地から地下鉄で銀座へ出た。なんとなく、一人で銀座をブラついてみたい気がした。

ゆうべ——梅原を電話で『潤』に呼び出し、五十万円の小切手を切ってもらい、黒田に渡したことで気が楽になっていた。

　有馬記念で、全財産の六十万がパーになっても、自分の小切手が不渡りにならぬよう梅原は、必ず落とすはず……という読みが、あったからだ。

　裸電球を吊《つ》るした街頭のスタンドに人が寄ってくる。酔っ払いもいれば、銀ラメのドレスをはしょったホステスもいる。そして、ほとんどの人間が、新聞を手にした途端、有馬記念の枠順に目を落としてから、ゆっくりと歩き出す。

　千円券一枚にささやかな夢を託す者もいれば、人生が変わるほどの大勝負を賭ける者もいるかもしれない。

そして、それは当たり外れに関係なく、なにがしかの思い出を刻んでくれる。

三億円事件のあった四十三年、松崎はリュウズキからニュウオンワードに、なけなしの一万円を賭け、三千三十円の馬券をとって、その晩、酔い潰《つぶ》れた。

二年続けて痛い思い出を作ってくれたスピードシンボリ、流感騒動の幕明けとなった四十六年のトウメイ、そして初めて見切ったハイセイコーに二着されて、つくづく己れが嫌になった二年前……。

有馬記念は、松崎にとって、その年のすべてを綴《つづ》る「日記」のようでもあった。

ネオンの海を泳ぎながら、松崎は、その一つ一つのシーンを思い浮かべ、妙に感傷的になっていた。

スナック『潤』は乱交パーティーの会場かと錯覚するほど、何組もの男と女が、からみ合っていた。

仲直りした渡世人の原田と若葉ちゃんが、頭をくっつけあって専門紙を覗きこんでいる。山健も、どこから拾ってきたのか、女と水割りを飲んでいた。

「アタイは、女だからテイタニヤを応援して③枠流しよ……」

と、若葉ちゃんが言えば、

「テンポイントでやったためないぜ……ぶっちぎっちゃう……」

と原田は⑦枠から勝負するつもりらしい。

松崎は、黙って『潤』の常連たちがあげる馬の名を聞いていた。

〈馬券にプロもアマもない。好きな馬を買うのが一番ナットク……〉

と考えていたからだ。

駆け引き

1

〈雨だけは降ってくれるな……〉

トウショウボーイを本命に狙《ねら》おうと決めた時から松崎は天気だけが心配だった。菊花賞で三着にトウショウボーイが沈んだ理由の半分以上が道悪のためと考えていたからだ。

松崎は目を醒《さ》ますとすぐにカーテンを開けて空を見た。

雲一つない秋のような空の下に、東京タワーがくっきりとそそり立っていた。

うつ伏せに寝ていた淳子が松崎の歩く気配に目を醒まし、

「もう、いっちゃうの……コーヒーぐらい飲んでけば……」

とベッドの上から声をかけた。

若葉ちゃんと同じ堀之内のソープで働いている淳子は、あらゆる意味で松崎にとって大事な女であった。

借金でニッチもサッチもいかなくなった時、ポンと二百万円渡してくれたのも淳子だった。

松崎がくすぶっているような時、その顔色と素振りでわかるのか、ポケットに黙って金を入れといてくれるような、思いやりのある女だった。

コーヒーとトーストの軽い朝食を済ませて、松崎は高輪の高台にある淳子のマンションを出た。

京葉《けいよう》道路から中山《なかやま》競馬場までの道は拍子抜けするほどすいていた。競馬好きらしいタクシーの運転手は、しきりにエリモジョージを買いなさい……と松崎に能書きをいっていたが、やがてしゃべり飽きたのか、ラジオ関東のトラックマン情報に聴き入っていた。

記者席はさすがに有馬記念らしく、普段は競馬場にこない各社のデスクや遊軍の社会部記者が結構来ていた。

関西の連中も手さぐりで馬券を買っているらしく、関東の記者席にきて顔見知りに情報を訊《き》き回っていた。

土曜日の競馬で松崎の手持ちは四十三万に減っていたが、十七万ほどガミっていたが、

〈一発当たれば……なんとかなる……〉と楽に考えていた。

だが、2レースで一着、三着、3レースで五万買って②－⑧の千二百十円を一万円押えたものの、4、5、6、7レースと立て続けに落とし、8レースの見習騎手戦になった時は、二十万しか残っていなかった。

〈もうこれ以上は減らせない……〉

休むのも勝負のうち……と松崎は8レースを見送った。

気の目一杯あったヤマギリュウからの①－②、②－⑧だけにはなって欲しくないと、祈るような複雑な気持ちでレースを見守っていたが、案の定縦目の①－⑧になった。買っていれば取られていたレースだ。これで、松崎は気分的にチョッピリ楽になった。

有馬記念の買い目は、もう決まっていた。

前日売りで9・7倍ついていた⑦－⑧は7・3倍に落ちていたが、これに十五万、張り込む気持ちに変わりはなかった。

あればあるといった感じのエリモジョージの②－⑦、②－⑧を二万ずつ元取りに押えた。

ついぞ混んだことのないユニット馬券を売っている四階の売り場に珍しく人の列ができていた。

薄い二枚のユニット馬券をポケットにしのばせ、記者席に戻った松崎にタイミング

9　発馬 15.10　場外 14.30

第21回 グランプリ 有馬記念（サラ四才上 ㊕ 別定）

〔芝、内〕2500m

レコード 2.34.1 ライトワールド 56吉永正 44.6.15

賞金 5000 2000 1300 750 500

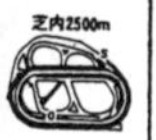

推定 2.35.0

馬番	枠	馬名	父	母（勝数）	性齢	重量	騎手	賞金	所属厩舎
1	白1	アイフル	セダン	グリンロッチ（地D）	牡6	55	*菅原	⑦7490	仲住芳
2	黒2	エリモジョージ	セントクレスピン	パッシングミドリ（4）	牡5	56	福永洋	⑤5980	大久正
3	赤3	キクノオー	フィダルゴ	キクノスズラン（6）	牡6	55	横山	⑥5770	山岡
4	赤3	テイタニヤ	⊗アローエクスプレス	ダイニトモコ（1）	牝4	52	嶋田功	⑤5630	稲葉幸
5	青4	ハーバーヤング	セダン	ハーバースタン（5）	牡5	56	岡部	①4190	稲葉秀
6	青4	ヤマブキオー	パーソロン	アサマヒカリ（0）	牡7	55	徳吉	⑦7650	森
7	黄5	フジノパーシア	パーシア	チエクイン（0）	牡6	55	大崎	⑧11030	柴田寛
8	黄5	グレートセイカン	パーシア	トクコウ（地D）	牡5	56	郷原	④3370	大久房
9	緑6	コクサイプリンス	フィダルゴ	シャロナ（英）	牡5	56	井高	③4770	諏田勲
10	緑6	タイホウヒーロー	アイアンリージ	リュウジクネ（0）	牡5	56	小島太	④4620	谷場
11	橙7	㊕スピリットスワプス	スワップス	キャンデラ（米）	牡4	54	中野	③4300	荒木
12	橙7	テンポイント	コントライト	ワカクモ（11）	牡4	54	鹿戸明	①4830	小川
13	桃8	トウショウボーイ	テスコボーイ	ソシアルバターフライ（米）	牡4	54	*武邦	⑤5980	保田
14	桃8	ハクバタロー	ヴイミー	ギンホウ（2）	牡5	56	安田富	④2640	野平富

予想

馬番	パイオニア	C鶴田	藤賢T	高野T	川口T	山崎正行	本紙
1	△	…	△	…	…	…	△
2	…	△	◎	△	△	△	△
3	…	…	…	…	…	…	…
4	…	…	…	…	…	…	…
5	△	△	…	▲	▲	△	▲
6	…	…	△	…	△	…	…
7	▲	▲	…	…	◎	◎	△
8	…	…	…	△	…	…	…
9	…	…	…	…	…	△	…
10	…	…	▲	…	…	…	…
11	…	…	…	…	…	…	…
12	○	○	△	◎	△	▲	○
13	◎	◎	○	○	○	○	◎
14	…	…	…	△	…	…	…

馬番	最高タイム 1800	2000	2500	ブルードメア	本賞金	距離 1着	2着	3着	着外
1	東良1492	中重2022	中重2383	リンボー	19454	1210	2600	3100	1001
2	中良1489	函良2009	三良2258	ワラビー	14308	0110	0000	0210	3320
3	東良1486	東稍2019	東稍2350	ハロウエー	15046	1211	1001	0000	4525
4	東重1486	中重2030	三稍2289	レブリアニ	12022	0010	0000	0000	1110
5	東重1485	東良2009	東良2356	ヒンドスタン	13147	1100	1001	2111	2120
6	東良1489	名良2011	中稍2386	ヒカルメイジ	17646	8100	1100	0010	1611
7	中不1543	名良2013	中稍2362	ダイハード	22627	1300	0012	0100	0011
8	札良1504	東良2021		ハロウエー	7187	3300	2100	0000	4100
9	中重1505	東良2012	東稍2374	グラナチユー	10665	2100	0020	1100	1001
10	阪良1499	阪良2016	東良2353	ダイミー	10900	2011	0100	0100	0530
11	中良1491			ザラビ	9610	4000	2000	1000	0000
12	東良1496	東良2024	三良2274	カバーラップ	9840	2000	0100	0010	0010
13	中重1519	阪良1589	三良2278	ユアホスト	12720	1300	0110	0000	0000
14	中良1493	東良2017	東稍2360	トサミドリ	7197	1101	2000	2300	1210

成績（近4走）

馬番	前4走	前3走	前2走	前走
1	3中7.4 ❻6着 442 1.2 2383 57菅原79 10ト3 2人 / 三月半休 挫針調整	4中10.23 ⑤2着 448 0.2 1494 56嶋田功90 9ト3 2人 492 359 4-3-3 ヤマブキオー	6東11.13 ③1着 450 0.2 1361 56嶋田功93 6ト2 2人 481 358 6-5-4 ヤマブキオー	6東11.28 ⑧1着 452 0.3 3206 58嶋田功98 13ト10 4人 608 371 6-6-2 ハーバーヤン
2	1函8.29 ⑥1着 448 1.1 2009 60福永洋100 9ト9 8人 599 363 1-1-1 アグネスビュ	4阪10.17 ④9着 448 1.2 2285 56福永洋93 14ト10 2人 611 383 2-2-1 パワレンダベ	5京11.7 ②1着 450 1.3 2258 61福永洋100 11ト7 5人 608 366 1-1-1 コウイチサブ	5中12.5 ②4着 448 0.7 1489 63福永洋92 13ト12 5人 480 368 2-2-2 ニッポーキャン
3	3中7.4 ❻5着 456 1.0 2381 58吉永正80 10ト6 5人 633 378 4-4-6 ホワイトフォ	5東9.12 ❷11着 464 1.1 1491 58横山87 14ト12 3人 475 373 10-9-9 ライバフワト	6東11.7 ②7着 462 0.9 2362 58横山86 10ト9 6人 621 358 9-7-9 タイホウヒー	6東11.28 ⑧4着 466 1.3 3219 58横山92 13ト8 8人 608 372 10-11-8 アイフル
4	4東6.13 ❽10着 436 1.8 1384 53嶋田功82 15ト4 1人 / 三カ月休 夏場休養	5東9.12 ❷4着 440 0.6 1486 53嶋田功89 14ト10 4人 475 365 11-12-13 ライバフワト	4中10.17 ❹4着 446 0.8 2030 53嶋田功90 9ト6 2人 605 372 3-2-3 グレートセイ	5京11.21 ⑥4着 440 0.4 2289 55嶋田功84 15ト1 1人 605 370 8-7-7 ダイアマンテ
5	5東9.12 ❷3着 446 0.5 1485 57岡部90 14ト9 2人 475 370 5-5-3 ライバフワト	5東9.26 ⑥1着 446 0.1 2009 57岡部99 12ト1 1人 605 357 7-5-8 ミトモオー	6東11.7 ②3着 460 0.3 2356 58岡部89 10ト3 1人 621 363 3-3-2 タイホウヒー	6東11.28 ⑧2着 458 0.3 3209 58岡部97 13ト4 3人 608 365 8-5-7 アイフル
6	3名7.11 ❽1着 492 0.0 1499 60徳吉90 12ト5 1人 / 三カ月休 挫針調整	4中10.23 ⑤1着 502 0.2 1492 59徳吉91 9ト1 1人 492 359 2-2-2 アイフル	6東11.13 ③2着 502 0.2 1363 56徳吉92 6ト5 1人 481 359 4-6-6 アイフル	6東11.28 ⑧8着 502 1.9 3225 58徳吉89 13ト2 7人 608 384 12-12-8 アイフル
7	2中4.4 ❹1着 498 0.0 3260 60大崎75 7ト6 1人 644 379 5-3-2 オウブレス	4京6.6 ❻1着 488 0.2 2175 56大崎76 11ト2 1人 620 375 6-6-6 ロングホーク	3名6.27 ④1着 484 0.0 2013 60大崎93 13ト8 3人 / 四カ月休 馬体調整	米国11.6 DC6着 2462 23身遅れ 58大崎— 8ト7 8人 — 6-6-6 ユース
8	1札7.11 ⑧1着 464 0.1 2034 57郷原91 10ト10 2人 591 393 1-1-1 トウレッウボ	1函8.29 ⑥6着 466 1.9 2028 60郷原90 9ト7 1人 599 378 9-8-5 エリモジョー	4中10.17 ❹1着 474 0.4 2022 58郷原94 9ト1 1人 605 377 1-1-1 トウコウエル	6東11.21 ⑥9着 472 1.0 1522 58郷原71 16ト15 1人 474 398 12-13-14 メルレーレヤ
9	4京6.6 ⑥10着 484 2.1 2196 55井高66 11ト4 6人 / 三月半休 挫針調整	5東9.26 ⑥3着 500 0.3 2012 59井高97 12ト2 7人 605 363 3-3-3 ハーバーヤン	6東11.13 ③4着 508 1.1 1372 57井高87 6ト4 4人 481 372 1-1-1 アイフル	6東11.28 ⑧10着 504 2.9 3235 58井高84 13ト3 5人 608 382 5-6-10 アイフル
10	3阪9.26 ⑥10着 488 1.1 2016 55田島93 16ト6 7人 592 377 12-15-13 ケイレスクワ	4阪10.17 ④7着 484 1.0 2283 55南井94 14ト6 7人 611 370 12-12-8 パワレンダベ	6東11.7 ②1着 484 0.1 2353 55小島太91 10ト7 8人 621 351 10-10-8 イレノアラレ	6東11.28 ⑧9着 486 2.7 3233 58小島太85 13ト1 6人 608 372 12-11-12 アイフル
11	2新8.14 ❶4着 472 1.1 1122 55花松88 6ト3 1人 358 362 4-3-4 スイノダイヒ	5東9.18 ③7着 476 2.4 1378 56中野85 9ト8 3人 474 385 1-1-1 カブラヤオー	4中10.23 ⑤1着 474 0.2 1491 56中野91 9ト5 4人 482 363 2-2-2 ハクバタロー	6東11.21 ⑥2着 482 0.1 1513 58中野76 16ト4 2人 474 392 1-1-1 メルレーレヤ
12	3東4.25 ②2着 464 0.8 2024 57鹿明93 15ト12 1人 608 360 9-9-7 トウショウボ	4東5.30 ④7着 468 2.0 2296 57武邦89 27ト5 2人 / 四月半休 調整	4阪10.17 ④3着 472 0.1 2274 54鹿明98 14ト7 6人 611 369 6-5-3 パワレンダベ	5京11.14 ❹2着 474 0.4 3103 57鹿明87 21ト13 3人 613 383 6-4-3 グリーングラ
13	1札7.11 ⑧2着 502 0.1 2035 58池上90 10ト4 1人 / 三カ月休 調整	3阪10.3 ⑧1着 510 0.8 1589 56福永洋100 9ト2 1人 592 353 3-2-2 クライムカイ	4阪10.24 ❻1着 514 0.1 2022 57福永洋83 8ト8 1人 607 367 4-3-2 クライムカイ	5京11.14 ❹3着 510 0.8 3107 57福永洋85 21ト7 1人 613 389 4-2-2 グリーングラ
14	3東5.16 ⑧7着 482 1.2 2289 54[illegible]90 12ト3 7人 / 四カ月休 挫針調整	5東9.26 ⑥6着 488 0.8 2017 57安田富95 12ト3 9人 605 367 4-5-6 ハーバーヤン	4中10.23 ⑤2着 490 0.2 1493 56安田富90 9ト7 7人 482 361 7-5-8 スピリットス	6東11.28 ⑧6着 496 1.7 3223 58安田富90 13ト5 9人 608 383 7-6-5 アイフル

馬番	コース別 芝 ダ 左 右	重 不 良	ト リ ク	回 回 芝 芝	脚質 逃先	差追
1	1064	3166	1133	1304	1412	9965
2	1006	0001	0004	2239	5138	1016
3	1152	1034	0001	6 3 12 13	0103	8 6 1 25
4	2025	0001	0001	3033	3011	4 1 0 5
5	1112	2214	1042	2135	2330	2439
6	2193	0015	0110	3083	7414	6217
7	5254	0012	0011	0042	3101	8225
8	2421	1022	0100	1123	7201	0215
9	1122	0111	1112	2255	5347	0005
10	2026	0011	1111	4 2 5 11	3115	5 1 2 13
11	3045	2012	1011	1011	9321	0001
12	1014	0011	0001	0010	4000	1211
13	2123	0110	1001	0000	6210	0000
14	1212	1003	1016	2153	1021	4358

成績欄の見方

開催場所　月　日
開催日　条件　着順
馬体重　タイム差
距離　タイム
重量　騎手　能指
頭数　枠順　人気
前半ペース　上りタイム
通過順位
勝馬（二着馬）

コース別：芝ダ左右／重不良／トリク回回／芝芝

馬身とタイム差：0.2―1馬身、1.0―6馬身

脚質：逃先①②③外、差追 ⇨

よく電話がかかってきた。

梅原からだった。

「うまくいってるぜ……。菊地が中村のところに入れた目とそっくり同じ目を、中村の奴、俺《おれ》のところに逃げてきている……。有馬記念のぶんをいれてちょうど百万頼んだ勘定だが、俺の方に五十万が逃げているから、差し引き五十万のやられだが……、最初の計画どおり、これは捨て金だから……」

締め切り寸前のためか、もう一台ある電話が鳴っては切れ、切れては鳴ってる。早口でそれだけいった梅原、

「じゃあ、詳しいことは明日……」

と電話を切った。

受話器を置き、コースが見降ろせる最前列の席へ松崎が座ると、スタートを告げるファンファーレが鳴った。

ぎっしりと埋まった観客席から「ウオーッ」

というどよめきが、あがり、スタンドの鉄傘を揺らした。

薄い茶褐色の芝コースに、弱い冬の日をさえぎった鉄傘が、影を落としていた。

ラチ一つ隔てたスタンド側は、蟻《あり》の這《は》い出るすきまもないほど、人の頭で埋めつくされていた。

枯れ芝の広々とした空間と、密集。

その奇妙なコントラストを、双眼鏡で覗《のぞ》きながら、松崎は、ハイセイコーが初めて中央に姿を見せた三年前の弥生賞を、ふっと思い浮かべた。

それは、気味が悪くなるほど、人の頭しか目に見えなかった。黒一色。その黒い頭が、さざ波のように揺れ、ラチの中にこぼれ落ちはじめた時、松崎は、恐ろしい気さえしたものだ。群衆の熱気というか、興奮が馬場全体をすっぽりと包みこみ、何か大変なことが起こりそうな予感に襲われたからだ。

だが、今、スタートを切ろうとしている有馬記念には、あのたぎるような熱気と、こわくなるほどの異常さはない。

ハイセイコーという、きわめて人間臭いムードを持った一頭のサラブレッドには、人の心をひきつけ、捕えて離さない〝何か〟があった。

しかし、不況とシラケの時代を反映させてか、ロマンを求めるゆとりはなく、人々の心は、まず的中させることに奪われているようでもあった。

〈もう、ハイセイコーの時のようなブームは、こないかも……〉

松崎が呟《つぶや》きながら、3コーナーに双眼鏡を向けると、丁度、十四頭の馬がゲートに入り終わったところだった。

「ウオーッ」

というどよめきの中を、スピリットスワプスとコクサイプリンス、そしてエリモジョージがもつれるようにして先を争った。

テンポイントとトウショウボーイは、やや馬群の切れた、五、六番手を互いにマークしながらキープしている。

「グレートは売り切れた！」

「前の馬は全部、潰《つぶ》れるぞ！」

刻々と変わっていく馬群の流れに興奮を抑え切れず、記者席のあちこちから、悲鳴とも驚きともつかぬ声が飛んだ。

スタート地点の３コーナーに、エリモジョージを先頭にした一塊の集団がさしかかった時、

〈よし、イタダキだ！〉

と松崎は、腹の中で絞るような声を発した。

トウショウボーイとテンポイントが、ギアをトップに踏みこんだ外車のように、グン、グンと上昇。足色の鈍りかけたエリモジョージの外から完全にまくり切ったからだ。

名状しがたい喜びが、うず潮のように体中をかけ巡った。十五万の金が百万円になるという現実的な喜びよりも、競馬記者として、トウショウボーイに◎、テンポイン

トに○をつけた満足感が、ヒタヒタと押し寄せてきた。

とどかないような位置から、アイフルが、突っこんできたが、テンポイントを脅かすまでには、いかない。

松崎は、余韻に浸りながら、ゆっくりとバックを流す武邦とトウショウボーイから目を離さなかった。

「終わってみれば、一番人気か……ケッ面白くもねえ……」

どこかの遊軍記者が、思惑が外れて、舌打ちまじりに記者席を飛び出していった。

「やっぱり、今年は四歳馬が強いんだ。わかってたんだけど……」

とか、

「レコードの出るようなスピードレースになったら、トウショウボーイでしようがないんだよ……な……」

予想と馬券の外れた連中が、飽きるほど見たはずの専門紙に目を落とし反省とうっぷんを撒《ま》き散らしている。

◇9Ｒ　第21回　有馬記念
（四歳上オープン　別定・2500メートル芝　良）

1	△	❽	⑬トウシヨウボーイ	54	武　邦	2.34.0	R	506	1人	東京保田
2	◎	❼	⑫テンポイント	54	鹿戸明	2.34.2	1½	476	3人	東京小川
3		❶	①アイフル	55	蓑　原	2.34.5	2	448	4人	東京仲住芳
4		❹	⑥ヤマブキオー	55	徳　吉	2.34.9	2½	504	9人	東京　森
5		❸	④テイタニヤ	52	嶋田功	2.35.1	1¼	442	13人	東京稲葉幸
6		❷	②エリモジヨージ	56	福永洋	2.35.2	½	446	2人	東京大久保正
7	▲	❸	③キクノオー	55	横　山	2.35.3	½	464	7人	東京山岡
8	△	❺	⑦フジノパーシア	55	大　崎	2.35.6	1¾	502	6人	東京柴田寛
9	○	❹	⑤ハーバーヤング	56	岡　部	2.35.7	½	468	5人	中山稲葉秀
10		❻	⑨コクサイプリンス	56	井　高	2.35.8	½	508	12人	中山稗田敏
11		❻	⑩タイホウヒーロー	56	小島太	2.35.9	½	478	11人	東京曽場
12		❽	⑭ハクバタロー	56	安田富	2.36.0	½	494	14人	中山野平富
13		❼	⑪スピリツトスワプス	54	中野栄	2.36.8	5	484	10人	東京荒木
14		❺	⑧グレートセイカン	56	郷　原	2.38.0	7	470	8人	中山大久保房

単 320円　複 140円　160円　210円　連❼—❽ 730円①

〈あとで気がつく寝小便……終わったら、なんとでも言えるぜ〉

松崎は、誇らし気な気を覚えていた。

ほかの博奕《ばくち》と違う、競馬の異質な面が、ここにある。

おそらく、博奕で百万儲《もう》けても、こんないい気分は味わえないだろうと松崎は考えていた。

目の前にいる人間から、金をむしり取った後味の悪さが、常につきまとうのが、博奕である。

だが、競馬にはそれがない。

口笛を吹きたくなる衝動に駆られながら、松崎は、検量室に向かった。

検量室の前の通路は、報道陣でゴッタ返していた。

鞍《くら》と腹帯を小脇《こわき》に抱え、後検量を済ませた武邦彦が、黄色のリボンも誇らしく、表彰式に向かうところだった。

二着と敗れたテンポイントの鹿戸明は、意外にサバサバした表情で、取り囲んだ報道陣の質問に答えていた。

アイフルの菅原、ヤマブキオーの徳吉といったところは、馬の能力をフルに引き出したという自負があるのか、淡々とした口ぶりで、

「よどみのない速いペースで、追走するのに精一杯だった。四歳のあの二頭は強い

……」

とひとしきり、しゃべったあと、二階にある控室の階段を昇っていった。

有馬記念だけで百七十億を超す札束が乱舞、一日の売り上げも軽く二百億の大台を突破。ともに競馬史上空前のレコードを記録した。

僅《わず》か三分足らずのドラマに、人間たちの思惑と夢が、巨大な数字となって表れていた。

築地の社に戻った松崎は、筆すべりのよい原稿を一気に書き上げデスクに渡すと『潤』へ直行した。

「おめでとうさん……クソの出るほど勝負したんでしょう……きょうは松崎さんの貸し切りにしましょうか……」

カウンターに、頰杖《ほおづえ》を突いていたバーテンの郷原が、松崎の顔を見るなりいった。

「松ちゃんのことだから、おそらく三十万は⑦－⑧に入れてるって、今噂《うわさ》してたところだ……」

奥のテーブルで若葉ちゃんと飲んでた渡世人の原田も、合いの手をいれた。

テンポイントから三点ぐらい流すといってた原田。本線で取ったのか、いいご機嫌だ。

「ねえ、ねえ……アタイの買ったテイタニヤ惜しかったでしょう？　もう少しのところだったのに、可哀そうだわ……」

口では残念がってる若葉ちゃんだが、身も心も捧《ささ》げた原田が楽しげなのがうれしくてたまらないらしく、原田の肩にもたれかかっている。

ボーナスシーズンになっても、堀之内はあまり活気がないらしく、二日おきにちゃんちゃんと休んでいるらしい。

「淳子さんでも呼んで、四人でワイワイやりましょうよ……」

目元をほんのりとピンク色に染めた若葉ちゃん、舌っ足らずにいいながら淳子のところに電話をかけはじめた。

〈しばらく会っていない由紀でも呼ぼうか……〉

と考えていた松崎、チョッピリあわてたが、

〈引っ張るばかりで、借りた金を返したこともなければ、ついぞ何も買ってやらない淳子に、義理を返すのも悪かあないな……〉

と思い直した。

高輪と品川は、車に乗れば目と鼻の先である。

十分ほどすると、黒いパンタロンにチンチラのコートを無造作に引っかけた淳子が、入ってきた。

やはり同業のよしみか、松崎の女の中では、淳子と一番話が合うらしく、

いた。

「汚されると大変だから、早く脱ぎなさいよ……」

と立ち上がって、コートを脱ぐのを手伝ってる若葉ちゃん。もう足元がふらついていた。

したたかに酔った松崎が、淳子のマンションで目を醒ましたのは、昼過ぎだった。

「美容室に行ってきます。一時間ぐらいで戻ります」

と枕元《まくらもと》のタバコ盆の上にメモが置いてあった。

まだアルコールの抜けきらない体を熱いシャワーで洗い、バスルームから松崎が出てくると、電話が鳴った。

「へっへっへ、やっぱり、ここだったんですか……郷原にきいたら、たぶんここだって教えてくれたもんスから……」

菊地だった。

「実は……今、中村の奴《やつ》に会って金を渡してきたんスよ……一割の落ちを引いて九十七万円……『お堅いことで』とヤッコさん、ニコニコしてましたよ……それから、ひと目三十万までOKさせましたよ……チョロイもんスね……」

ふくみ笑いをしている菊地。

代わって梅原が電話に出た。

「金融やってる黒田から、例の小切手を振りこんだからって俺んところに電話があったぜ……どうする？　銀行に回るのは明日だから今晩中でいいんだが……」

遠慮がちに、五十万の催促してる梅原。

早耳だけに、有馬記念で松崎が、かなり儲けたことを知ってのことだ。

梅原の当座預金に、一銭もないわけがなく、万が一にも不渡りになるなんてことはないが、黙って小切手を切ってくれた梅原の好意に小便をひっかけるわけにもいかなかった。

「ああ、おかげで助かったよ。今夜七時に『ベラミ』で会おう。その金を渡すから……」

松崎はそう言って電話を切った。と、同時に、しなやかな手が背後から伸び、松崎の小さな乳首を弄《いじ》った。

いつのまに帰ってきたのか、淳子がいたずらっぽい目で松崎を見上げていた。

バスタオルを腰に巻いただけの松崎に茶目っ気を起こしたらしかった。

「感じるから、よせよ……」

松崎は、やんわりと淳子の手を摑《つか》み、振りほどこうとした。

が、むしゃぶりつくように体を密着させた淳子は、こがれて、じれきった感じに身をもみながら、

「欲しいの……」

と耳元に熱い息をふきかけながら、濡《ぬ》れた唇で松崎の耳朶《みみたぶ》を噛《か》んだ。

「欲しい……いっぱい……」

自分からベッドの上に倒れこむように寝ころんだ淳子。もどかしげに、松崎の腰からバスタオルをむしりとると怒りにも似た姿をみせはじめた松崎のソレを口にふくむと、むさぼるように舌を這わせた。

松崎が女のツボを知る以上に、淳子は男のツボを知っていた。

松崎の太腿《ふともも》を大きく開くと股間《こかん》に顔をうずめ、ソフトな感触で咥《くわ》えると息する合間も惜しむように舐《な》めずった。

羽毛のような、しなやかさで淳子の指が松崎の肛門《こうもん》を軽くたたくようなリズムをくりかえすと松崎のソレは怒りを増した。淳子の両手はいっ時も遊んでいない。片方の手は松崎のいたるところを這い撫《な》でる。

松崎は、体をゆだねながら、ゆっくりと淳子の服を脱がしにかかった。

生まれたままの姿になった淳子は、赤く充血した顔をあげると、汗ばんだ体をぴったりと重ねたまま、摺《す》りあがりながら松崎の股下から下腹、ヘソのくぼみをとおって、胸、のどもとへと唇を這わせて、松崎の下唇を軽くかんだ。

息が軽く弾んでいる。

「キスして……」

掠《かす》れた声で、そう呟くとねっとりした唇を重ねてきた。

つき合いはじめの頃、松崎を口に含んだあと必ずキスを求めてくる淳子に、たじろいだ松崎だったが、今はかえっていとおしく感じられた。

右手で淳子の秘所をまさぐると、蜜壺《みつつぼ》のようにそこは芳醇《ほうじゅん》な液体がしとどに溢《あふ》れていた。

松崎は、赤黒く身いっぱいに充血したソレを下から突きあげるようにして貫いた。

「あ、あ、あ……」

体は弓のように、のけぞり、途切れた嗚咽《おえつ》を矢つぎ早に発した淳子は、両手で自分の乳房を激しく摑み、松崎のリズムに合わせて腰を振りはじめた。

夜ごと男を相手にしている淳子だが、快楽を求める貪欲《どんよく》さでは、由紀や紀子にないすさまじさがあった。

(アナタとの時だけ……そりゃあ、たまには感じのいい人もいるから、本気に遊んじゃおうかなって思う時もあるけど、お客に気をイカしてたら、ソープ嬢は失格だもんね……)

ある意味では、淳子の異常な貪欲さは、愛のない不毛のセックスを強いられることへの反動であるのかも知れない。

遅番で、六時までに出勤するという淳子と、松崎は高輪の泉岳寺《せんがく》の近くにある喫茶店で別れた。

七時ちょっと前に『ベラミ』へ行くと梅原は、すでに待っていた。

十万束を五つ、無造作に渡すと、

「大丈夫？　……もし足りなくなったらいってくれよ。お風呂へ行こうか……全部、俺が出すから……話もあるし……」

当然、ソープなら嫌も応もなく行くものと決め込んでる口ぶり。

松崎は、淳子との戦争で、くたびれていた。

「もう粉か湯気しか出ねえよ……タンクが空っぽで……」

とはいったものの、すでにその気になっていた。

2

宵の口の京浜国道は、師走らしくかなり込んでいた。

三十分後に行くから……と、指名予約した梅原と松崎だったが、約束の時間までにはとても堀之内に着きそうになかった。

「今週は、抜けたの……」

有馬記念だし、かなり儲けたろう……と松崎が訊《き》くと、

「とんでもないよ。大ガミだよ。大銭をぶつ客の殆《ほとん》どが有馬記念の⑦－⑧にドカン、ドカンと入れてきやがって……アイフルがきて①－⑧になれば二百万ぐらい浮きになったんだが……」

と、嘘《うそ》か本当か、顔を歪《ゆが》めた梅原。

ハタで想像するほど儲かるもんじゃないと匂《にお》わした。

「でも、きょうび売り出しの梅さんてもっぱらの噂だぜ……」

「いや、ノミ屋のオイシかった時代は二年ぐらい前で終わったと思うね。猫も杓子《しゃくし》も、ノミ屋をやるようになったし、だいいち客が悪ズレしちゃって……大きく負けるとたいがい、半分にしてくれとか、月賦じゃなきゃあ払わないって言いだしやがる。ヘタに脅かすとタレコマれちゃうし、楽じゃないよ、この稼業も……」

運転手に気がねしてか、小さな声で弁解じみたことを言った梅原。あまり商売の話をしたくないのか、窓の外を眺めてる。

「でも、だいぶいい客がいるらしいじゃんか……。銀行振り込みでもキチンキチンと払うような……」

「いや、いい客なんてホンのひと握りよ。たいがいの奴は、苦しくなるとバカバカ買ってきて、最後は小便ひっかけて終わりだ。慈善事業をやってんじゃねえのかと錯覚することばんたびサ……」

自嘲《じちょう》気味に呟き、タバコを揉《も》み消した。

『アラビアンナイト』と『金瓶梅』のネオンが見えてきた。車は、六郷大橋を渡ると、大きく右にカーブして、ソープゾーンの中心部を縦貫している堀之内のメーン通りで止まった。

『姫太郎』は、さすがに宵の口のためか、待合室に客は一人しかいなかった。

ぞろりとした角袖《かくそで》の着物を着たマネジャーが、松崎の顔をみると、

「マユミさん、二十分ぐらい待ちますが……」

と柱の時計をチラッと見やりながら言った。約束の時間より三十分も遅れたのだから、文句は言えない。

梅原の予約した富士という子は、すぐに入れるらしい。松崎が、どうしたものか、ちょっと迷っていると、

「きょう入った子がいるんですが……小柄でいい子ですよ……なじみの子ばかりじゃなく、たまには味の違うのも……」

愛想笑いをしながら、そのマネジャーが言った。

松崎は『姫太郎』では常連の口だった。一見《いちげん》の客には、こうも馴《な》れた口の利き方はしない。

「じゃあ、その新人さん、一人前頼むか……」

かった。

〈マユミに義理が悪いな〉

と、チラッと考えた松崎だったが、バカづらして待合室でじっと待つ気にはなれなかった。

「いらっしゃいませ……真琴と申します……」

薄い若草色の着物に紫の帯を締めた子が階段の上がり口に三ツ指突いて深々とお辞儀していた。

松崎は、チラッと一瞥《いちべつ》。ペタペタとスリッパの音を立てて、勝手に階段を上りかけたが、

「ちょっと電話するから……用事を忘れてたよ」

と言って、受付の電話へ小走りに行って、ダイヤルを回した。

渡世人の原田と、九時頃、雀荘《ジャン》『ロン』で待ち合わせていたのを思い出したからだ。

オバちゃんが出て、すぐに原田の声と代わった。

「いやあ、まいったよ……医者の大八車だぜ……悪いとこばっかり回ってる感じだよ……」

悲鳴まじりに泣きを入れている原田。

山健と『潤』のボケマス、それに寿司屋の源さんと千点二千円でやってるらしい。

「3回連続ラスだよ……早くきて注射（金）を打ってくれよ……」

言うだけいうと電話を切った原田。松崎と同じく、約束などケロリンタンで忘れているらしかった。

電話を切った松崎。上りかけた階段の上がり口に戻り、

「行きますほ……か……」

と、うずくまって待っていた真琴という子に声をかけた。

「新人なんだってな……」

部屋に入るなり、勝手にサッサと服を脱ぎ捨て、パンツ一丁になって言った。

「ええ……ここはよくいらっしゃるんでしょ」

「なんでわかるの……ソープの虫みたいな顔してっからか……」

「ううん、なんとなく……馴れている人って、部屋に入った時の雰囲気でわかるわ……」

「へーえ、そんなもんスかね。俺ァ、またスケベったらしい顔しているんで、見破られたかと思ったよ……」

そう言いながら松崎が、ショートホープを一本抜き取って口にくわえると、

「あ、つけます……」

と素早く、自分の口にくわえ直し、マッチで火をつけて、松崎の口に運んだ。

「ちょっと、休んでてね……」

シュルシュルと帯を解き、薄く透けてみえるパンティーをサッと脱いだ真琴。壁のスイッチを押して部屋を暗くすると、浴槽のある洗い場へ下りていった。

お湯を出し、湯かげんを確かめたあと、

「どうぞ」

と松崎をうながした。

浴槽に松崎が身を沈めると、いたずらっぽい目で右手を伸ばし、松崎のソレを握った。

「こんなに柔らかいの……」

と、しばらく弄《いじ》っていたが、

「ちょっと失礼……」

と、ソレを引っ張り上げ、水面から雁首のところだけ出して、チロチロッと舌の先で舐めた。

泡踊り用のシャボンを作り、マットの上に塗りたくったあと、

「さあ、どうぞ……」

と、松崎をうながした。

細かなテクニックは、マユミの方が上だが、かなり誠意をこめてやっている真琴のサービスぶりに、松崎は悪い気はしなかった。

ベッドでの本チャンでも、どこまで演技なのか、松崎がフッと錯覚するほど〝身〟を入れ、汗をかなり出し、鼻をふくらませていた。

「また……きて……必ずよ」

と、ウインクした真琴。下の待合室の前までくると、急に言葉を改めて、

「ありがとうございました」

と言って、奥へ消えた。

梅原は、すでに終えて、テレビを見ていた。

「行きはよいよい、帰りはバカくさいって感じだな、ソープは……」

表に出るなり、梅原が振り返りながら言った。

そのくせ、なじみの「富士」にけっこう満足しているらしく、三日と空けずに通っているのを松崎は知っていた。

風が急に冷たくなった。一杯きげんのサラリーマンらしい男たちが三人、どこの店へ入ろうかで、モメている。

こっちだ、あっちだ……腕を引っ張り合ったヒョイとしたはずみで、中の一人がつんのめって松崎にぶつかってきた。

「ナロー」

わざとよけなかった松崎に、その男が体の向きを変え、にらんだ。

酒の勢いも手伝ってか、残りの二人も松崎を囲み、

「どうしたんだ、ええ！」

と、アルコールの匂いを撒き散らしながら吠《ほ》えた。

「すみません、うっかりしてて……」

酔っ払い相手にケンカしても始まらん……と松崎が謝ると、相手の男は急にかさにかかって、松崎の胸ぐらをつかんできた。

梅原は、まずいことになったと当惑気な顔をして見てる。

「じゃあ、やるしかねえじゃんか」

と松崎は、目の前の男に、いきなり強烈なアッパーを見舞い、たじろいだ右の男の股間を思い切り蹴《け》り上げた。そして、呆然《ぼうぜん》と立っている左の男の髪をつかみざま、顔面めがけて頭突きを一発、二発とかました。

僅か十秒足らず、戦意を全く喪失した三人は、うめくだけで立ち上がろうとしなかった。

「さすがだね、やるもんだ……」

堀之内の裏通りを急ぎ足で歩きながら、感心したように梅原が、松崎の背に声をかけた。

3

冬の雨が、枯れた芝生を激しく叩《たた》いていた。

日曜日に出走する馬の確定ワク順を、競馬場から社に電話送稿。予想もつけ終えた時、5レースのファンファーレが鳴った。

朝の2レースから、松崎はアパートで待機している菊地に買い目を指示していた。2、3、4レースとも、順調にハズれていた。

松崎は、当てることも難しいが、わざとハズすことも意外と難しいものだと知った。全く連対にからまないような馬から流すと、中村が梅原の方へ逃げずに、全部ノマれてしまう危険性があった。

それでは仕事にならない。

きそうで、こない馬を探すのが三分の一の分け前をもらう松崎の役割であった。

菊地が、中村に頼んだ馬券の目が、思惑どおり梅原の方へ流れてきているかどうか、気になった松崎は、梅原へ電話を入れた。

「2レースは逃げてこなかったけど、3レースは⑤－⑦、⑦－⑧を十万ずつ逃げてきた。4レースも④－④と④－⑧を十五万ずつ……。今んところ、オチ分を引いて四十五万、浮きだ。その調子でずっと頼むよ……」

絵図どおり事が運んでいるためか、舌の滑りがいい。

松崎は、専門紙を引っくり返して2レースの出馬表に目を落とした。

どの新聞も本命か対抗にしているホクエイラベンダーを蹴って、③枠のコバモンテから、①枠のアニマルワン、④枠のサッシンホーク、⑤枠のタケシコオーの三点を十万ずつ買うよう菊地に指示したのだが、おそらく中村は、ホクエイラベンダーは絶対に連にからむと考え、梅原の方へ逃げなかったようだ。

〈これは、チョイとばかし、中村という奴を甘く見すぎていた……〉

梅原の話では、二、三千円以上つく配当の目は、なんでもかんでも逃げて保険をかけるような、小心な性格の男のはずだった。

だが、自分なりに、これはからむと思った馬を全くハズした馬券は、腹を据えてノンでしまうようであった。

5レースも、一瞬、危なく当たりそうになったが、⑤－⑧のフォーカスはなかった。

昼休みになったところで、松崎は、菊地に後半のレースの買い目を教えた。

「ヤッコさん（中村）あまりキゲンがよくないみたいだぜ。二十万だ三十万だとバカスカ入れるんで心配になってきたんじゃねえのかな……皮肉まじりに、ずいぶんと買いますね……なんて……」

買い目を復唱したあと菊地が、言った。

すでに5レースが終わった時点で、菊地は百七十万ばかり負けている勘定になる。

このまま、突っ走ったら四百万は楽にオーバーする計算になる。

「買ってて変な気になっちゃうよ。払うつもりのまるでない馬券だから……」

と言う菊地に、

「真剣な声で言わないと、勘ぐられるぜ……」

と釘《くぎ》を刺し、松崎は電話を切った。

そして、ふっと、朝から一枚も自分の馬券を買っていないことに気がついた。

なにか、フワフワした気で、馬券を買う気分になれなかった。

一方では、ワザとハズレる馬券を十万単位の金で考え、一万、二万買う自分の馬券は当てようとして買う、その気持ちの区別がハッキリつきかねる状態だった。

いつもは、

〈きてくれ……〉

と祈りながら買った馬を見てるのが今は、

〈くるな……〉

と願って見ている。その奇妙さに、松崎は戸惑いながら双眼鏡で馬群を追っていた。

水をタップリと吸い込んだ馬場は、馬たちの蹄《ひづめ》に踏み荒らされ、泥田と化していた。

6、7レースと二鞍続けて、堅く収まった。もちろん、松崎が菊地に指示した馬券はハズれていた。

6レースで松崎は初めて自分の馬券を買った。③－⑤で二百九十円つくなら上等と、一点で五万勝負したのがスンナリ決まって、九万五千円のプラスになったが、さほど儲けたという実感がわいてこなかった。

〈気の入っていない時に、馬券を買っても、ズルズルとやられるだけだ……〉

と松崎は考え、7レース以降は〝見〟（ケン）することに決めた。

8レースは、多頭数で、しかも不良馬場ではテンに行けないホッカイプリティはカモと読んで、②枠から③、⑤、⑥、⑦枠へ二十万ずつ4点買わせたが、その読みがズバリ当たって、ホッカイプリティは八着と沈んだ。

梅原から「当てるのは、あまり巧《うま》くないらしいが、ハズすのは巧いねえ……その調子で後も頼むぜ」

と弾んだ声で電話がかかってきた。

「一応、釘を刺しておいたぜ……火曜日に清算ですよ……と言ったら、大丈夫ですって、意外に元気そうな声を出してたぜ……菊地がちゃんと払ってくれるもんだと思い込んでいやがる、バカな野郎だぜ……」

最後はいやらしい含み笑いを残して電話を切った。

〈褒めてとられる兵隊検査になっちゃったぜ……〉

9レースが終わった瞬間、松崎は舌打ちせざるをえなかった。

単勝1・6倍のビューティーゼアを蹴飛ばした馬券は、全部ノマれると判断。ビューティーゼアからヒロワイルド、サヤマジョー、ヒシアカギの②―⑤、③―⑤、⑤―⑥の三点を二十万ずつ菊地に電話して、中村に注文させようとしたのだが、ヒシアカギの同枠にいるクリスズが、勝負気配にあるなんてことを、チラッと中山のトラックマンに耳打ちされたのがまずかった。

道徳じゃクリスズも用なしと思いながら、なんとなく嫌な予感がして⑤―⑥の目を⑤―⑧に変更してしまった。
⑧枠のヤマノライトが、大外から猛ダッシュをみせ、先頭に立って2コーナーを回った時、松崎は不吉な胸騒ぎに襲われた。
4コーナーを回ってもヤマノライトの足色は全く乱れず、むしろ追走する後続グループの方がネッキリハッキリの足色。

外から本命のビューティーゼアがバテた先行グループをかわして、完全に二番手に上がった時、松崎は背筋に冷たいものが流れたような感触を覚えていた。⑤―⑧はスタート直前に22倍の配当を示していた。

もし、中村が、菊地の入れてきた⑤―⑧二十万をそっくり梅原の方へ逃げていたとしたら、四百四十万の当たりで、今までの苦労が水の泡になるどころか、逆に梅原が中村に金を払うハメになる。

梅原は、家も仕事場も知られているから、菊地のようにトンズラするわけにはいかない。

〈最悪だ……〉

松崎は、確定の赤ランプを待たずに梅原に電話をかけた。

「梅さん、出してくれ……」

電話口に出た若い衆に、怒鳴るように松崎が言うと、すぐに梅原が出た。

「どうしたの？」

「⑤－⑧幾ら逃げてきた？」

「いや、②－⑤と③－⑤だけ十万ずつ買ってきたよ。⑤－⑧の目もあったの？ へへ、それはお笑いだ。野郎……⑤－⑧だけ、全部自分で抱いちまいやがった……ハッハッハ……」

松崎は途端に、ヘタヘタと座りこみたいくらい、気が軽くなっていた。

菊地の負け二十七万円。

中村が梅原に逃げた馬券、三百八十万のマイナス――。

口笛を吹きたくなるほど、松崎の心は弾んでいた。

西船橋から東西線で社に帰る電車の中で、アベックが二組、楽しそうに話していた。オケラにされて帰る時、そんな光景を見るたびに、
〈俺もああいう、まっとうな生活がしたい。取った、取られたの繰り返しで年をとって行くんだろうか……〉
と、羨望《せんぼう》と焦燥感にさいなまれることがよくあったが、充実した今の松崎には、そんなささやかな楽しみなど目に入らなかった。

4

雨は止んだが、馬たちの蹄によって掘り起こされた芝生は、いたるところに赤土が顔を覗かせていた。

ダートコースも、表面に水を浮かせ、鈍い冬の日を映していた。

今年最後の競馬——。という思いが、松崎の勝負ッ気をかき立てていた。

そして、ノミ屋の中村に仕掛けた罠《わな》が絵図どおり、順調に運んでいることが、松崎の賭《か》けに対する闘争心を煽《あお》っていた。

〈このまま、巧くいけば二百、いや三百万ぐらいの稼ぎになるかも……〉

松崎の、ハズすための予想は見事にハズれ続け、それに比例して中村の逃げ馬券の

負け数字は、確実に増えていった。

　日曜日の7レースが終わった時点ですでに軽く六百万円の大台を突破していた。当然、菊地の負け分も、土曜日の二十七万円から、二百万近くになっていたが、どのみち払う気の全くない金であり、幾らになろうと関係なかった。

「あとひと息だ……」

　レースの合間をみはからって、梅原から激励と喜びの気を伝える、嬉《うれ》しげな電話がかかってきた。

「締め切りが早いの？　松ちゃんのところ、きょうはやけに忙しそうだね……」

　頻繁に鳴る電話に、不思議そうな顔をした日刊スポーツの福内が冷やかした。

「整理部が今晩忘年会らしく、早く出稿したいらしいんだ」と松崎は軽くいなした。

　まさか、ノミ屋殺しをやってるんだとも言えない。

　だが、8レースが終わった途端に、ジリンと鳴った電話に松崎は、唇を噛み、意外なコトの成り行きに言葉を失った。

「まいったぜ……今のレース、三十万くらったよ……七百五十円だから二百二十万か……③－⑤の目だけ一点に絞って逃げてきやがった……」

　舌打ちまじりの梅原のセリフに松崎は耳を疑った。

　勝つのは⑤枠のテイザンオーと読んで、松崎は菊地に⑤枠がらみの馬券は一枚も言っていない。

　前走の二着で人気になりすぎたきらいのあるキクノフドウオーの⑦枠からスイートアースの⑦－⑧、カミノテンリュウの⑥－⑦、ホクエイツーの④－⑦の三点を二十万ずつ買うよう指示しただけだ。

「ちょっと待てよ……俺ァ③－⑤なんて目は菊地に言っちゃいないぜ……」

「………」

「菊地が勝手に目を変更するわけがないし……。そうか……中村の野郎、もうどうやっても引っ返せないんで、毒皿《どくさら》になりやがったな……菊地の馬券は全部抱いちゃって、今度はテメエの馬券を梅さんとこへ入れだしやがった……」

「……そうか……それでわかった……ひと目五十万まで入れさせてくれって言いやがるから、約束どおり、三十万までと断ったんだが……、ナルホド、そういう魂胆か……」

　ついさっきまでの浮き浮きした口ぶりとは違って、考えあぐねているように、沈黙の間合いが長くなった。

「急に菊地が入れなくなるのも変だから、今までどおり、入れさせるけど、梅さんの方へ中村が入れてきたら、その目を教えてくれ……」

　と松崎が言うと、

「ちょっと待ってくれ……今、中村から電話があったらしい……」

受話器をゴトンと置く音がして、もう一つある電話口に出ている若い衆から、メモを受けとったらしい。

「大障害は、ソネラオーから買ってる……②－③、③－⑤、③－⑥、③－⑦が各三十万ずつだ……。ええと②－③で10・4倍、③－⑤で16倍、③－⑥で8・5倍、③－⑦が30倍つくぜ……③－⑤と③－⑦がきたら、一発で引っくり返されちゃう。③－⑦だと九百万で……逆にこっちが四、五百万つけなきゃあなんねえ、どうする……」

さすがに不安になってきたらしい梅原。仕掛ける側から、受け身の側に回るとは考えてもいなかった焦りが声に出ていた。

「ノムしかねえだろ……こうなりゃあ運否天賦《うんぷてんぷ》だ……。それにソネラオーは距離的に考えりゃ怖い馬じゃねえ」

気休めにそう言ったものの、松崎も確たる自信はなかった。

〈サクラオンリーは、からみそうだ……②－③なら、たいしたガミにもならない……〉

そう自分に言いきかせ、観覧席に座ると、ファンファーレが鳴り、大障害のスタートが切られた。

バンケットの底に消えた七頭の馬が、緩慢にも映るフットワークで、次々に駆け上がってくる。

まだひと塊だ。互いに好ポジションをキープしようと、ひしめき合っている。

四千百メートルの長丁場。起伏の激しいバンケットを六回り上り下りし、さらに大竹柵《さく》、大土塁を飛び越えていかなければならない中山大障害は、バラバラの展開になるのが常であった。

だが、隊列はなかなか崩れず、先頭のクローバーウイングと後方を行くトキワロッキーの差は、七馬身もなかった。

〈ヨシ！　雄二、いいぞ、その呼吸だ……〉

松崎は平井雄二の乗るサクラオンリーから勝負していた。ムサシタイムとトキワロッキーへの②－⑤、②－⑦に二万ずつ遊びで買っていた。

〈まともならサクラオンリーとバローネターフの②－⑥３・４倍で決まる……。狂ってもソネラオーまで……〉

というのが、自分の予想であったが、なぜか②－⑥は買う気になれなかった。ましてや、中村がヤケのヤンパチで勝負してきたソネラオーには十円の銭も、賭ける気はない。

九歳馬ながら、しなやかなフォームで、待ち受けるハードルをこなしていくサクラオンリーと平井雄二。それは全く、よどみがなかった。

最大の難関である大竹柵に、さしかかると、

「ウォー」

という、どよめきが上がった。

自分の買っている馬が無事に飛ぶことを祈りながら、落馬を期待する人間の心理が、様々な思惑となって飛び散る。

だが〝何〟も起こらなかった。

〈勝つのはサクラオンリーでどうしようもない……〉

最後のバンケットを上っていくサクラオンリーの確かな手応《てごた》えを見て、松崎は呟いた。

必死で逃げるクローバーウイングとは足色が違いすぎていた。もう、飛び越す物がなにもない。直線に入った時、サクラオンリーは、確実に勝利へばく進していた。

外から橙《だいだい》色のトキワロッキーが完全に二番手に上がり②－⑦の馬券は、ほぼデキ上がった。

ほくそ笑みかけた松崎が、肝を冷やしたのは、その直後だった。

一度〝死んだ〟ソネラオーが、内から鋭く伸び、あっという間にトキワロッキーと並んだからだ。

中村がサクラオンリーとソネラオーの②－③に三十万入れてきたことを松崎は忘れ

てはいない。

11倍で三百三十万。しかも、松崎の②－⑦14倍の馬券三万円が紙クズになってしまう。だが、ソネラオーの強襲も結局は、松崎を脅かしたにすぎなかった。

「危なかったなあ……もうチョイのところでやられるとこだったぜ……」

インタビューから戻ってきた松崎に梅原から定期便がかかってきた。

「10レースはマルハチオーから、三十万ずつ総流しで八点も買ってきやがった……ヤッコさん、もうメッチになってるぜ……」

大障害で百二十万抜けたので、気が楽になったのか、もう、どうする？　とは聞かない。

〈勝負のアヤなんて、わからないものだ……もし、ソネラオーが二着にきてたら、中村も⑦枠から流したかも知れない……〉

10レースが終わった瞬間、松崎はそう考えていた。

ランスロットとカシュウチカラの⑦枠二頭が、後続の馬たちに大きな差をつけ⑦－⑦で決まった。

道悪上手で穴人気になったマルハチオーは十着と沈んだ。

8レースの③－⑤で二百万近く取り戻した中村だが、9、10と続けて落とし、トータルは八百万近いマイナスになっていた。

〈最終レースは何を買ってくるんだろ……〉

そう考えた時、松崎は、フッとひらめくものがあった。

名案だった。

最終レースの結果を待つこともなく、このまま勝負を終わらせる巧い方法だった。

最終レースに出走する馬たちが、馬場に姿を見せ、思い思いの方向に散っていった。

だが、松崎はそんなものには眼もくれず、受話器にとびついた。

「中村から、もう最終レースの目を言ってきたか」

梅原が電話口に出るなり言った。

「いや……まだだ……ヤッコさん、今頃、油汗流してオッズとニラめっこしてるぜ

……おそらく」

「中村には両方の電話番号を教えてるのかい……」

「いや、一つだけだ、今使ってるこの電話だけだ」

なんでそんなことを聞くんだというような声で梅原が言った。

「よし、わかった。他の客はたいてい二つの電話番号を知ってるんだろ……そしたら、このまま電話を切らずにおいとくからそっちも受話器をはずしたままにしといてくれ

……」

「あ、そうか……ヤッコさんが、幾ら電話をかけてきても話し中になってれば、手も

足も出ないわけだ……そうか、そいつはいい……」

ようやく松崎が何を考えているのか理解したらしい梅原。ゲラゲラ笑い出した。

梅原の方の受話器だけを上げたままにしとくと、電話局に確認されると、本当に話し中なのかどうかが、バレてしまう。

あとで、モメる材料にはしたくなかった。

松崎は受話器を元に戻さず、机の上に置いたままにして、時間の過ぎるのを待った。

すでに梅原には、

「最終レースが終わったら、受話器を元に戻せ……中村からおそらくすぐに電話がかかってくるだろうが『ひっきりなしに他の客から電話があって』……としらばっくれろ……」

と言ってあった。

夕闇《ゆうやみ》が、ヒタヒタと迫ってくる中で、スタートを切った最終レースは、ダントツの一番人気になったメイファイターが三着に落ち、二、三番人気のハクバサブローとカネマフジの⑥－⑧、二千四百八十円の中穴になった。

三頭の馬がきわどい接戦を演じ、ゴールに飛び込んだ時に松崎はソッと受話器を元に戻した。

何度ダイヤルを回しても、話し中なのにいら立ち、電話の回りを、檻《おり》に入れられた獣のようにうろつく中村の姿を想像しながら……。

最終レースに総てを賭ける肚《はら》で、目を血走らせ、出馬表とオッズをにらみ、祈るような気で買い目を決めたであろう中村。それが、思いもよらない肩すかしをくっただけに、諦《あきら》めきれない心境だろう……と松崎は思った。

ましてや、⑥－⑧を買う気になっていたら、なおのことだ。

松崎は、菊地に電話。すぐにアパートを引き払うよう伝えた。そして「梅原と『ベラミ』で八時に会うから、そこへこい……」

とも――。

『ベラミ』は、年の瀬の日曜日の晩らしく空いていた。

松崎が顔を出すと、すでに梅原と菊地は待っていた。

「いやあ、まいったよ……。あのあと中村から、ガンガン電話がかかってきて……⑥－⑧を三十万頼むつもりだったって言うんだ。お気の毒だとは思うけどこればっかしは……と無論、相手にしなかったけどね……」

松崎がボックスに座るなり、梅原がニタニタ笑いながら言った。

カウンターに、男と女が一人ずつ座って、コーヒーを飲んでいたが、別にこちらの話に耳をそば立てているような気配はなかった。

「計算書をみせてくれ……」

松崎が、成功の証しである、中村の注文した額を正確に知りたくなって右手を出すと、ポケットから梅原がぶ厚い伝票を引っ張り出した。

細かな数字がビッシリ書き込まれていた。二枚目の日曜日分のところに、一つだけ赤いボールペンで書いてある数字があった。8レースの③－⑤七百五十円を三十万、中村が当てたやつだった。二百二十五万円の数字だけが赤であとは総て黒い字だった。

一番下に、八百九十二万と書いてあり、落ちの一割を引いた八百二万八千円の数字が丸で囲まれてあった。

「八百二万か……予定どおりというか大成功というか、まずまずだな……」

感情を押し殺して松崎が言うと、「本当に俺、一割もらえるんでしょう。八十万か……ヒーヒー……」

菊地が、嬉しそうな悲鳴を上げた。

梅原たちと『ベラミ』の前で別れた松崎は、商店街を抜けて『潤』に向かった。

忘年会で安酒をしたたかにくらったサラリーマンの群れが、路地に溢れていた。梅原と堀之内に行った帰り、酔っ払いに絡まれて往生した苦い記憶が、松崎の足を早めた。

〈この二日間ほど、神経を使ったこともないな……〉

実質的には自分が銭を払うわけではないが、馬券をノムということが、どんなにしんどいものか松崎は理解できたような気がしていた。

買うのは、負けても勝った銭だけの損で済む。

だが、ノムとなると、いったい幾ら損をするのか計りようがなかった。相手しだいなのである。

土、日の二日間で松崎は、四十万ほど儲けていた。有馬記念からこっち、小博奕でも負け知らずで、懐には二百万近い銭があった。年内に返さなければならない、利息つきの金と忙しい金を払っても六、七十万が手元に残る勘定だった。

松崎の懐にある金が、彼の全財産である。そして、それは常にゼロになる危機に晒《さら》されていた。

銀行とは全く無縁の世界に生きてきた松崎にとって、オケラになれば、足の早い銭を高利で借りるしか手がなかった。

〈どうにか年を越せそうだ……〉

梅原からの報酬を、頭の中で計算しながら、松崎はサビれた裏通りを歩いていた。

『潤』を覗くと、渡世人の原田がつまらなそうに、水割りをすすっていた。

「珍しいんじゃん……楽になっちゃうと、品川なんかに顔を出せないんだろ……ナシに食いつかれんじゃないかと警戒して……サ……」

わざといじけたような口ぶりで原田が声をかけた。

「よしてくれよ……楽そうな顔してるだけよ……泣いたって誰《だれ》もスケてくりゃあしねえから、笑ってるだけよ。毎晩、泣きながら酒を飲んでるぜ……」

　と軽くいなし、原田の隣のスツールに松崎は腰を乗せた。

「ひでえもんだ。忙しいこの暮れだってえのに飛び込んじゃった……バローネターフと三浦ってえジョッキーを殺してやりてえ……よ。若葉と正月になったら旅行に行こうと、しまっておいた銭を、つい②－⑥にぶっ込んじゃった……」

　角刈にした頭をボリボリ掻《か》いて、渋い面を作ってる。

「競馬は駄目だ。もう、来年から一枚も買わねえんだ。馬鹿くさいったらありゃあしねえ……」

　原田の競馬をやめた……はばんたび（しばしば）だ。それも、日曜の夜から火曜日ぐらいまで。鶏は三歩、歩くと全く忘れるというが、原田も鶏といい勝負。金曜日になると、ちゃんと新聞持っている。

「でも、俺たちから競馬と博奕をとっちゃったら、何が残る？　気が抜けて廃人になるよ、きっと……」

　俺もやめられねえんだというニュアンスで松崎がいうと、

「そうだよなあ……一発、ドデカイのをぶち当てなきゃあ、止めるに止められねえモンな……」

自嘲気味に呟き、今まですすっていたグラスを一気に飲み干した原田。夜中の三時過ぎに帰ってくる若葉ちゃんを待つしかスベのない身を嘆いている。

原田と二時間ばかし、互いの馬鹿さかげんを笑いあったあと、松崎は勘定を払って表に出た。

五日ばかり会っていない由紀のところへ泊まりに行こうかと考えたが、あまりに冷たい師走の風が、松崎の気を変えた。

タクシーの通る国道まで、歩く気になれなかった。踵《きびす》を返して、旧道の方へ向かった。聖跡公園の脇にある紀子のアパートへ行くためだ。

紀子とも、有馬記念の前に泊まったきりで、一度も顔を合わしていなかった。

「正月用の原稿が忙しくて……」

と弁解はしてあったが、社にかかってくる電話の声は、やはり寂しそうだった。

〈俺もロクな死に方はできねえ口だな……〉

急速に酔いの回り始めた頭の中で、松崎は、おぼろげに、そう呟いていた。

顔役と助っ人

1

「ちったァ、警戒して打ってくれよ……ブンブン麻雀《マージャン》じゃあ、早いモン勝ちで面白くねえよ……、松ちゃん！　頼むぜ！」

　山健のリーチに一発で放銃した松崎に、渡世人の原田が顔を歪《ゆが》めて言った。

　東の三局で親満を自模《ツモ》あがり、南場に入っても安あがりを二発決めて、トップ候補だった原田。

　それが、オーラスで松崎が山健にハネ満をぶち込んだため、引っくり返ってしまった。

　ぶつぶつ言いながら、山健に差しウマの二万円を払ってる原田。

　松崎も、山健とボケマスに二万ずつ差しウマをいってるから、点棒の負け分と総ウマの三万円を加えると、十万近い払いになる。

「嫁いった晩だ……。やられっぱなしでヒイヒイよ……」

そういって卓の上に十万束を放り出しながら、松崎は麻雀に全く気が入っていない自分を意識していた。

「およそ珍しいねえ……今晩の松崎ちゃんは、全然、迫力がねえもんな……女のことでも考えてんじゃねえのか……」

図星だろうってな顔でボケマスが言った。

雀荘の電話が鳴るたびに、尻《しり》をあげかける松崎に、首をヒネってる風だ。

松崎は時計を見て、チョッピリ心配になってきた。

今夜の八時に、中村と梅原が五反田の『チェリオ』という喫茶店で会うことになっていた。

土、日の中村の負け分八百二万の清算をするためだ。

金を受け取ったら、すぐに梅原が電話を松崎に入れることになっていたが、九時を過ぎても何の連絡もなかった。

〈なんか、あったんだろうか……〉

松崎は、嫌な予感に襲われ、気もそぞろで麻雀に身が入らなかった。

松崎へ渡す二百七十万の金が、惜しくなってズラかるような梅原でないだけに、かえって連絡のないことが、事態の不吉な展開を意味していた。

〈ジタバタしてもしようがねえ……待つだけだ……〉

そう自分に言いきかせ、気を取り直して卓に向かったが、次の回も松崎はラスに終わった。

五回やって四回ラス。三着が一回で、三十八万が懐から消えていった。中山の最終週で儲《もう》けた馬券のぶんが、溶けてしまった。

〈『チェリオ』を覗《のぞ》いてみるか……〉

こんな調子じゃ、幾ら取られるかわからない――と松崎が肚《はら》を決めかけた時、電話が鳴った。

「松ヤン……電話だよ……」

雀荘のオバちゃんが、受話器を、編みかけのセーターの上に置きながら言った。

「松ちゃん？　もしもし……松ちゃんだネ？」

聞き慣れた筈《はず》の松崎の声を、しかと確認できないほどあわててるらしく、梅原の声は、上ずっていた。

「もめてんだ……中村の義理の兄貴っていう芳田が一緒に来て、なんだ、かんだいいがかりをつけるんだ……」

「………」

〈やっぱり出てきやがった……〉

松崎は、腹の中でそう吐きながら、黙っていた。

「誰《だれ》に断ってノミ屋をやってんだとか、カタギのくせにかすりごとをやりやがって……と全く話にも何もならねえんだ……事務所にさらってヤキをぶっこんでやるぐらいのこと抜かしやがって……」

梅原のせっぱ詰まった口ぶりで、梅原の置かれている状況が、松崎には推測できた。

「よし、わかった。とりあえず、兵隊を集めて、そっちへ向かわせる……芳田とタメに話のできる人間を頼んでから、俺《おれ》もそこに行くから、もう少し頑張ってくれ……」

早口で言ったあと、松崎は電話を切った。

事態を飲みこめず、あっけにとられた顔をして、松崎を見上げている原田や山健を残して、松崎は勢いよく雀荘『ロン』から飛び出した。

雀荘から、目と鼻の先の距離にある紀子の部屋へ、松崎は一気に突っ走った。

二晩続けて来ることのめったにない松崎の顔を見て、うれしそうに目を輝かした紀子に、

「急の用事ができちまった。下着をそこに出しといてくれ」

そう言って松崎は、受話器に飛びついた。

松崎のただならぬ気配と、険しい目で何かを察した紀子。言われるままにタンスか

ら、下着を取り出した。

松崎は、幼いころからの習慣で、毎日、下着を取りかえないと気がすまない性質《たち》だった。

〈いつどこで、どうなっても構わないように、下着はきれいなものを身につけとかねばならん……〉

叔父の政次郎のシツケであった。

松崎は、渋谷《しぶや》の道玄坂《どうげんざか》にいる後輩の前川に電話を入れた。

同棲《どうせい》している女が出たあと、前川の声に変わった。

「どうしたんスか？　……」

「詳しい話は、後でするから、そっちの若い衆を少し集めてくれ……。十人もいれば上等だ。五反田の駅前に『チェリオ』というサテンがあるの知ってるだろ？　そこの店の前に、なるべく早く来てくれ……」

「戦争になりそうなんスカ？　それだったら道具も持っていかなきゃなんねえし……、チャカ（拳銃《けんじゅう》）でもポン刀でも売るほどあるから……先輩どうします？」

さすがに現役らしく、前川の声は落ち着いていた。

前川と連絡がついたことで、松崎もある種の心のやすらぎを覚えていた。

「たぶん、そうはならんから道具はいらない」

松崎が言うと、

「じゃあ、念の為、木刀でも車の中に積んでいきますわ……」

前川は遠足にでも行くような軽く弾んだ声を残して電話は切れた。

松崎は、長身で全身、筋肉の塊といった前川の体と、浅黒く引き締まった精悍《せいかん》な顔を、思い浮かべていた。

小田原にある特少（特別少年院）に松崎が送られた時、少し遅れて入ってきたのが前川だった。

棟別に一舎から三舎まで、わかれていたが、松崎と前川は二舎に組み入れられた。

新入生に対する歓迎？　の挨拶《あいさつ》というかシゴキは、さすがに特少の名に恥じぬすさまじさで、たいがいのものは、ネをあげ、苦痛に耐え切れず泣いた。

だが、前川は違っていた。久里浜の少年院で事故を起こし、送られてきただけあって、しぶとくしたたかだった。

といって、先輩の院生に対してケツをまくるわけでもない。臆病《おくびょう》な奴《やつ》は、シゴキの怖さに、娑婆《しゃば》でいかに自分が凄《すご》い男であったか、そして、どこの組にゲソをつけ、誰の若い衆だったかを言って開き直ろうとするが、せせら嗤《わら》われ、より強烈なリンチを受けるのが常だった。

だが、黙ってシゴキに耐え、動作と振る舞いにどことなく風格のある前川は、すぐに先輩の院生たちも一目置く存在になっていた。

教官の受けもよく、退院間近かに総監（総番長）になった前川が、鍛練（体育）の時間に上半身裸になって台の上に立ち、百人近い院生に号令をかける姿は壮観であった。

二つ年下の前川に松崎が惹《ひ》かれるものを感じたように、前川もまた松崎に、相通じるものがあったのか、お互いに退院してからも付き合っていた。

着替えをすませた松崎は、不安そうな紀子の視線を背中に感じながら、表に出て、車を拾った。

北馬場から、五反田までは松崎にタバコをゆっくり吸う時間を与えてくれぬほど近い。

『チェリオ』の中に入った途端、松崎は事態がのっぴきならないところまできているのを知った。

左の奥のボックスで、声高にののしり合っていた三人の男が、はじかれたように立ち上がり、その中の大柄な男が、怒声と共に対面の男に蹴《け》りを一発いれたところだった。

芳田であった――。

派手な格子縞《こうしじま》のシャツに真っ白なスーツをラフに着こんだ芳田は、いつか賭場《とば》で会った時より、はるかに凄味があった。

芳田の強烈な蹴りを、モロにくらった梅原の体は、ぐらりと倒れかかった。

松崎は、一瞬、その中へ割って入ろうかと考えたが、かろうじてその衝動を抑えた。

それは、梅原に対する芳田の挑発にまんまと乗せられてしまうことを意味していた。

ノミ行為という当事者同士の紳士協定による約束ごとで生じた梅原と中村の貸借を、帳消しにする意図を持って芳田が出てきたのは明らかであった。

五反田の顔役という立場をかさに、力で梅原を屈服させてしまおうという魂胆は、ガラス張りのように丸見えだった。

「待ってくださいよ……。話の途中でいきなり蹴飛ばすなんて、ひどいじゃないですか……」

芳田の乱暴な行為を、責める口ぶりで梅原が言った。

「この小僧！　誰に向かって口をきいているんだ、筋が通らねえだと……オウ！　通らねえんで納得がいかねえんなら、カッチリとオトシマエをつけてもらおうじゃねえか……」

ドスのきいたべらんめえ調で、芳田が凄んだ。

黙って二人のやりとりを聞いている中村の顔に、思惑どおり事が運びつつあるのを楽しむ、薄笑いが浮かんでいる。

芳田がどんな人間なのか、百も承知の、店のマスターや、狐のような顔をしたウエートレスは、かかわりになるのを恐れて、見ぬ振りをしていた。

「足元の明るいうちに、帰んな……スリルを味わっただけ得をしたと思えば諦《あきら》めもつこうってなものよ……」

梅原がカタギであることを知ってる芳田。完全に舐《な》め切っていた。梅原は下を向いたまま、どうしたらいいのか困惑の表情を浮かべ黙っている。

松崎が、少し離れた後ろにいることに、梅原はまだ気がついていない。周囲を眺め回すゆとりなど全くない状態にあることを、小刻みに震えている肩が示していた。

「どうしたの、梅さん……」

リラックスした足どりで、松崎は、三人のいるテーブルに近づきながら、梅原の背中に声をかけた。

振り返った梅原の顔は、泣いているのか、笑っているのかわからないほど、妙に引きつっていた。

何か訴えたげな目をした梅原を手で制し、松崎は芳田の方に向き直った。

「どうも……芳田さん……先日は失礼しました……またそのうち呼んでください……」

松崎は、そう言ってあいさつした。

はじめ、何だコイツは……といったけげんな顔つきだった芳田も、松崎が自分の賭場に客としてきた男であることを思い出したようであった。

「ちょっと今、とりこんでんだ」

余計なところへ出てくるなと、いった風に、顎《あご》をしゃくって出口の方を示した。

「いや、実は……この梅さん、自分の知り合いなんですよ……」

とぼけた口ぶりで、松崎がそう言うと、

「なに！　じゃ、テメエもノミ屋の片割れか……」

スーと目を細め、ハッキリと敵意をむき出しにした芳田。

ポケットに突っこんでいた手を、ゆっくりと出し、耳たぶを弄《もてあそ》びながら、

「それで？　……知り合いだから、どうするって？」

松崎の目を鋭く睨《にら》んで言った。

「話は、大体、この人から聞いたんですがね、芳田さん、アンタもこの辺じゃ、いい顔の親分さんでしょう？　それにしちゃあ、ちょっとみっともないこと言ってるようですよ……、名に傷がつくんじゃないですか……」

一歩もひかない構えをみせて、松崎はゆっくりと言った。

「なァに……オウ！　オメエがどこのモンだか知らねえけど、たいそうな口をきくじゃあねえか……」

せせら笑うように、唇を歪めた芳田が、中村に目くばせをした。

若い衆を呼びに走らせるつもりなのだろう。

〈ここで殴り合いになったら、銭の話もご破算だな……〉

ずいぶん無駄なことをしたもんだ……と考えた松崎は、急に芳田と中村に怒りが湧《わ》いてきた。

〈前川が到着する前に、おっぱじまりそうだ……〉

と松崎は、一人でもやるつもりになっていた。

2

できることなら、芳田とコトを構えたくない……と考えていた松崎だったが、いきがかり上、引っこみがつかなくなっていた。

スゴスゴと芳田の前から引き下がることは、男としてメンツが立たない。

酔っ払いを相手に、喧嘩《けんか》するようなわけにはいかない。芳田はレッキとした筋モンであり、たとえ、この場で喧嘩に勝ったとしても、収まりのつく相手ではなかった。

若い衆を何人も抱えた、いい親分が、カタギにオボソにされて黙っているなんてことは、それこそメンツにかかわることだった。

〈だが、俺だって負け犬にはなりたくねえ……〉

肚をくくった松崎は、芳田の攻撃に油断なく身構えながら、梅原に、逃げろと目で合図した。

戦力にならない梅原では足手まといになるし、万一、とっつかまって、松崎の素性や寝グラを追及されるおそれがあったからだ。

芳田は、梅原の時とはちがい、松崎には慎重だった。松崎の精悍な面構えと、いかにも喧嘩馴《な》れしたような身のこなしに、うかつに飛びかかれないようであった。

得体の知れない男と相討ち覚悟で、ゴロ（喧嘩）を巻くほど、芳田は若くなかった、老獪《ろうかい》だった。

（おっつけ駆けつけてくるであろう若い衆が来てからでも遅くはない）

と踏んでいるようだった。

だが、それは松崎にとっても同じことだった。

（十人ぐらいの兵隊なら三分もあれば集められる……消防署より早いぜ）

と、冗談まじりに言っていた前川の言葉が嘘《うそ》でないなら、そろそろ到着していい時間だった。

松崎が紀子のアパートで前川に電話を入れてから、三十分近く経《た》っている。暮れも押し詰まった二十八日の深夜だけに、道路もすいているはずだった。

だが、沈黙の対峙《たいじ》は、一瞬、芳田に有利に運んだかに見えた。

「親っサン！」

「大丈夫ですか！」

『チェリオ』の扉を蹴破るように雪崩込んできた三人の若い衆が、芳田の体をかばうように、松崎の前に立ちはだかった。

大げさにも、一人の男は紫の布で包んだ日本刀らしきものを、コートの陰から取り出した。だが、相手が松崎一人なのに拍子抜けしたのか、袋の中に入れたまま、芳田の顔色をうかがっている。

日本刀に素手で立ち向かうほど松崎も無謀ではない。ジリジリと後ずさりしながら、洗面所の脇《わき》に立てかけてあるモップを摑《つか》むタイミングを狙《ねら》っていた。

梅原は、逃げそこねた感じで、入り口の扉のところに立って、成り行きをうかがっている。

その時だった。

若い衆を呼びに行った中村が、扉を開けて入ってきたが、その開けた扉の向こうに、黒い二台の外車が、激しい軋《きし》み音を立ててとまった。

助手席から、真っ先に降りた長身の男は、まぎれもなく前川であった。そして、落ち着いた足どりで、半開きになっている扉に肩を滑りこませ『チェリオ』の中に入ってきた。

二台の車からもバラバラと十人近い男が勢いよく降り、前川の後に続いた。

「機動隊だ！　……」

芳田の若い衆の一人が、うろたえたような声で叫んだ。

日本刀を持った角刈りの男は、そのひと声で絶望的に顔をゆがめ、奥の非常口へ逃げようとした。

さすがに、芳田は（何事だ……）といった訝《いぶか》しげな顔で、前川の歩いてくる方向を睨んでいたが、若い衆が駆けつけた時の勝ち誇った色はそこになかった。

機動隊と間違えるほど、前川の兵隊は、揃《そろ》いの乱闘服に身を包み、ヘルメットをかぶっていた。そして、機敏であり、統率されていた。

一瞬、立ちどまった前川が、松崎に軽く右手を上げて合図を送ったあと、向き直り、としかさの男に小声で囁《ささや》くと、その男はカウンターの前に、九人の男たちを整列させた。

芳田たちは、完全に度肝を抜かれたように呆然《ぼうぜん》と立ちつくしている。

松崎は、前川の浅黒く引き締まった彫りの深い横顔を見ながら、

〈前川なら芳田に勝てる……〉

そう考えていた。

平然とした足どりで近づいてくる前川には、なんとも言えない風格があった。修羅場に乗り込んできたという気負いめいたものはなく、優雅にさえ映る物腰だった。

一触即発の険しい雰囲気と、昂《たか》ぶった気力を、前川の出現でそがれた芳田たちは、気を呑《の》まれたように立ちつくしている。

「芳田さん……ですね。お名前は存じています……。自分は前川というモンですが……」

そう言って、前川は腰を軽く折り、芳田に会釈した。

「…………」

前川がタダ者ではないと見抜いたのか、芳田は黙って次の言葉を待っている。

「暮れの忙しいさなかに、子供の喧嘩じゃあるまいし、戦争しても始まらんでしょうが……。じっくり話し合ってみようじゃ、ありませんか……」

低いトーンで、淡々と話す言葉つきは、ていねいだが、相手に有無を言わさぬ迫力と凄味があった。

「どうぞ、そこへ……」

傍らのボックスに座るよう芳田を促しながら、前川は落ち着き払った振舞いで、腰を降ろした。

芳田が座るのは当然……と決めてかかっているようであった。

渋々といった感じで、芳田が前川の対面に座った。

〈たいした貫禄《かんろく》だ。この芳田が、圧倒されている……〉

二十七歳になったかならぬかの前川が、代紋をしょったシマ（縄張り）持ちの芳田と、五分以上にわたり合っていることに、松崎は、うれしい驚きを覚えていた。

「話が遠くなるから、アンタもこっちへいらっしゃい……」

青い顔して突っ立っている中村を手招きで呼んだあと、

「先輩も、どうぞ……」

と、隣の椅子《いす》を松崎に勧めた。

ひとまず危険は去ったと判断したのか、梅原も衝立《ついたて》を挟んだ隣のボックスに座って、こっちの様子をうかがっている。

松崎は、簡単にコトのあらましを前川に説明した。その間、芳田は憮然《ぶぜん》とした顔つきで腕を組み、あらぬ方へ視線をそらしていた。

「話の大筋は、今、訊《き》いたんですが、ちょっとヒドイんじゃないですか？　芳田さん……悪い了見ですよ……」

感情を殺した、たしなめるような口ぶりで前川が言った。

「おたくさんは、どこのモンだい……筋モンなら、それなりのあいさつがあるだろうが……俺も、この辺じゃあ、ちったあ名のある男だ。筋モンには、筋モンのオトシマエのつけ方があるから……な」

大組織であるI会の看板をチラつかせながら芳田が言った。

すると、その言葉を待ってたように、

「オウ！　芳田！　アンタも随分とデキの悪い男だな……。アンタに恥をかかせまいと、こっちは可愛く出てるんだ……。さっきから、筋（スジ）がどうのこうの吠《ほ》えてるが、面白いじゃねえか。ええ！　どっちが世間の笑いモンになるか、いきつくとこまでいってみようか……」

切れのいい巻き舌で、一気にまくしたてた前川、色めき立つ芳田の若い衆をせせら笑うように口元をほころばした。

罵《ののし》られて、顔をドス赤くした芳田、怒りで握ったコブシが小刻みに震えている。

「今津の親爺《おやじ》さんでも、鮫島のオジキにでも話をしてみるかい……なんなら今ここで電話してみようじゃねえか……。隠居さんがなんて言うか……」

芳田の親分筋にあたる二人の名を上げられて、芳田は一瞬、心の平静さを失ったように見えた。

「この野郎！　キヤスク名を呼びやがって……。てめえみてえなチンピラを片づけるのに、いちいち親分に相談してられるか……」

吐き捨てるように、言ったものの、芳田は動揺していた。

今津の親分は、現役だけに、渡世で飯を食ってるものなら、知ってても不思議はないが、博徒の神サマと言われた鮫島龍五郎は、十年も前に引退。I会の最高相談役になっているが、義理ごとに顔を出すこともなく、伝説的な存在になっていた。

もちろん、最近になって売り出してきた芳田にとっては雲の上の人間であり、直接、話をしたこともなかった。

その鮫島龍五郎を、前川が知っており、しかも、電話をじかにかけられる立場にいるということが、芳田にとって大きな驚きであった。

I会という金看板をバックに、渡世を張っている芳田にとって、前川のような男は、初めてであった。

たいがいの者は、芳田の貫禄に圧倒され、負け犬のようにひれ伏したし、卑屈な媚《こび》さえ見せた。

他の組織にワラジを脱ぐヤクザモンでさえ、羽振りのいい芳田に畏敬《いけい》の表情を浮かべたものだ。

I会の金バッジは、芳田にとって魔法の杖《つえ》であった。

だからこそ、毎月、百万を超える上納金や義理ごとの金を、惜しいとも思わず納めてきたのである。

るのである。

だが、この前川と名乗る男は、芳田がどんな人間か、百も承知の上で挑んできてい
ハッタリや虚勢でないことは、落ち着き払った前川の態度と、連れてきた兵隊たち
の、満々たる闘志と一糸乱れぬ統率力の見事さに表れていた。
しかも、博徒の神様と言われた鮫島龍五郎と、深いつながりがあるということが、
芳田の戦意を急速に奪っていった。

「話は早い方がいい……夜はふけたが隠居さん……まだ起きているだろう……」

と言いながら、立ち上がった前川。ゆっくりとレジの横にある電話に近づいた。

素早く兵隊の一人が受話器を前川に渡した。鷹揚《おうよう》にそれを受け取った前川。

ダイヤルを回したあと、芳田に視線を移して、

「どっちが、理屈に合った話をしてるか、隠居さんに聞いてもらおうか……答えは出てるようなもんだが……」

と言った。


「……夜ぶんどうも……道玄坂の前川です……御隠居さん、お願いします……」

シーンと静まりかえった店の中で、前川の声だけが聞こえた。

その時だった。

「待ってくれ……話はわかった。俺の舎弟に、きちんと金を払わせるから、待ってく

れ……頼む……」

悲痛な絞り声を上げて、芳田が立ち上がり、足をもつれさせながら前川に近づいて袖《そで》をつかんだ。

軽くその手を払いのけた前川。鋭く芳田の顔を睨んだあと、

（わかった……）

というふうにうなずいた。

「あ……御隠居ですか……お休みのところ申しわけありません……実は……今晩のことなのですが、自分の親友が、五反田の芳田さんに危ないところを助けられましてね……どこかのチンピラに、半殺しの目にあうところを、運よく芳田さんが通りかかって……それでお礼を言ってるところなんですが、芳田さんは、今津の親爺さんとこの人で、御隠居さんに、ぜひ一度あいさつしたいってもんですから……今、代わりますから……」

そこまで言った前川、

（あとは巧《うま》く話をしろ……）

と片目をつぶり、芳田に受話器を渡した。

「ハイ……あ、芳田でございます……あ、ハイハイ存じ上げております……今津の親っさんからも、よくお話はうかがっております。あ……ヘイ、そりゃあ、もう前川さ

んは、たいしたもので……エエ……もちろん、これからもお付き合いさせていただきます……では、ごめんください……」

脂汗をべっとりかきながら、しどろもどろになった芳田。受話器を元に戻すと、フーッと大きなタメ息をついた。

全面降伏であった。

I会の大幹部という魔法の杖が、前川に対しては無力と悟ってからの芳田の変わり身は、芳田の若い衆が呆《あ》っ気《け》にとられるほど、早かった。

中村に八百万の小切手を書かせながら、

「当座に八百万なかったら俺が面倒みるから、恥をかかせるなよ……負けたものは、やはり最初から、キチンと払うべきなんだ……」

などと、慰めたりしてる。

「このことで、アタシがアンタにもう一回会うなんてことのないよう……芳田さん、頼みますよ……」

『チェリオ』から外へ出る芳田の背中をポンと叩《たた》いた前川。

松崎にも、

「一件落着……」

とニッと笑った。

『チェリオ』の外は寒い師走の風が吹いていた。その中を松崎たちに背を向け、ネオンの消えかけた街へ、力ない足どりで引きあげていく芳田たち。

松崎たちより、はるかに寒そうだった。

芳田たちの姿が、街角に消えると、

「奴も、あれでいっぱしの侠客《きょうかく》きどりでいるはずだから、これ以上ゴネて笑いモンになる真似はせんだろう……」

前川が誰にいうのでもなく、呟《つぶや》いた。

そして、踵《きびす》を返し、戦闘部隊の責任者らしい男に、

「御苦労だったな……、みんなを連れて引き揚げてくれ……」

と労をねぎらい、懐からオストリッチのぶ厚い財布を取り出すと、

「これで一杯やってくれ……」

と手渡した。

さきほどまでの、ほとばしるような鋭さは消え、和らんだ目をしている。

遠慮がちに、ためらったその男も、前川の思いやりを、素直に受けた。

年齢に関係ない男としての前川の器量を、松崎はそこに見た気がした。

小切手を、しっかりと胸ポケットに入れた梅原を帰し、前川と松崎はどちらともなく誘って、小さなスナックへ入った。

「先輩と会うのは、半年ぶりじゃないかな」

「そうだな……夏の札幌で会って以来だから……」

グラスを軽く差し上げ、再会を喜ぶ真似《まね》ごとをした。

少年院を出てから、互いに生きる世界は別々になったが、多感な時代に芽生えた友情めいたものには、変わりはなかった。

前川が芳田との一件を、あれこれ訊いてこない、その思いやりが松崎には嬉《うれ》しかった。

もちろん、自慢話をする男でもない。いかに、自分が裏の世界で売り出しているかを、得意になって語る、そこらの三下とは異質な男である。

〈前川に比べると、俺は、人間として数段落ちる……〉

黙ってグラスを傾けながら、松崎は悔恨にも似たホロ苦さを覚えていた。

〈ノミ屋殺しの手助けをし、しかも収まりがつかなくなると、他人に下駄を預ける……だらしがねえもんだ……〉

勝利の祝杯を飲んでる……といった気には、とてもなれず、心の滅入りを抑えられなかった。

「競馬はどうなの？　当たる？」

松崎の沈んだ気を、いたわるように前川が訊いた。

「駄目だね……いい時が一回あれば悪い時が五回ある。銭と追いかけっこしてるうちに、どんどんトシを食いそうだ」

自嘲《じちょう》気味に松崎が言うと、

「俺ァ、どうも賭け事が好きになれねえんだ。もっと、デカク勝負する何かがあるんじゃねえかって……キザかな……」

照れ隠しに、グラスを氷ごと一気にあおった前川。

〈でも、そうなんだ〉といった感じで一人で頷《うなず》いている。

〈前川は自分の選んだ道を真っすぐにしかも、自分に正直に歩いている……〉

前川の彫りの深い横顔を見ながら、松崎は嫉妬《しっと》にも似たうらやましさを覚えた。

静かに、黙々と飲んでいる二人の男に、遠慮してか、バーテンも店の女の子も近づいてはこない。ボトルの酒が、残り僅《わず》かになった時、

「そろそろ、行きますか……」

と前川は、止まり木から腰を落とした。

スナックの外は、さすがに人っ子一人歩いていない。

「じゃあ、先輩、これで失礼します……また電話下さい……」

すぐ寄ってきたタクシーに乗り込みながら、前川は、人なつっこそうな笑顔を見せた。

「じゃあ……」

松崎も何か、言おうとしたが、黙って手を上げて、言葉をのみこんだ。何を言っても、嘘になるような気がしたからだ。

前川を乗せたタクシーの赤いテールランプが、闇《やみ》に消えるまで、松崎はそこに立っていた。

馬券師グループ

1

中山大障害が終ると、競馬記者は冬休みになる。正月用の原稿を書き上げてしまえば、あとは無罪放免だ。

松崎はとっくに原稿をデスクに渡していたが、休みの解放された気分に浸れなかった。

芳田たちとの悶着《もんちゃく》で、仕事以上に忙しく、神経をすり減らしたからだ。

芳田との一件にケリがつき、前川と酒を酌み交した翌日、松崎は一日中アパートでゴロゴロしていた。

幾度か電話が鳴ったが、知らぬ顔の半兵衛をきめこみ、受話器を手にしなかった。

昼と夜をとっちがえた、ラフな生活で疲れた体が、部屋の外へ出ることを拒否していたからだ。

貪《むさぼ》るように、松崎はただひたすら寝た。

梅原から電話がかかってきたのは、芳田たちの件があった二日後の三十日である。空腹を覚えた松崎が、高輪の淳子のマンションに昼飯を食べに行こうかと考えていた時だった。

「落ちたよ……ちゃんと……銭は今、俺《おれ》が持ってんだけど、どうする？『ベラミ』で会うかい？」

梅原の声は弾んでいた。

中村の切った小切手が、不渡りにならず、八百万の現金になったことで気分がいいのだろう。

「ああ……じゃあ、今から『ベラミ』へ行くよ」

そう言って松崎は電話を切った。二百七十万円の取り分を早く手にしたい気もある半面、心の隅に、ある種のうしろめたさを感じていた。

ノミ屋をやってる中村は、決して善良な市民ではない。ましてや、そのバックにいる芳田は、カスリごとをやってるヤクザモンである。

あくどいことをやってる連中を、こっぴどい目にあわせ、その上前をハネるという行為は、ほめられたもんではないが、許されないことだとは思っていない。

まっとうな生活をしている人間を、泣かしたのではない……という気持ちの救いもあった。

だが、馬券で儲《もう》けた時のような、爽快《そうかい》な気分には、とてもなれなかった。

前川の、自分に正直に生きている姿に圧倒され、なにかすごく、イジケたことをやってしまった気がしていたからだ。

正月の買い出しに歩く、カミさん連中で溢《あふ》れた商店街を通って、松崎は『ベラミ』に向かった。

「ゆうべ、皆んなが捜してたぜ。どこへ行ったの？　由紀ちゃんと紀子ちゃんが、代わりばんこに『潤』と『ロン』へ電話してたらしいよ。淳子さんも、夜中の三時頃『潤』を覗《のぞ》いたし、原田や山健も、メンバーが足らないって、騒いでいたよ……。人気者はつらいねえ……」

テーブルに松崎が座るなり、ベラベラと梅原が言った。

お世辞まじりに、松崎の女の出入りの激しさを冷やかしている。

「あ、そうそう、コレ……例のヤツ……念のため、数えてくれる？」

と銀行の現金袋を、松崎に差し出した。松崎はチラッと袋の中を覗きこんだ。帯封のついた百万束が二つと、同じくらいの厚さで十万ずつに分けた金が、ぎっしりつまっていた。

「一応、残りの五百三十万の中から、菊地に一割の八十万を渡しとくから……」

と言って松崎の顔色を窺《うかが》っている。菊地のアパート代や、信用づけのために、わざとやられた分を差っぴいても、四百万近くになる己れの取り分に、ちょっぴり遠慮しているようだ。

「前川さんて言ったね、確か……。あの人に渡すお礼の金は、どうする？　あれほどの人間だから、まさか半端な金はやれんだろうし……やっぱし、最低、五十万は……」

と梅原は言った。

松崎が、当然その話を切り出すもんと踏んでいたらしく、ある程度の覚悟は決めていたようだ。

〈おそらく、前川は一銭もいらんと言うだろう……水くさいと言って笑うだろうし、逆に、そんなつもりで、働いたんじゃない……と怒るかも知れない〉

松崎は、そう考えたが、黙っていた。

いったんは諦《あきら》めかけた銭が、前川という強力な助っ人によって、現実のものとなった。

もし、前川がいなかったら、銭になるどころか、痛い思いをしたかもしれない。

（お礼をするのは当然……）

である。

金はある意味では万能である。金のため、しなくてもいい苦労を人間はしているの

前川の友情に、金という最も簡単で安易な方法によって報いたくなかったからだ。

だが、松崎は迷っていた。

と、梅原が考えるのは、けだし当然なことだった。

しかし、それが総てではないはずであった。

梅原は黙りこんでしまった松崎に、漠然とした不安を覚えたらしく、

「やっぱり、百万ぐらい包まないと、松ちゃんの顔を潰《つぶ》すことになるかな……」

と、松崎の腹を打診するようなことを言った。

〈前川が儲けの半分をくれって言ったぜ……〉

と松崎は、梅原をからかってやろうかとも考えたが、思い直し、

「その話は、正月が明けてからにしよう。まあ、渡すとすれば百万だろうが、向こうも体を張って生きてる人間だから、なんて言うかわからんし、前川と一度会ってから決めよう」

と、その話は打ち切った。

正月は家族を連れてハワイで過ごす……と人並みのことを言ってる梅原と『ベラミ』の外で別れた松崎は、雀荘《ジャン》『ロン』へ向かった。

時間をもて余して生きている原田や山健たちが、必ずいるものと思ったからだ。

しかし、その予想は外れた。

眼鏡が今にもズリ落ちそうになったオバちゃんが、ストーブの傍《そば》で、ポツンと編み物をしているだけだった。

顔を覗かせただけで、帰ろうとした松崎に、

「ちょっと、ちょっと」

声をかけたオバちゃん、目をショボつかせながら、

「健ちゃんのマンションで、コレやってるってさ……」

と札を左右に巻く仕草をした。

「いい若いモンが、真っ昼間から博奕《ばくち》をやってるなんて、呆《あき》れた人たちだね……」

と笑った。

死んだ亭主が、飲む、打つ、買うの三拍子揃《そろ》った遊び人で、随分と苦労したもんだ……と、よく昔話をするオバちゃん。

なんでも、渡世人の原田によく似ているらしく、なにくれとなく面倒をみてやっている。

山健のマンションでは、盆の真っ最中だった。

河岸の吉松や中条の顔もある。もちろん、出席率百%の原田も、横盆の中央にドッ

カと腰を据えている。

だが、戦況は、芳しくないらしく、張り駒《こま》は細い。

「待つことしばしだ。さあ、援軍がきたから、サクサク行くぜ……」

と威勢だけは、一丁前だが、隣に座った松崎に、

「ちょっと早いの……十万でいい……」なんて、手を出している。

ひと張りもしないうちから、銭を回す破目になったことを、

〈展開が悪い……〉

と松崎は、頭の中で呟《つぶや》いたが、原田に恥をかかせたくなかったし、懐には、ついさっき梅原から受け取った二百七十万と、手持ちの金が五十万からあったことが、気持ちを鷹揚《おうよう》にさせた。

「さあ、アトから五万、アトから五万ないか……五万だけ張れるよ……」

巻き手の山健が、チラッと松崎の顔を見たが、松崎は気がつかない振りをして目モク帳を覗きこんでいた。

「勢い駒の向こうだ。誰《だれ》か受けてくんねえかなぁ……」

サキに十万張っている吉松が、そんな松崎にアテつけるように言った。

だが、それでも松崎は手をおろさなかった。

目モク帳を見ると、サキ、サキ、アト、サキ、サキ、アト、サキ、と出ている。

いわゆるニコピンというやつである。素直に張る……ということを心がけている松崎。

この場面で、アトに張る気は毛頭なかった。

松崎が黙って盆の上にまかれた三枚ずつの札を気なしに眺めていると、

「ヨシ！　オープンだ……足らないぶん勝負」

焦れたように原田がわめいた。

「勝負！　……サキ……サンズン……」

三枚のサキ札は、梅（二）と桜（三）に坊主（八）。

（サンズン〝三〟なら楽勝……）

と思ったか、アトに張った原田の頬《ほお》がゆるみかけた。

「アト……ニゾウ……サキと出ました……」

アト札は、牡丹が二枚にキャン（紅葉＝十）でニゾウ（二）。

「ケッ！　鳩《はと》の卵だってよ……バカにしてけつかる……」

半ば取った気でいた原田、盆の上に札を罵《ののし》っている。

「鳩の卵とは、うまいこというねえ……さすがに鉄火場の主《ヌシ》だ……鳩の卵は昔っから二個と決まってるもんな」

と、十万ウカッた吉松がくわえタバコで原田をオチョクった。

松崎が渡してやった十万の金が、僅《わず》か十秒も保たずに、半分になってしまった。きれいな博奕といえば、きこえはいいが、原田のはその上〝盆の見えない〟という字が、ついてまわる。

だから、ちょっとコスイ博奕を打つ連中とやると、必ず焦れてしまい、自滅することが多かった。

「あーあ、跳ね跳ね死んじゃう、日なたのドジョウだ……、俺もいいケダモンだ……」

残った五万円を、次の勝負でソックリ張って取られた原田。ふて腐れたのか、座蒲《ざぶ》団《とん》をずらし、ゴロリと横になってしまった。

「寝博奕は勝てないよ……ある時払いの催促なしでいいから、これ使いなよ……」

と松崎は、わざと帯封のついた百万束を懐から出し、二十万だけ数えて原田の顔の上に置いてやった。

「ありがてえ……今度は、慎重に張るぞ……」

と、現金にも飛び起きた原田。座り直して盆の上をまた睨《にら》み出した。

松崎は、珍しく勝負っ気がない自分を意識していた。

闘志が湧いてこないのである。

側（がわ）の金を全部さらっても、自分の懐に入っている金より少ないだろう……

という読みもあったが、張る気にならないのである。

「悪いけど、野暮用を思い出したから帰るよ」

と松崎は立ち上がった。

「なんだよ、きたばかりで……場が寂しくなるから、少し遊んでいけばいいのに」

札をまく手を止めて、山健がいったが、松崎はさっさと靴をはいて表に出た。

ゼームス坂のだらだらした坂を歩きながら、松崎は、

〈残ってる借金を、全部年内に清算しちまおう……〉

と考えていた。

悪銭身につかずとはよくいったもので、あぶく銭の足は早い。さしてありがた味を感じないからで、つまらないことで消えてしまったことが、今までに何回もあったからだ。

月に一割の高利の金だけで、楽に百万円以上あったし、ソープへ行ってる淳子は別にして、由紀や紀子にも、なんだかんだ五、六十万の金は引っ張っていた。

〈借金らしい借金がなく、正月を迎えるのは何年ぶりだろう……〉

松崎はフッとそう考えたが、物心ついてから、ずっと金に追いかけられていたような気がして、自分に笑いかけた。

金の件は別にして、これぱっかりは……と松崎が頭を痛めていることが一つあった。

それは、三人の女のことだ。

「大晦日《おおみそか》は、一緒にいてくれるんでしょう……紅白を見たあと、どこかへ初詣《はつもう》でに行きましょうよ……」

と、まるでしめし合わせたように三人とも同じことをいっていたからだ。

着飾った淳子、紀子、由紀の顔を交互に思い浮かべながら、松崎は迷っていた。

2

大晦日の夜から、正月の二日にかけて、松崎は殺人的なスケジュールをこなす破目になった。

三人の中では、いちばん寂しがり屋の紀子と一緒に紅白を見た。

そのあと、除夜の鐘を聞きながら、ベッドの上で汗をかいた。

年越しセックスである。

紀子を十分に満足させたあと、麻布の由紀の部屋に行った。

一人でテレビを見ていた由紀は、いくらかスネていたが、コタツにもぐりながら松崎がウトウトしだすと猛然と襲いかかってきた。

まだ熟しきっていない紀子と違って、由紀は積極的であり、貪欲《どんよく》であった。

松崎のソレが使用可能であるかぎり攻め立ててくる。後に控える淳子のことを考え、松崎が、手抜きの仕事ですまそうとしても、許してくれない。

ようやく由紀が、失神したように動かなくなったころは、元旦《がんたん》の朝が明けていた。紀子のところで二回、由紀と二回、さすがに松崎も、下っ腹の皮がつっ張るような違和感を覚えていた。

眠りに落ちたままの由紀にかまわず、熱いシャワーと冷水を交互に浴びて、体を引き締めた松崎は表に出た。

最後の難関、淳子が手ぐすねひいて待っているはずの高輪に向かった。

疲れ切った体に、朝の風は痛いほど冷たかった。

まだ、朝の九時前だというのに淳子はちゃんと起きていた。

絣《かすり》の着物の上に白い割烹着《かっぽうぎ》をまとって、何かこしらえていた。大晦日の晩に初詣で
へ行こうと言ってた約束をすっぽかしている松崎。

〈なんと言ったものか……〉

とあれこれ言い訳を探していると、手を拭《ふ》きながらキッチンから戻ってきた淳子。

畳の上にきちんと両手をつき、

「おめでとうございます……今年もよろしく……」

と頭を下げた。

元旦早々から、怒ってもしかたないと思っているのか、恨みごとを言う気配もない。おままごとみたいに、きれいに並べたお節《せち》料理にハシを動かしながら、

〈やはり、この淳子が、俺にとって最後の砦《とりで》というか、ずっと付き合っていく女になりそうだ……〉

と漠然と考えていた。

神功外苑《じんぐうがいえん》へ淳子と一緒に行って、人の多いのに驚き、ほうほうのていで引き揚げてくると、ドアのノブに紙が巻いてあった。

「若葉ちゃんと原田さんが、この一つ向こうの通りにあるパチンコ屋にいるって……」

と淳子が、その紙を引き伸ばしながら言った。

「へーえ、何もすることないので退屈してんじゃねえのか、あの二人……」

「きっとそうよ、それに若葉ちゃん、あまり料理、得意じゃあないから、きっとアタシの作ったお節《せち》を食べにきたのよ……」

嬉《うれ》しそうな顔して、今降りたばかりのエレベーターに乗った淳子。

「呼んでくるから、部屋の中、片づけといて……」

とウインクした。

淳子に連れられて部屋に入ってきた原田と若葉ちゃん。

豪華なインテリアにしばし感心している。

「アンタがせめて、馬券を買うお金を半分に減らしてくれたら、アタイだって、淳子ちゃんと同じようにいい物を買えるのにねえ……」

「正月から、そう耳の痛いこと言うなって……。俺だって反省してるんだぜ……これでも。今年こそは、あまり賭《か》け事をしないように見守ってくださいって、さっき頼んできたばかりだ」

なんて、言いながら、顔にそれは無理と書いてある。

三日の朝は、調教で府中へ行くことになっている松崎。

〈正月早々から調教か……〉と気が重かったが、スイスイと酒を口に運び、はしゃぐ原田と若葉ちゃんのペースにすっかりのせられ、夜がふけるまで飲んで騒ぐことになってしまった。

『金杯』の日、松崎は珍しく早く眼を醒《さ》ました。

〈タバコと新聞をくれ……〉と言おうとして、自分のアパートで一人寝していたことに気がついた。

正月の三が日、びっちりと女たちにいい仕事をした反動で、体の節々がだるく、酒を呑んでもうまくないので、前の晩、どこへも寄らずに部屋に帰るなり、そのまま寝てしまったのだ。

時計を見ると九時前だった。

松崎は、確定出馬の発表のある土曜日は、必ず登録の締め切りになる午前十一時迄《まで》には、記者席に着くように行っていたが、日曜日は、マチマチだった。

資金がふんだんにあって、気のあるレースが朝の1、2レースにあれば早起きしたが、懐が寒い時は、自然と足が遅くなり、昼過ぎに競馬場に着くことも、ばんたびであった。

レースを見ることも仕事の一つとは百も承知していたが、遊びでチョロチョロ買うことのできない性格だけに、早く着き過ぎて失敗することが多かったから、わざと遅く行くのも、負けないための消極的な戦法であった。

だが、今の松崎は、堂々たる布陣で競馬場に乗り込むことができた。

足の早い高利の金を返し、由紀と紀子に二十万ずつお年玉をあげても、まだ手元に二百万近い金が残っていた。

〈百万も持っていけば、いいだろう……〉

と百万束を一つ、ポケットにねじこんだが、さて、残りの金をどこにしまったものか……と考え苦笑した。

銀行とは全く無縁、しかも、常に全財産を持ち歩きつけていた松崎。

ついぞ、金の隠し場所に頭を痛めたことなど、一度もなかったからだ。

結局、残った百万近い銭も、松崎のズボンの尻《しり》ポケットに収まることになった。

品川から府中まで、車で四十五分。下高井戸《しもたかいど》と調布《ちょうふ》の間の中央高速が開通してから、ぐっと近くなった。

勝負する前に、車代の五千円をとられるのは面白くなかったが、競馬場の中では、五千円は松崎にとって金ではなかった。

電車に揺られて、一時間チョット時間を無駄にするなら、車の方が安い……と怠者らしい自分勝手な結論を出していた。

〈間に合ったら、運だめしで、④－⑥の本命を十万買おう……〉

と車の中で考えていた1レースのアラブ条件戦。松崎が、四階のエレベーターを降り、窓口に向かって走り出した時、締め切りのベルが鳴り、同時にファンファーレが、朝の競馬場に響きわたった。

〈こいつは、ついてるぞ……〉

タツカゲとプリンスオーの④－⑥で決まりかけたところに、①枠のアームシシリアンが突っ込んできて二着となり、①－⑥の馬券になった時、松崎は、えらく得をしたような気分になった。

危く、飛びこみざまに十万円の金を落とすところが僅かな時間のズレで助かったからだ。

２レースの四歳三百万下のレースは頭数こそ十二頭と多かったが、実質的には、外国産馬ヒカリシルバーをめぐる二着争いといってよく、それも、ほぼ菅原の乗るフジノジンライで決まりそうなレースであった。

松崎は、暮れの中山の未勝利戦でモノが違う勝ちっぷりをみせたヒカリシルバーに、大きく注目していた。外国産のマルゼンスキーが、朝日杯で大楽勝。十年に一頭の逸材と騒がれているが、このヒカリシルバーも、スピリットスワプス級の馬に出世するのでは……と見込んでいた。

松崎は二十万、一点で①－⑦に張り込んだ。自信もあったが、それ以上に懐にゆとりもあった。

四角、最後方から、芦毛《あしげ》というよりねずみ色のヒカリシルバーが、まるで羊の群れを狩る虎《とら》のように突き進み、フジノジンライに二馬身半の差をつけてゴールした時、松崎は、ツキの風が自分に向かって吹き出したことを、ハッキリと意識した。

①－⑦で三百二十円。

〈こいつは、春から縁起がいい……〉

六十四万円の払い戻しを手にして、松崎は、誰かれ構わず〈おめでとう〉とあいさつしたい気分になっていた。

松崎の懐は、レースが終わるたびに増え続けた。4レースで、四、三五〇円の中穴が飛び出したが、松崎は押えで一万円取った。

はじめ、アローバンガードで堅いと思い、ヨシノリュウジン、アマミプリンス、メグロモガミの①―④、①―⑦、①―③に五万、三万、二万の順で買っていたのだが、ヒョイとタテ目の③―④、③―⑦のオッズをみると、予想外にいい配当なので、半ば捨てた気で一万円ずつ買い足したのだ。

『金杯』は、ニッポーキングがらみの馬券しか買わず、二十万ほどイカれたが、外したのは、このひと鞍《くら》だけだった。最終レースも、松崎が一点で二十万勝負したオンワードフィヤ――カッショウグンの③―⑥三百九十円で、バッチリ決まった。大口で投票すると、一枚一枚カッターした馬券ではなく、窓口の奥にある〝つなぎ馬券〟の機械で、ロール巻きにした馬券をくれる。

これだと二百枚の馬券も、僅か二分足らずでもらえるのと、当たって払い戻す時、一枚一枚スタンプを押さずに、一番最初の通し番号と最後の番号をみれば枚数がわかるから、払い戻しの時間も極端に早い。

中山競馬場の四階にあるユニット馬券ほど早くはないが、便利であった。

隣の窓口で、千円券を三枚ばかし取り替えていた、競馬ブックの小宮が、松崎のぶ

厚いロール馬券に目を丸くし、

「先輩！　やりましたね……」

といいながら、ガラス窓に頭をくっつけるようにして、金を数える従業員の手元を覗いた。

松崎の紹介で、この業界に入ってきた小宮だが、人当たりのよさと、雄弁なのが、うまく仕事にマッチして、かなり有名なトラックマンになっていた。

ラジオ関東のトラックマン情報にも出演。嫌味のない解説で評判もよく、松崎も、白井のきゅう舎情報は小宮に聞くことが多かった。

「ああ……たまにゃあ、いい時がなくちゃ、死んじまうよ……せっせと貯金していた金の何百分の一かをたまにゃあ、引き出さしてもらわなくっちゃあ……」

と、ニヤッと松崎が笑うと、

「そうですよねえ……俺なんか、先輩の半分、いや十分の一しか買わないけど、それでもたまに忙しくなるもんなあ……」

同感といった口ぶりでうなずくと、一万円ちょっとの払い戻しを手に、窓口から離れていった。五日の日に、百五十万ほど儲けた松崎のツキは、八日と九日の競馬でも、全く落ちる気配がなかった。狙《ねら》ったレースだけに絞って、ドカンドカンと勝負する余裕も出てきた。ニューイヤーSのレアリータイム＝リュウフブキの①－①など、今までの買い方だと、とても手の出ない馬券もしっかり押えていた。

〈ツイてる時は、押せ押せだ〉

松崎が、そんな気になるほど、買えば当たるといった感じであった。もちろん、麻雀《マージャン》も向かうところ敵なしで、銭を貸してやって、すぐにその金を取っちゃう状態が続いていた。

府中へ調教に行った木曜日、松崎が築地の社へ昼頃上がると、公営を担当している松井が「大井に面白いレースがあるんですがいきませんか……」

とバンをかけてきた。

「カネオオエの妹が、きょう出るんですよ……。水沢競馬場で十五連勝している馬で、おそらくぶっちぎって勝つだろうって、もっぱらの噂《うわさ》なんですよ……」

専門紙を松崎の机の上に広げて、説明してる松井。

〈ヨシ！　押せ押せで、大井で勝負してみるか……〉

松崎は、原稿を一気に書き上げると待っていた松井と一緒に車に乗った。

大井競馬場は、平日にもかかわらずえらい込みようだった。

「指定あるよ、指定……暖房がついてるよ……」

ダフ屋も、かき入れ時とばかり、人込みの間を泳ぎ回っている。

中央スタンドの六階にある記者席に松崎と松井が入っていくと、

「オ！　いよいよ役者の登場だな。いい情報でもあるのかね？」

と、中日の高杉記者が、声をかけてきた。

公営ひと筋に十五年以上も馬を見てきたベテラン記者であり、松崎が、半年ほど公営を担当した時、いろいろ教えてくれた先輩である。

「カネハツユキで、稼がせてもらおうと欲をかいてノコノコきたわけ……」

と松崎が言うと、

「さすがに馬券師だね……きょうはその馬でヤッタメナイ……よ」

と高杉記者は大きく頷《うなず》いた。

3

大井競馬場の記者席は、前面総ガラス張りになっており、真冬でも温かい。

松崎はコートを脱ぎ捨てた。ちょうど、第7レースに出走する馬がコースに出てきたところであった。十二頭の馬が、流れる行進曲に、リズムを合わせ、誘導馬に従って整然と隊列を作っている。

中央競馬でも、馬場入場の際は、誘導馬の後ろを、きちんと隊列を組んで進まなければならないと決められているが、あまり守られていない。

誘導馬が、停止すると、十二頭の馬たちは、馬体を反転させて返し馬に移る。ダクの出が悪い馬もいれば気合を漲《みなぎ》らせ、スムーズにキャンターへ移る馬もいる。

松崎は一頭、一頭、丹念に観察し、人気に関係なく、気配の良し悪しをチェックしていった。

ある程度、馬をキッチリと仕上げてくる中央の場合は、デキの良し悪しを判別しにくいが、公営は調教がわりに馬を使うことも多く、松崎は必ず返し馬を見てから馬券を買うことにしていた。

松崎の目には、8番の馬が際立ってよく見えた。次いで⑦枠の9番、10番の二頭がよさそうに思えた。専門紙を見ると、やはり⑥枠8番のキングタイトルが人気の中心になっており、⑤枠のエドイサミと⑦枠のロッキートウコウが次位を争っていた。

しかし、松崎は、返し馬でゴツゴツした歩様をみせていたエドイサミには、全く気がなかった。

10番のギャラントリイーは無印だが、気配のいい馬が二頭いる⑦枠は強力のように思い、松崎は⑥－⑦の一点に十万円買った。ファンファーレが鳴り、十二頭の馬が一団となって砂煙りをあげて走り出した。馬群が4コーナーの手前にさしかかった時、松崎は、

〈できた！〉

と心の中で叫んだ。

バテた④枠の馬を馬なりでかわしたキングタイトルが、トップに立ち、四番手を楽な手応《てごた》えで進んでいたギャラントリイーが、グーンとスパート。一気に外を回りキングタイトルの直後に迫った。

他の馬は、すでに足色が一杯で、ムチが激しく入っている。その脚勢には歴然とした差があった。

直線は、松崎の買った二頭の馬のマッチレースになった。

⑥－⑦で四百五十円。

〈暮れから、いったいどうなっちまってるんだろ……〉

薄気味が悪いくらいのバカツキに、松崎はうれしい戸惑いを覚えていた。

ゴンドラの特別席にある馬券の払い戻し所で、金を受け取った松崎が、記者席に帰りかけると、数人の男が、何やら秘密っぽく囁《ささや》きあっていた。

そのうちの一人の顔に、松崎は見覚えがあった。大井町では、かなりいい顔の兄公で、大井にオートレースがあったころ、選手をいじって臭いレースをさせてると噂のあった男だ。松崎も、オートは好きで、ちょくちょく通っていたが、行くたんびに特観席でその男と顔を合わせた。

ダントツの一番人気の選手を、連下にして買う、いわゆる〝二取り〟の車券を、どんな根拠があるのか、何十万も買う。

〝裏目千両〟というが、連単のヒモに人気の車がくると、かなりいい配当になる。

仮りに③号車の選手が、ハンディ、技量からダントツ人気となると、
⑥→③、⑤→③、④→③という車券を買うのである。
そして、それがズバリと決まるのである。トライアンフの一級車である③号車が50メートル、30メートルハンディからスタートすると、一、二週目で同じトライアンフの40メートル、10メートルハンディの車を一気にかわしてしまうのである。そして、0ハンディや、10メートルハンディの車をピッタリ射程内にいれ〝遊ん〟だあと、最後の一周で一車だけかわさずに残し、二着で入線するのである。

競馬と違ってオートはハンディの重い上級車や、技量の上の選手にいったん抜かれると、まず百%抜きかえすことができないから、思惑どおりにコトが運ぶ場合が多い。

松崎も、その男が買った車券に〝のって〟オイシイ思いをしたことがよくあった。

一緒にいる三人の男は、雨が降ろうが嵐《あらし》になろうが、競馬がやっているかぎり必ずいる「競馬屋」というか、馬券師グループである。

〈情報レースがある雰囲気だな……どのレースだろう……〉

松崎は、話し声に聞き耳を立てた。

専門紙に目を落としながら、松崎が耳をそばだてていると、しきりに、アイアンタ

ーフ、トキノプロスといった次の８レースに出走する馬の名が聞こえてきた。

「深川の虎サンの情報だから……間違いはないと思いますよ……」

「④－⑧で千両つけば、オンの字ですよ……ここが勝負どころだと思うがなあ……」

「⑤はハキモノも脱いできたし、本当に謝りかもしれないと、俺も考えていたんだ。こりゃあ、④－⑧で堅いレースだよ……」

三人の〝コーチ屋〟兼〝便利屋〟がオートレースで黒い噂のあったその男に、気を引くようなことをいっている。

「そうだな……⑤番がイカなければ④－⑧で決まるかもしれない……」

その男は、小さく二、三度呟いて、その気になったようだ。

だが、⑦枠の馬にもかなり印がついているのに不安を覚えたのか、

「⑦枠のユーエフオーは、どうなの？」

と訊《き》いた。

「乗り役に話が通ってんじゃないのかな……それに、あんなカレた作りじゃ勝負をかけてきたとしても足りないよ。大丈夫だって、④－⑧で行きましょう……男の子、男の子……」

煽《あお》り立てるようにいう、コーチ屋の言葉に決心をつけたらしくその男は窓口に向かって、ぶ厚い万札の束を出し、

「④－⑧三百枚」

といった。
④－⑧の馬券を買ったのを確認すると、三人のコーチ屋は別の客を捜しにその場から散り散りに離れていった。
松崎は、たまに言葉を交したことのある〝六さん〟というコーチ屋の後を追い、声をかけた。

「どう？　景気は……だいぶあったかいみたいじゃん……」

「ああ、こりゃ、どうも、ねえ先生、何かいい馬、聞いてないですか」

「そりゃ、こっちのセリフだよ……今、六さんが何かコーチしてたんじゃん、あの男、俺もいくらか知ってる男なんだ」

「話を聞いてたんですか……それは人が悪い。いえね……実は虎サンの若い衆が、⑤番のアイアンターフはいらないらしいっていうんで……。さっきの男は競馬あまり知らないみたいなんで……ところで、⑤番がイカナイッて本当ですか？」

「それは知らないけど、ずいぶんと④－⑧、④－⑧と騒いでたじゃないの。堅いんだろ？」と松崎がニヤっと笑うと、頭をボリボリ掻《か》いた〝六さん〟。

「からかわないでくださいよ……。サア商売……商売」と照れ隠しに、大声を出して五階へ降りていった。

〈そんなことだろうと思ったよ……〉

その後ろ姿を見ながら松崎は苦笑したが、何の根拠もない馬券を三十万も買った男にちょっぴり同情していた。

オートでは黒幕だったその男が〈競馬では大ガモになるのだから世の中わからないもんだ……〉

そう松崎は思った。

8レースは、イカないはずの⑤番アイアンターフが直線で楽に抜け出して一着。二着も、消える話が通っていた筈《はず》で、しかも馬体のガタガタな？　ユーエフオーがきて⑤－⑦で決まった。

松崎は、あの男がどんな顔してはずれ馬券の束を見ているかと思い、さっきの場所へ行ってみたが、頭にきて帰ってしまったのか姿はなかった。コーチ屋の〝六さん〟と途中ですれ違ったが、

「競馬は本当に難しいですねえ……これだからマイッチャウ……」

なんて、ちっともマイッタような顔してない。手張りしないから一銭も損はなしで気が楽だ。もちろん④－⑧がくれば、御祝儀にありつけたはずで、儲けがなかったのを、損と考える人種である。最終の11レースで松崎は、信じえる情報のカネハツユキからニッポンセブンへの②－⑥を二十万、元取りに⑤－⑥を五万円勝負した。カネハ

ツユキが南関東にくるまで十五連勝していた水沢競馬場の関係者が五十人も応援しにきていると聞いて、

「これは堅い……」と信じたからだ。

楽勝であった。馬なりのまま、逃げ切ってしまった。タイムも速く、さすがカネオオエの妹らしい素質のよさをみせつけた。二着もニッポンセブンが二番手から流れこみ、いわゆる〝行った行った〟で決まった。

②－⑥は四百円もつけた。

原稿は出してあるので会社に上がる必要のない松崎は、大井競馬場から歩いて、京浜急行の立会川《たちあいがわ》駅に出た。狭い路地に、競馬の客をアテにした大道商人がゴザを並べている。松崎は、疲れたような顔をした黒い集団の流れの中で、自分だけが、勝利者への道を歩いているような気がしていた。

競馬場の老人

1

立会川《たちあいがわ》駅の周辺は、競馬がハネたあとの、活気ある賑《にぎわ》いを呈していた。

色とりどりの防寒コートを、ゴザの上に無造作に並べた大道商人が、威勢のいいタンカ売（バイ）で、客の足を止めていた。

古靴屋もいれば、出目のナントカ方式という馬券の必勝本を売っている男もいる。

松崎は、せわしい足どりで駅に向かう人の列に、肩を押されながら、時おり、立ち止まっては、タンカ売の口上に耳を傾けていた。

「ねえ、みてちょうだいよ、この品物を……そんじょ、そこらにころがってる品物とは、比べるのも、あな恥ずかしいほどの極上品だ……江戸は東京の真ん中の、赤木屋、黒木屋、白木屋で、オネエさん、オトウさんが、売ってチョーダイと泣いて頼んでも、売らなかったのが、この品物だ……本日は、ぜひに、ぜひに、とたってのお願いで、御当地の皆さんがたに、喜んでもらおうときたしだい……」

〝男はつらいよ〟で、渥美清が演じるところの寅さんよろしく、サビのきいたセリフ回しで、毛布を売っている。

松崎は、十七、八の頃、三浦半島の葉山にある海水浴場で、トウモロコシやイカを売ったことがあった。五、六人の不良仲間と、海岸でフーテンしていて、浅草の老舗《しにせ》である柴川一家というテキ屋の代貸と知り合い、売（バイ）を手伝って、なにがしかの涙銭を貰《もら》ったことを覚えている。

夜になれば、海岸の砂浜で酒をくらい、不良っぽいグループをみつけると、ゴロ（喧嘩《けんか》）を売って明け暮れる毎日。そんな松崎たちに憧《あこが》れる女の子も多く、けっこう楽しい思いもした。

「テキ屋の修業をせんか……暴れ回るだけでは愚連隊だ。ちゃんとした稼業を持って自分を磨いていくのが真の男というもんだ」

と、松崎の一本気の性格に好意をもったその代貸に、誘われたが、縛られる生活を嫌った松崎は断った。

〈もし、あん時、盃《さかずき》を貰っていたら、今頃なにしてたんだろう……〉

そう考え、松崎は、運命という不思議な糸の織りなす〝あや〟を感じた。

競馬も、レース展開の〝あや〟一つでどうにでもなってしまうものだが、それと同じように、人間の一生も、ちょっとした〝あや〟で、急流に翻弄《ほんろう》される木の葉にもなれば、大河に浮かぶ櫓《ろ》のある舟にもなる。

人垣から離れ、駅に向かって歩き出した松崎は、朝から何も喉《のど》を通していないことに気づき、店頭で威勢よく炭火でモツを焼いてる店に入った。

「へい、らっしゃい……」

ハチ巻き姿の店員が、テーブルの間を泳ぐようにして、客の注文をさばいている。

煮込み二百円、焼酎《しょうちゅう》……八十円。

煙りでいぶされ、灰色にスス汚れた壁のいたるところに貼《は》り紙がしてある。

松崎は、酒と焼き鳥（モツ）を注文した。食事を悠長にするような店の雰囲気ではなく、酒を頼まないと格好がつかないような気がしたからだ。

雑然と並べられたテーブルに、座った見知らぬ者同士が、酒の肴《さかな》に、競馬談義に花を咲かせている。ニッカボッカに半テンといった労務者スタイルの男も、町工場の職工さんも、店の中では〝友達〟である。

とられたレースの愚痴をこぼし、取ったレースの自慢話をする。

どの馬が強かったかで、互いの持論を大声で主張しあいながら、煮込みをつつく。

熱すぎる酒をもて余しながら、斜め前のテーブルに座った二人連れの男の、とった

とられたの話を聞くともなしに聞いていると、

「大井はしょっちゅう、くるんですか……」

と松崎の対面に座った白髪の老人に突然、声をかけられた。

「ええ……まあ……好きなもんですから……」

そう答えると、その老人は舐《な》めるようにコップ酒をすすって、

「いえね……オタクさんが、この店にはちょっと場違いな感じがしたもんですから……気に触ったら勘弁してください……」

と人の好さそうな笑い顔で言った。

「アタシも、競馬をやって、帰りにこうやって一杯の酒を呑《の》むのが好きでしてね……」

話し相手が欲しいらしく、自分の手元にあった、おしんこ皿を松崎に勧めた。

たてこんだ店の中で、その老人は、静かに酒を口に運びながら、淡々と話しかけてくる。

松崎は、見知らぬ老人の愚痴を喜んで聞いてるほど、ヒマな人間ではない。

適当に相ヅチを打って、店の外へ出ようと考えていたが、老人の話に、しだいに興味を覚えはじめていた。

喧騒《けんそう》をきわめる一杯飲み屋の客の中で、その老人だけは、悠然と構え、雰囲気を心

から楽しんでいる風であった。

顔は、いくらか日焼けしているが、品がいい顔つき。

目立たないが薄い茶系統でまとめた服装もシャレていた。

〈どんな人なのだろう……〉

競馬の面白さをエピソード混りに話す、その老人は、松崎が舌を巻くほど競馬の知識が豊富であり、熟知していた。

松崎も老人の話に引き込まれ、酒のおかわりを注文した。

「今のアタシの楽しみは、競馬とお酒だけ……死ぬまで、やめようとはしないでしょうな……先のそんなにない、人生も秒読みに入ってしまった身ですから、毎日欠かさずにこうして通っているんです……」

「…………」

「まだ大井や川崎が公認競馬と呼ばれているころ、アタシも若くて、ずいぶんと乱暴な勝負をしましてね。若かったんでしょうな……なんとか、馬券でまとまった金をこさえ、それを元手に、今度は確実に儲《もう》ける商売をやろうなんて、見果てぬ夢を見ましてね……お金と追いかけっこの毎日で、ずいぶんとムダな曲がり道を歩きましたが、今、振り返ってみると、あれはあれで楽しい思い出として残っているもんですよ。今は二百円券一枚だけしか買いません……限られた金で長く人生を楽しむには、これが一番ですし、当たった時の喜びは、二百円も十万円も、さして変わりがないようです……」

手酌で、コップに半分ほど酒をそそいだあと、老人は小さく何度も頷《うなず》いた。

松崎は、老人のように枯れた心境には、まだなれないが、話す意味は理解できた。

「楽は苦の種、苦は楽の種といいますが、いろいろ起伏があるから人生は面白いんです。競馬でも、女でも、道楽した思い出は、案外と覚えているもの、それを年寄りになってから、一つ一つ思い出して噛《か》みしめるだけで、楽しいもんですよ……」

若いモンに人生訓を垂れるといった感じは全くなく、言葉も飾らずに淡々と話す老人に、松崎も、以前から漠然と抱いていた疑問めいたことを話した。

「なんていうのか、博奕《ばくち》でも競馬でも、ただなんとなく惰性でやっているような気がするんです。儲かったといっても、ちょいと景気よく、くだらない遊びをするだけで、結局はまた賭《か》けて、いつのまにか消えてしまう。何か、同じことを繰り返している感じなんだ……」

「そうですな……繰り返すことは悪いことじゃないが、金に振り回され、もっとやらなければならないことを忘れ、溺《おぼ》れて自分を見失うのが怖い……。悟ったようなことを言いましたかな……」

そう言って老人は笑った。

騒がしかった店も、客の数に比例して静かになった。

「いつも、ゴール前の金網にへばりついていますから……よろしかったら、またお会いしましょう……」

二枚の伝票を摑《つか》んで立ち上がった松崎の手から、かなり強い意志を見せて自分の伝票を受け取り、

「今度、ごちそうになります……」

と軽く頭を下げてレジへ向かっていった。

立会川から京浜急行で、新馬場に降りた松崎は、充実した気分を味わっていた。

商店街を通り抜けて『ロン』へ行くと、原田や山健が、互いに罵《ののし》りながら打っていた。

「一風麻雀《マージャン》なんてのを、欣治の野郎が品川に輸入しやがったもんだから、えれえガミだ」

原田が、松崎の顔を見るなりいった。

東風戦だけ。しかもノーテン親流れの一風戦は、三マン並みに勝負が早く、腕以上にツキがものをいう博奕性の強い麻雀である。

東南回しのオーソドックスな麻雀と違って、東場だけの一風戦は、どうしても和《あが》りが安くなる。

テンパイに向かって一直線。手作りするゆとりがないからだ。

しかも、ノーテン親流れだから、勝負が早い。平均十五分前後で終わる。

「グシャグシャにされちゃったよ……パンクーバーだ」

たて続けにラスを食った原田が、

（やるんなら、やれば……）

といった風に松崎を振り返って席を立った。

暮れに山健の賭場《とば》で貸した十万円は、まだ戻ってこない。ここんところ、落ち目の三度笠で、渡世人からくすぶりの原ちゃんに格下げになっている。

松崎は、強気にブンブンいく雀風である。トップかラスといった浮き沈みの激しい麻雀をやる。

親のリーチに一発でドラを切って向かっていくことも、しばしばあった。

だから、勝つ時もデカイが負けた時もヒドイ。

山健、べしゃりの欣治、寿司屋の若旦那《だんな》であるカッチン（勝吉）に松崎が加わって、はじまった。

隣の卓から椅子《いす》を運んだ原田が松崎の後ろで観戦に回った。

〈ツイてる……〉

僅差《きんさ》でトップになった松崎は、手元に三方面から飛んでくる万札に目を落とし、腹の中で呟《つぶや》いた。

初っぱなに、親満を自模《ツモ》和りした山健が、一本場でカッチンに満貫を振り込み、そのカッチンが今度は欣治に黙テンのゴオニ（五千二百点）を振って、オーラスで和った奴《やつ》がトップという形勢になった。

勝負どころの大事な場面だが、配牌《はいパイ》を一目見て、

〈こりゃあ駄目だ……〉

と諦《あきら》めざるをえないような、ガタガタの松崎の手だったが、上家（カミチャ）のカッチンが、ポン、チーをするたびにバタバタと好牌が流れ込み、八巡目で、タンピン三色、ドラドラの黙ハネをテンパイした。

しかも、二、五、八万の三面待ち。

テンパったとたん、山健が二万を自模切りした。

「ロン……ハネ満だ」

パタッと牌を倒した松崎に、

「びっくりしたね……ガッタガタの配牌が、俺《おれ》が小便にいってる間にハネ満の手になっちまうんだから……牌をすり変えたんじゃねえかと疑ぐっちゃったぜ……」

原田が、すっとんきょうな声で、松崎の頭越しに三人に向かって言った。

「最近は、冬でも蚊《か》が出ていけねえ……」

腕が違うんだ……といったポーズで松崎が、腕に止まった蚊を叩《たた》く真似《まね》をすると、

「新聞記者だなんて、ていさいのいいこと言ってるけど、それは世を忍ぶ仮の姿で、実のところは、バイニンさんじゃねえのかい……」

くわえタバコで目を煙そうにしかめながら、山健が皮肉っぽいセリフを吐いた。

千点千円に一万、三万のウマに、別ウマで山健と、どんでん（トップになると倍）を二万いっているから、僅《わず》か十五分足らずで、十万円儲けたことになる。

万札の束でふくれあがった胸の内ポケットに、金をねじ込み、松崎は再び牌をかき回しはじめた。

10回やって、トップが7回、二着が3回。

「タケシバオーみたいに強いね」と呆《あき》れ顔の原田を誘って『潤』へ行った。

「呑むんだろ？」

と松崎が原田に訊《き》くと、

「うん、でも、どっちかって言うと、お風呂に入りたい気もするしなァ……」

ソープへ行きたいような口ぶり。

「俺《おれ》はどっちでもいいよ……」

「じゃあ、予約するか……『アラビアンナイト』は今からじゃ無理だし、『姫太郎』でいいんだろ？」

と急にパッと顔をほころばした原田。受話器に飛びついた。

〈こんなことを毎日、繰り返してて、いいんだろうか……〉

原田の背中に目をやりながら、松崎は、フッとそんな気に襲われた。

2

翌日も、松崎は大井競馬場に足を運んだ。

築地で車を拾い、汐留《しおどめ》から高速にあがって、勝島《かつしま》で降りた。

産業道路と合流する高速道路の降り口に、たそがれたナリをした中年の男が立っていた。

「指定あるよ、三千円でいい」

哀願するような眼で、道路を横切るタイミングを狙《ねら》う松崎の顔を覗《のぞ》きこんだ。

吹きっさらしのところで、客にバンをかけるくらいだから、ダフ屋の仲間でも、うだつが上がらない男なのだろう。

「悪いが、券はあるんだ」

松崎が、そう言って断ると、黙って離れていった。

6レースが終わったばかりらしく、ぞろぞろと人が出口から吐き出され、バスの停留場に列を作り出していた。

途中で帰るくらいだから、殆《ほとん》どの人間が、不景気なツラをして、仲間と不満をぶつけ合っている。

「③からいって⑥だけないよ……」

「俺ァ、⑥は絶対だと思ってたんだが、③の馬が人気になりすぎたんで、やめちゃったよ。千七百円もつくんならなあ、押えればよかった……」

なんて、返らぬ愚痴をこぼしている。

競馬に限らず、ギャンブル場の帰り路にはつきもののシーンである。

平和島《へいわじま》競艇を、ボートファンはオケラ島と呼び、必ず渡る『平和島大橋』を〝オケラ橋〟と称する。

大井競馬場の勝島と立会川の境にある橋は『泪橋《なみだ》』だ。

中山のオケラ街道は、あまりにも有名だが、ウイークデーに日参する客層の関係からか、オケラ街道組より『泪橋』組の方が、心なしか顔色が悪いように松崎には思えた。

正面から入った松崎は、中央スタンドの六階にある記者席に向かわず、真っすぐにゴール前に歩いて行った。

（いつも、ゴール前の金網んとこにいますよ）

別れぎわに、そう言って帰った老人の言葉に、なんとなく気が惹《ひ》かれていた。

〈いるだろうか……〉

馬場に出てきた馬を見ようと、馬券売り場のあるスタンドの中から、石畳の立見席へ流れてくる人の波を縫うように歩きながら、松崎は、老人を探していた。

ゴールポストの脇《わき》にある表彰台の傍《そば》までできた松崎は、金網にもたれかかり、返し馬に移った馬たちをジッと見ている老人を、めざとく見つけた。

薄いベージュ色のコートには記憶がなかったが、コーヒーブラウンのズボンと、白いものが混ざった頭髪に見覚えがあった。

背中に声をかけようとした松崎だが、なぜか躊躇《ちゅうちょ》させるものがあった。

思い思いの方向に散っていく馬たちを追う老人の背中に、気安く声をかけさせない孤独さというか、翳《かげ》りがあったからだ。

松崎は、じっとそこに立ち停まり、やがて振り返るであろう老人の動作を待っていた。

やや、しばらくして老人は金網から離れ、何か考えに耽《ふけ》っている横顔を見せて歩き出した。

「どうも……」

「………」

声をかけた松崎に、一瞬訝《いぶか》しげな表情をみせた老人だが、

「ゆうべはどうも……」

と松崎が重ねて言うと、

「ああ、アンタでしたか……いや、年を取ると、トントもの憶《おぼ》えが悪くなりまして……いや、失礼……」

と照れたような笑いをみせた。

「きょうも、お休みですか……」

働き盛りの若い松崎が、二日続けて競馬場にきているのを、どう思ったのかさりげなく訊いてきた。

「いえ……まあ、休みみたいなモンです……競馬場にくるのが仕事ですから……実は競馬担当のブンヤなんですよ……」

松崎が頭を掻《か》きながら、説明すると、

「ホー……そうだったんですか……」

急に歩くのを止め、松崎をジッとみつめ出した老人に、松崎は奇妙な戸惑いを覚えた。

馬券買いに、せわしなく歩く人の群れとはまるで異なる目的を持った人間のように、その老人は悠然と歩き出した。

それは、雑木林の中を逍遥《しょうよう》する人にも似て、静かな足どりであった。

肩を並べて歩きながら、松崎はその老人が何も持っていないのを不思議に思っていた。

スタンドの4コーナー寄りにある二百円券売り場の窓口にくると、老人はポケットから百円玉を二つ取り出し、

「④－⑤をください……」

と穴場へ手を入れ、赤い券を一枚代わりに貰った。

（二百円券一枚だけしか買いません……限られた金で長く人生を楽しむには、これが一番ですし、当たった時の喜びは、二百円も十万円もさして変わりがないようです……）

松崎は、老人が言った言葉を思い出した。締め切り時間が迫ったことを告げる赤ランプが、窓口で点滅し始めた。

松崎は、コートの中から新聞を取り出し、出走馬に目を落とした。
④枠のレディオークは全くの無印、⑤枠のキタノムーテイは△印がパラパラとついているだけであった。
②枠のクインエル、⑥枠のトウコウアリス、⑧枠のウインザブームの三頭が人気を分け合っており、老人の買った④－⑤は、どうヒネって考えても、きそうにない馬券

であった。

〈……遊びで②－⑥、②－⑧を二万ずつも買ってみるか……黙ってレースを見るのも面白くないし……〉

と松崎が、胸ポケットに手を突っ込み、指先で万札を四枚探って引っ張り出した時、老人が松崎を振り返った。

「買うんなら、ここで待ってましょうか……」と微笑《ほほえ》んだ。

千円券の窓口は、通路を隔てた向こう側にあった。そこまで、ひとっ走りと考えていた松崎は、握りしめた四枚の万札を老人に見られた瞬間、わけもなく狼狽《ろうばい》した。

何か卑しい欲を持った下心を見透かされたような気がし、顔が火照《ほて》った。

「いえ、あまり気のないレースですから、買わなくっても……」

いいんです……と右手を小さく目の前で振って、松崎は素早く金をコートのポケットに隠した。

「だいぶ、買うようですね……」

暗い一階のスタンドの中から、淡い冬の日がこぼれる石畳の上にくると、老人が前を向いたまま言った。

「病気みたいなもんです……昔……といっても、七、八年前ですが……一万円初めて一点で買った時、レースを見るのが怖くて、便所の中に閉じこもって終わるのを待ってたこともありました。ワーワーという歓声に、どうなったんだろ、と胸をドキドキさせ、おそるおそる出てきて、人の声に耳をすましたりして……いきなり電光掲示板を見る勇気もなくって……それが今では十万円買っても、なんとも……」

自嘲《じちょう》めいた口ぶりで松崎がいうと、老人はニコニコしながら、

「それは、誰《だれ》でも一度は必ず経験することですよ……このワタシなんか、何回同じことを繰り返したことか……」

小さく頷きながらいった。

ゴール前に松崎と老人がきたところで、スタートをつげるファンファーレが鳴った。

一枚も馬券を買わなかった松崎は、さしたる興味もわかず、馬群の流れを追っていた。

だが、やがてそれは驚きとも感嘆ともつかぬ目に変わった。バテた先行馬の外を突いて、キタノムーテイとレディオークの両馬が鼻ヅラを揃《そろ》え、一気に先頭に躍り出たからだ。

青い帽子と黄色い帽子が重なり合うように、ゴールへ飛び込み、白い帽子の馬が二分の一馬身ほど遅れて入線した。

「④－⑤だ……」

「ヒエー、三万八千六百円の大穴だぜ……」

考えもしなかった④－⑤のオッズに、あわてて目を走らせる周囲のざわめき。松崎も、超大穴にわけもなく胸の騒ぎを覚えたが、老人は、レースの前と全く同じ表情で「当たったようですな……」と松崎を振り返った。そして、

「お茶でも飲みませんか……」

とスタスタと歩き始めた。

誇らし気に馬券をみせるでもなく、買った根拠を自慢するでもない老人に、松崎は拍子抜けしていた。食堂で向き合って座っても、老人は終わったレースには一言も触れず、うまそうに緑茶を啜《すす》るだけであった。

一風変わった競馬好きの隠居さん――。

立会川の赤提灯《ちょうちん》で声をかけられた時そんな印象を抱いた松崎だったが、黙って緑茶を啜る老人の落ち着いた仕草をみているうちに、

〈ひょっとすると、とてつもない人物なのでは……〉

と畏敬《いけい》の念を抱かざるをえなくなっていた。

たとえ、二百円券一枚とはいえ、三万八千円の超大穴を一点で的中させたのである。儲けた金額の多少にかかわらず、そこには当然、人間臭い喜びなり気持ちの昂《たか》ぶりがあるはずであった。意識して平然としたポーズを作ってるわけでは無論ない。

「さて、馬でも見に行きますか……」

ひょうひょうとした感じで松崎を促し、のれんを僅かにそよがせて、店の外へ出ていく老人に、松崎は従った。

金網にもたれ、返し馬をつぶさに観察する、そして、専門紙もオッズも見ることなく、二百円券の窓口に足を運ぶ老人の動作は、毎レース繰り返された。

そして驚くべきことに、老人が外したレースは、僅かに一鞍《くら》であった。

フリユーミスター＝リツリンサカエで六千二百円と荒れたメーンレースの新春盃も、ちゃんと当てていた。

松崎は、最終レースが終わった時、それまで自分が一枚も馬券を買っていなかったことに初めて気がついた。

競馬場の門をくぐる時、たとえ百円の金しか持っていなくても、なんとか都合つけ、五万、十万と勝負していた松崎にとって、信じられないことである。

完全に度肝を抜かれ、老人の後を金魚のフンのようについていくだけであった。

とっぷりと夕闇《ゆうやみ》に包まれた競馬場の門から吐き出された人の波は、黙々と駅に向かう。

『泪橋』を渡り切ったところで、老人が松崎を振り返った。

「時間はおありですかな……もし、よろしければ、昨日の続きをしたいんですが……」

「ええ……社の仕事はすんでいますし、ボクは構いません……」

「ゆうべのところも、いいんですが、賑やかなので話が少し遠くなるようですな……」

「ええ……まあ……」

どちらとも解釈できるあいまいな返事をした松崎に、老人は納得したように頷き、歩き出した。

駅の周辺は、いつものように人が溢《あふ》れ、

「らっしゃい、らっしゃい、へい！　らっしゃい」

威勢のいい一杯呑み屋の呼び込みの声と、露天商の客の気を惹く掛け声が行き交っていた。

京浜急行の踏み切りを越え、そのまま商店街を抜けて第一国道へ向かう老人。タクシーでも停《と》めるのかと考えた松崎が、空車を探そうとした時、黒塗りのベンツがスーッと近寄ってきた。そして、老人の前でピタリと止まると、帽子をかぶった品のいいナリをした運転手が、素早くドアを開けて滑り降りると、後部のドアを開けた。

松崎を眼で促した老人が、馴《な》れた物腰でシートにおさまり、

「どうぞ……」

と手で招いた。

ドアの前で深々と頭を下げる運転手に戸惑いながら、松崎が乗り込むと、すぐに車は走り出した。

「あまりにお早いお帰りなので、少々慌てました……」

「きょうは、久しぶりに家でゆっくり飲もうと思ってな……」

「さようでございますか」

老人の人柄が偲《しの》ばれる運転手の態度に、松崎はやはり老人がタダ者でないことを、更に強く植えつけられた。

品川から高輪を通り、麻布にさしかかった車は、かなり勾配《こうばい》のある坂を昇り降りし、高い塀の居並ぶ高級住宅地の一角で停まった。

大きな門構え。樹齢何十年といった樹の生い繁る屋敷の中へ、ひょうひょうとした足どりで入っていく老人に、松崎は圧倒されていた。

灯籠《とうろう》が無数に並び、さまざまな色と形をした巨石が、ほどよく配置された庭。下町で育った松崎にとって、それは別の世界にまぎれこんでしまったような錯覚を覚えさせた。

灯籠の淡い光の元に慕う無数の鯉《こい》が、松崎の足音に驚き跳ねた。

ひっそりとした邸内。靴音を立てるのさえ、憚《はばか》られるほど静寂が闇に溶けていた。

こんもりと生い繁った灌木《かんぼく》に囲まれるようにして、雅《みやび》やかな造りの玄関があった。

「どうぞ、お上がりください……」

そう言って、老人はズンズンと奥へ入っていった。

松崎は、皮をむかれた太い桜の玄関柱に、小さな表札がかかっているのに気がついた。

「徳大寺」と墨で書かれてあった。

〈……徳大寺……どこかで聞いたような名だ〉

フッとそう考え、それがジョッキーたちと何度か行ったことのあった銀座のミニクラブであることを思い出し、苦笑した。

案内された部屋は、青々とした畳の香りが匂《にお》う座敷であった。

床の間に飾られた調度品は、素人目の松崎にも、一目でそれとわかる値の張るものばかりである。

「酒の用意ができるまで、将棋か碁でも打ちますか……ヘボなんですが、覚えたばかりというのは面白いもんでして……」

「並べるだけみたいなもんですが、それでよろしかったら……碁をやりましょうか」

と松崎が言うと、老人は、床の間の隅に置いてあった二つの盤のうち、やや大きめな方を、抱えてきた。

黒石を松崎が握って、

「聖目（九個）置かしてください……」

と言うと、老人はあわてて、

「話があべこべですよ、それでは……本当に覚えたばかり……それも娘に教えてもらったようなもので……」

と頭を掻《か》いた。

泰然自若としていた老人が、初めて松崎にみせた仕草であった。

謙遜《けんそん》ではなく、本当のようである。

松崎は、一年三か月入院していた小田原の特別少年院で、娯楽時間には本を読むか、碁を打つかしていたので碁にはかなり自信を持っていた。

「ではヒラでやりましょう……」

と松崎が言って、黒石を盤の上に一つ置くと、老人も白石を一つつまんで置いた。

松崎は、麻雀でもそうだが、あまり深沈する打ち方ではない。勢いに任せるというか、勘で打つ。

もちろん定石を知っての上であったが……。

老人は真剣に盤の上をニラみ、慎重に石を置いていたが、いかんせん習いはじめの非力さは隠すべくもなく、松崎に急所、要所を攻められ、

「いかん、また取られた……」

を連発する破目となったが、いかにも楽しそうであった。

どうやっても助かる道のなくなった大石を、なんとか活かそうとする老人に、

「それは、もう死んでいます……」と忠告しても、

「いや、いまに息を吹きかえすかも知れん」

と首を振って、頑張っている。

一局が終わって、整理すると白石の〝地〟は僅かで、打ちあげた石で楽に埋めつくされ、なお数え切れないほど余った。

「完敗じゃな……いや、強い！」

「………」

松崎は黙って笑うしかない。

その時、襖《ふすま》が開いて十七、八の娘が茶を持って入ってきた。

紺地に赤い絣《かすり》模様の着物を着た髪の長い娘である。

化粧の匂いすらない顔は、透き通るように白く、腰まで届きそうな黒髪に映えて、美しかった。

「娘です……」

と照れたように松崎に紹介したあと、

「松崎君だ……父さんの友達だ……」

と言った。

「松崎です……どうも初めまして……」

軽く頭を下げると、畳の上に両手を突いたその娘は、

「芙蓉《ふよう》です……よろしく……」

静かに、額が畳に触れるほど深く下げた。

さわやかな声であった。

松崎は、柄にもなく顔が火照るのを意識した。

3

徳大寺邸での夕食は、おもいもかけぬほど楽しいものになった。

出される料理は、一つ一つが吟味されたものばかり。外食に馴れ切った松崎の舌を、びっくりさせるほど旨《うま》かった。

鉄色の和服をさりげなく着こなした老人は、くつろいだ雰囲気でよくしゃべった。

松崎も珍しく、饒舌《じょうぜつ》になった。

芙蓉は、そんな松崎を興味深げに見やり、コロコロと鈴のように絶えず笑っていた。

食事のあと、酒が出された。緑色した磨硝子《ガラス》の瓶に入ったコニャックも、松崎の喉

を初めて通る高価なものであった。

「一つお願いがあるんだが、聞いてもらえんでしょうか……」

娘が中座した時、徳大寺老人はためらいがちに言葉を改め、切り出した。

「……どんなことでしょうか……」

「頼みというのは、娘の芙蓉のことなんですが……あまり戸外《そと》へ出たがらんのですよ……カトリック系の学校へ行ってたもんですから、高校から短大まで、ずっと寮に入ってましてな……私も連れあいを亡くして、ヤモメの暮らしだったもんで、寮の生活の方が友達もいて楽しかろうと考えまして……。ところが、学校を出てからは、殆ど家にいる状態でして、たまに私が戸外の空気を吸わそうと、誘っても、首を振ることが多いんです……そこでお願いなんですが、一つ、どこかへ連れていって貰いたいんです……娘もアナタのことを気にいったようですし……」

「自分が誘っても、お嬢さんは、ウンといいますでしょうか」

「先程、アナタが用を足しに行った時、それとなく匂わせましたら、嬉《うれ》しそうな顔をしとりましたから……」

大丈夫というように徳大寺老人は、大きく頷いた。

「それでしたら……」

と松崎は承諾したものの、

〈いったい、どんなところへ連れていったらいいんだろう……〉

と頭の中で、かつて淳子や由紀と一緒に行ったことのある場所を思い浮かべたが、ディスコやラブホテルばかりチラついて困惑せざるをえなかった。

「我儘《わがまま》ついでなんですが、海……が見たいとか……時季はずれなことを……」

「いいえ、行きたいところがあるんでしたら、お伴します。実のところ、お嬢さんが喜びそうな場所の心当たりがなくって、思いあぐねていたんです」

〈冬の海か……それもいいいな〉

と考えながら、松崎は二、三度大きく頷いた。

〈月曜日の九時か……朝寝坊はできないぞ……〉

老人と娘に見送られ、邸《やしき》を出た松崎は、とてつもなく重要な役目を受け請ったような気がしていた。だが、心の隅では、月曜日の朝が、しごく待ち遠しいような、弾んだ気持ちもあった。

黒塗りのベンツで、品川まで送ってもらった松崎は、国道沿いで降ろして貰い、どこへも寄らずにアパートへ帰った。

月曜日の朝、松崎は目覚し時計に叩き起こされるなり、カーテンを開けて空模様を窺《うかが》った。

澄み切った空に安心した。と、同時に、浮き浮きした自分に、独り照れていた。

暗闇坂にある徳大寺邸の前までくると、門のところに立って待っている老人と娘の姿があった。

白いブラウスの上に、赤いベスト。淡い緑色のプリーツスカートという、お人形さんのような可愛らしい服装の芙蓉は、松崎を見るなり手を振った。

品川まで車で行き、京浜急行に乗って、三浦海岸で降りた。そこからバスに乗って、剣崎《けんざき》灯台の停留所で降り、海岸まで歩いた。

電車の中では、黙って外の景色を眺めていた芙蓉は、バスに乗るころからしだいに陽気になり、あれこれ松崎にうちとけて話しかけてきた。

だんだん畑を抜け、小高い丘を登りつめると、いきなり海が横に広がっていた。

訪れる者も少ない冬の灯台は、ひっそりと、まどろんでいた。

「ねえ……見て……大島があんなに近く……」

海へ向かってせり出したベランダの手すりに、身を乗り出すようにした芙蓉が、松崎を振り返り、水平線を指さした。

房総半島と伊豆半島が、左右から迫り、その稜線《りょうせん》を海に落としたあたりから、やや離れたところに大島が浮かんでいる。

芙蓉は、まるで初めて海を見た少女のように、はしゃぎ、松崎の袖《そで》を引っ張り回した。

それは松崎が、当惑するほど無邪気であり、子供っぽい動作であった。

「海岸へ降りましょうよ」

そう言うなり、身をひるがえして急な勾配の坂道を、トットと降りていく芙蓉を、
松崎は真底可愛いと思った。

波にけずられた岩場を、なんのためらいもなく走り回る芙蓉に、

「滑るから、危ないよ……」

と声をかけ、足元を気にしながら松崎は後を追った。

汐溜《しおだま》りで、時折りしゃがみ、小魚をみつけると、

「早く、早く……」

と松崎を手招きする芙蓉。そのたびに、息を弾ませなければならない松崎だったが、
不思議と億劫《おっくう》さはなく、むしろ心楽しかった。

海岸線の岩場づたいに歩き、松崎と芙蓉は、岬を越えて江奈湾へ出た。

そして、磯釣りで有名な横瀬島を見おろす丘の上で昼食をとった。バスケットの中から、小さなオニギリと、小型の水筒を取り出し、ビニールの上に広げた芙蓉は、松崎に大きめなオニギリを二つ渡して、

「足りないわね……お腹ペッコペコになっちゃったもんね」

と笑った。

真冬とはいえ、風がないため、ポカポカと暖かい。

ままごとみたいな昼食を済ませた後、松崎は草の上に横になった。

芙蓉も、松崎の隣に腰をおろし、松崎の知らない歌を口ずさみはじめた。

ときおり吹く風にそよいだ芙蓉の髪から、甘酸っぱい香りが、松崎の鼻をくすぐる。

「ねえ、松崎さんのお仕事って、うちの父の趣味と同じ競馬なんでしょう……」

「……うん……」

「父は一度も競馬場へ連れてってくれたことないの……お馬さんが走るのって、すごーくきれいでしょう。今度、松崎さんと一緒に行きたいな」

「お父さんが、いいって承知したら……」

と生返事したものの、松崎は、競馬場へ芙蓉を連れて行く気にはなれなかった。

顔見知りのコーチ屋や、筋っぽい連中に、声をかけられた時、そばに芙蓉がいたら……と考えると、首を縦には振れない。

最近でこそ、競馬記者という職業は、世に認められつつあるというものの、かつては新聞社の中でも、一段低く見られていたし、世間でも、遊び人のやる仕事のように思われていたものだ。

ハイセイコーの登場で、競馬を罪悪視するムードが薄れ、競馬記者は、ある意味ではマスコミの先端を行く花形職業に格上がったが、それとて、社会的な信用という意味では、銀行員、一流企業の社員には遠く及ばない。

「アラ！　船があんなところに……」

芙蓉が、びっくりしたような声を出した。

江奈湾の奥にある松輪港から、白い船が一隻、ポンポンと蒸気の音を立て沖へ出ていった。

〈たまには、博奕っ気なしでのんびりするのもいいもんだ……〉

芙蓉と肩を並べて、しだいに小さくなっていく船を見ながら、松崎は、今まで感じたことのない、ほのぼのとした充実感を味わっていた。

4

剣崎灯台へ行ったその晩、松崎は老人と遅くまで話が弾み、同じ部屋で枕《まくら》を並べた。

「娘の、あんなうれしそうな顔をみたのは初めてです。これからも暇な時で結構ですから、誘ってやってください。世代の違いといいますか……どうも私どもとは、考え方が異なるようでして……」

徳大寺老人が幾つなのか、松崎にはわからないが、四十も半ばを過ぎてから、芙蓉が生まれたということは、おぼろげに推察できた。やがて、軽い寝息を立てはじめた老人の横顔に、松崎は叔父の役者・政の面影を重ねていた。

近所のガキ大将に、不意打ちをくらって逃げられ、悔しくて泣きながら家に駆け込んだ幼い頃の松崎を、

「泣き虫に用はない。勝つまで家に帰ってくるな」と激しく叱《しか》り、玄関の外へ叩き出した叔父である。

だが、グレだした松崎が、ケンカで汚れたシャツをこっそり洗っていると、

「卑怯《ひきょう》なことはしなかっただろうな……」

と尋ね、松崎が黙ってうなずくと、

「それならいい……」

と別に咎《とが》めもせず、酒を静かに呑んでいた。仲間と、夜が更けるまで遊んだ松崎が、足音を忍ばせて寝ている叔父に気づかれぬよう布団にもぐりこもうとすると、

「体に気をつけろよ……」

と一言だけ言う叔父であった。

その叔父も、松崎が少年院へ入っている時に、風邪から肺炎をこじらせて死んだ。

頼る者もない孤独な境遇になってから、松崎はいつしか他人に対して一歩構えた態度をとるようになっていた。

舐められまい、バカにされまいという気持ちが、ややもすれば肩肘《かたひじ》を張り、背伸び

するような付き合い方をさせてきた。だが、徳大寺老人に対しては、不思議と素直な気持ちで接することができた。飾る必要もなかった。

（私の若い頃にソックリで、なにか自分の日記が突然、動き出したようで）

遠い昔を懐かしむような目で松崎を見る老人に、面映ゆい、それでいて妙に浮き浮きとしたものが、胸の中に広がるのを松崎は感じていた。

老人と知り合い、芙蓉と仲良くなってから、松崎は小博奕にあまり気が乗らなくなっていた。

「どこか具合でも悪いんじゃねえのか……」

ばんたび参加していた松崎が、急にやらなくなったのを訝しがった原田から、誘いの電話がかかっても松崎は断っていた。

「楽になっちゃって、品川の人間なんかと、もうつき合えねえらしいよ……」

山健が皮肉っぽく言っても、軽く聞き流す余裕が松崎にあった。前川の助っ人で、転がりこんできた二百七十万円の金が、麻雀や競馬で増え続け、いつのまにか五百万近くになっていた。

つい二か月ほど前まで、銭に追いまくられ、アップアップしていたのが嘘《うそ》のように、使っても使っても金が自然と飛び込んでくるようであった。

自信があろうがなかろうが、闇雲《やみくも》に毎レース手を出していた馬券も、見送るゆとりが出てきた。

『AJC杯』の日、松崎が手をおろしたレースは、僅かに三鞍だけ。

メイワロックとユウトキワの⑥ワク並びで決まった『椿賞』の二百八十円を一点で三十万、グリーングラスから4点流した『AJC杯』も元金の倍にしかならなかったが、ヤマブキオーの②－⑦を押えていた。

「昇り竜みたいな勢いなんだってねえ。何をやっても負けたことがないらしいじゃん……」

日曜日の晩、松崎が、淳子と待ち合わせた『潤』を覗くと、スツールの上で胡座《あぐら》をかいた原田が、お世辞と冷やかしをミックスしたような口ぶりで声をかけてきた。

「うん……自分でも驚くくらい、ツイてるって感じだな……」

「付き合いが悪くなったなんて、山健の奴が言ってたけど、どこかに、いい巣でも見つけたんじゃないのかね……金が唸《うな》るほどあって腕の甘チャンなのがいっぱいいるような……」

「そんなとこがあったら、イの一番に原ちゃんを連れてくよ……今の俺の稼ぎ場は、競馬場サ。借りもなければ、勝ちすぎて恨みを買うこともない」

「情報がビシビシ決まるの？　アッタカイのあったら頼むよ……」

拝むまねをする原田。松崎は、そんな原田に優越感を覚え、一肌脱いで助けてやろうかという気になっていた。

美少女との夜

1

翌日、松崎は原田と連れ立って多摩川を渡った。

「じゃあ、一応、二十万渡しとこうか」

タクシーの中で、松崎が十万束を二つ、懐から取り出すと、

「いいよ、どうせ乗っかって同じ目を買うんだから……テメエで持ってると、つい窓口に手が伸びそうで不安だよ……」

チラッと万札に目を落としただけで、頭を掻《か》き原田が言った。

「でも、自分の気のあるレースを買わなきゃ、勝負したような気になれないだろう……ツイてるって言ったって、競馬だから、必ず俺《おれ》の予想が当たるとは、限らないし……」

「でも、俺が考えてるよりは、なんぼかマシだよ……なにせ、今年に入って一回も当たったことがねえ始末だもん、百レースぐらいやってこれだから、ヒドイもんよ……」

自嘲《じちょう》気味に呟《つぶや》く原田。すっかり自信を喪失してる感じだ。

ある時払いの催促なし……という条件で二十万貸してやると言った松崎に、

「二十万借りても砂漠に水だから、二十万ぶん、松ちゃんの馬券に乗せてくれ……」

と提案した原田。松崎のツキにご相伴しようという腹だ。

〈川崎競馬場にくるのも久しぶりだな……〉

通用門のガードマンに、バッジを見せ、一緒だからという風に、指を二本出すと、スムーズに通してくれた。

パドックの脇《わき》をグルリと回り、特別席へ上がる階段の入り口にくると、後ろにいるとばかり思っていた原田の姿がないのに松崎は気がついた。

指定席の券を持っていない原田が、木戸を突かれるのは歴然としている。

若葉ちゃんに買ってもらった自慢のバーバリコートも、同じような色のコートを着た人間が多く、目立たない。

しばらく松崎がそこで立っていると、

「ワリィ、ワリィ……いや、どうせ食うんなら、揚げ立てのアッタカイ方が旨いと思

って ね……」

手に、イカのフライを串《くし》に刺したやつを、五、六本持っている。

「コレを食うのが楽しみでさあ。味噌《みそ》オデンとジャガイモを後で食べようよ……」

なんて、気楽なこと言ってる。

ある時など、チャラ銭を全部使ってしまい、電車賃までなくなって、川崎から品川まで歩いて帰ったことのある原田。それからは、千円札一枚だけはないものとして靴下の中に入れておくらしい。

くすぶりの原田が、ぶら下がっても松崎のツキは、落ちる気配すらなかった。

締め切ったあとで、買えなかった4レースは、本命のハッピーシューが危なげなく勝ったが、二着にスッコ抜けのテンチカラオが飛び込んで④－⑤一万一千余円の万穴になった。

原田が、イカの串揚げを買いにいかなかったら、楽に間に合ってやられた馬券だ。

原田の分として二十万、松崎の分として二十万の四十万を資本に5レースから買い出した馬券は、確実に増えていった。

5レースの③－⑧六百五十円を本線で五万。

6レースの③－⑦二千三百九十円は押えで一万。

7レースの①－⑦九百九十円は、十万買って三万。

8レースの②－④七百十円は、元取りで二万。

9レースは、狙《ねら》ったターキンノイチが三着で、二十万のガミと小休止したが、最終レースの⑤－⑧六百四十円を本線で八万当てた。

四十万の資本が、僅《わず》か三時間足らずのうちに、百二十万にふくれ上がった。

数えた金の中から半分の六十万円を原田に歩きながら渡すと、

「ありがてえ……これでひと息つけるよ……あっそうそう、暮れに山健の賭場《とば》で借りた十万だけ返しとくよ……」

と幾分、上気した顔で十万円に利息の意味か一万円を足して松崎に差し出した原田。

青菜に塩……といった風情だった昨晩とは見違えるように、生き生きとした目で、

「じゃあ、『姫太郎』にでも行って、競馬場の埃《ほこり》でも落とすとしますか……入浴料は俺が持つから……」

とズンズン堀之内の方へ向かって歩き出した。

〈この調子でいけば、一千万も夢じゃない……〉

松崎は、まだ一度も見たことのない金が、ヒョイと手を伸ばせば届くようなところにあるのを、ハッキリと意識しながら、原田の後ろを歩いていた。

競馬場から吐き出された長い人の行列は、京浜第一国道を横切ったところで、幾つかの支流となって流れ出す。

だが、その大半は、タクシーを停《と》める気力もなく、京浜急行の川崎駅か、隣接する国電の川崎駅に、吸い込まれていく。その途中に横たわっているのが、堀之内ソープランドゾーンである。

なまめかしいネオンと、男の欲望をそそる看板の謳《うた》い文句。オケラにされ、黙々と歩いてきた男たちが、敗者のせつなさを一番感じるのが、ソープランドを横目で見ながら通り過ぎる時かもしれない。

〈……うまくできてやがる……〉

松崎は、フッとそう思った。

大井競馬場の帰り客で賑《にぎわ》う立会川周辺の呑《の》み屋横丁もそうだが、競馬場の帰り路には、食い気にしろ色気にしろ、男が金を使いたくなるような場所が必ずある。金銭感覚が麻痺《まひ》した帰り客の落とす金は膨大なはずであった。現に、ゆうべ五千円の銭に泣いていた原田が、儲《もう》けたことで有頂天になり、いっときの快楽のために二人分の入浴料一万円を払い、部屋での遊び代として一万五千円を惜し気もなく使う気でいる。

「金のねえ野郎は哀れなもんだ。見なよ……羨《うらやま》しそうな顔しちゃって歩いてるぜ……」

『姫太郎』の前までくると、松崎を振り返った原田が、得意気に言った。傍《そば》を歩いていた何人かの男たちが、チラッと原田と松崎を見やったが、原田のいかにも遊び人でございといった風貌《ふうぼう》とナリを見て、あわてて目をそらした。

「俺は五十鈴さん……松ちゃんは誰《だれ》？　そうそう真琴っていったっけな、もう一人は真琴さんだ」

遊び馴《な》れた調子で、粋な和服を着たマネジャーに指名した原田だったが、

「あいにくと、本日は五十鈴さんも真琴さんも、お休みでして……」

と言われると、とたんに渋い顔を作り、

「じゃあ、しようがねえ……その代わり、若くてサービスのいいの頼むよ」

なんて注文をつけた。

宵の口らしく、待合室には誰もいなかった。座る間もなく「どうぞ……」とマネジャーが呼びにきた。

階段の上がり口で、原田にあてがわれた女を盗み見ると、大ぶりで、顔も並の女だったが、松崎の方は、小柄で器量も松崎好みのいい女だった。

だが、部屋に入ってから、松崎は失望せざるをえなかった。サービスがおざなりで、しかも腹の肉がたるみ、剛毛がデルタ地帯に密生していた。ボディー洗いの時は、いくぶん緊張しかけた松崎の道具も、ベッドの上ではすっかり萎《な》えてしまい、女はフーフー言いながらふるい立たせるのに懸命であった。

「まいったよ……尻《しり》の穴を舐《な》められたら、屁《へ》が出そうになっちゃってヨオ！」

「俺のはヒドイもんよ。タワシみてえなアソコの毛で、ゴシゴシこすられて、やめてくれ！　って言いたくなったよ……」

「へーえ、よさそうな女だったけど、わからねえもんだなあ……」

帰りのタクシーの中で、必ずひと講釈するのが原田の癖である。松崎は、原田が面白おかしく説明するのを黙って聞いていた。

商店街の入り口で原田と別れ、アパートへ帰ると、電話が鳴っていた。

受話器を耳に当てると、聞き馴れない女の声がした。

「松崎さん……松崎さんですか……」

とおっとりした話し口だ。

松崎の三人の女は、松崎を決してそう呼ばない。

「ええ、松崎ですが……」

誰だろうと思いめぐらしながらそう答えると、

「ああ、よかった。芙蓉です……。きょうお休みだって聞いてたでしょう……昼間から、これで五回も電話しちゃった……でも、よかった……」

本当に嬉《うれ》しいらしく、弾んだ声のあと、クックッと笑っている。

「どうも……あっ、この前はとても楽しかったよ……」

なんで、こんなに自分があわてているのか、松崎にはわからなかった。

「あしたも、会社お休みでしょ……芙蓉、お願いがあるの。多摩動物園に連れてってくれない？　ネッ、ネッ……いいでしょう」

「ボクは構わないけど、お父さんは、このこと知ってるの……」

照れ隠しに、そう言ったものの、松崎は芙蓉の誘いを、拒む気はまるでなかった。

2

翌朝の十時に、松崎は芙蓉と京王線の新宿駅で待ち合わせた。

下高井戸と調布を結ぶ中央高速が開通してから、松崎はめったに京王線に乗らなくなっていた。

開催日のうんざりするような混雑がわずらわしかったし、五千円のタクシー代を痛いと感じなくなっていたからだ。だが、ラッシュアワーの過ぎた構内は、拍子抜けするくらい閑散としていた。

多摩動物公園行きの特急も、楽に座れるほど、空いていた。

「無理にお誘いしたんじゃないのかって、父に叱《しか》られましたの……」

チョロッと舌を出し、いたずらっぽい表情で、松崎の顔を覗《のぞ》きこんだ芙蓉。黒目の勝った大きな目がクルクルと動き、カールした長い睫《まつげ》が揺れた。

「どうせ、暇をもて余してたんですから……」

「ホント？　じゃあ、グッドタイミングだったわけね……よかった」

手の平を合わせ、座席の上で小躍りする仕草をみせた芙蓉を、対面に座っていた老夫婦が、微笑《ほほえ》ましそうに見ている。

松崎は、なぜかその老夫婦に、芙蓉との仲を祝福されているような気がして、嬉しかった。剣崎へ行った時よりも、芙蓉は愉《たの》しげに、よく微笑い、絶え間なく喋《しゃべ》っていた。

多摩動物公園は、子供たちの天下であった。

若いアベックの姿もあったが、大半は子供連れの家族だった。子供の手を引いた中年の男も、楽しげに腕を組んだアベックの若い男も、芙蓉の美しさにみとれ、振り返った。そして、松崎に羨望《せんぼう》と、嫉妬《しっと》の入り混じった視線を向けた。

松崎は誇らしい気分に浸りながら歩いていた。

芙蓉は、男たちの、そんな視線に気がついていない風であった。無邪気に松崎の腕につかまり、歌を口ずさんでいた。

放し飼いになっているライオンを見るため、バスに乗りこもうとした時だけ、

「窓から、ライオンが入ってこないかしら……」

と一瞬不安気な表情をみせたが、バスが動き出してからは、窓に顔をくっつけ、ラ

イオンを探すのに夢中になっていた。

バスを完全に無視したライオンたちが、傍に寄ってこないのが不満らしく、松崎にスネたような素振りさえ見せた。

午後になると、厚い雲が空を覆い、風も冷たくなってきた。

駆《か》けたり跳んだりしていた芙蓉も、さすがにくたびれたらしく、松崎の腕にぶら下がるシーンが多くなった。

〈……まだ早いかな……〉

と松崎は思ったが、

「そろそろ帰ろうか……雨が降りそうだし」

と芙蓉に言うと、意外と素直に、

「そうね……風邪を引いたら大変だもんね」

と頷《うなず》いた。

新宿行きの特急に乗ると、芙蓉は、松崎にもたれかかるようにして軽い寝息を立てはじめた。

松崎の肩に頭をのせた芙蓉の長い髪の毛から、甘い香りが漂っていた。

車輛《しゃりょう》の震動が、芙蓉の体から松崎に伝わってくる。松崎は、その重さを心地よく感じていた。

府中を過ぎ、調布にくると、乗客の数が目立って多くなってきた。だが、芙蓉は、ぐっすりと寝こんでいるらしく、周囲のざわめきにも眼を醒《さ》まさなかった。

初台駅から地下にもぐった電車は、ほどなく新宿駅のホームに滑りこんだ。

「着いたよ……起きな……」
二、三度、松崎が芙蓉の肩のあたりを揺らすと、驚いたように眼を開けた。
「ごめんなさい……ずーっと寝ちゃったわ……でも、いい夢見ちゃった……松崎さんとネ、ワタシが……」

そこまで言って、パッと頰《ほお》を染めた芙蓉。サッと身をひるがえしてホームに降りると、太い大理石の柱の陰に隠れた。

松崎が、その柱に近づくと、後ろからソッと忍び寄ってきて、松崎の背中に飛びつき、

「後で教えてあげる……」

と耳元に囁《ささや》いた。

駅のホームで、芙蓉に背後から抱きつかれ、松崎は狼狽《ろうばい》した。まさか、そんな大胆なことをすると思っていなかったからだ。

淳子にしても由紀にしても、二人だけで部屋にいる時はともかく、人前では女の大人らしく振る舞っていた。

紀子にいたっては、松崎の顔色を読みながら、話すほどである。

女が男に、従うのはあたりまえであり、常に男が主役であるという古めかしい考えを松崎は、三人の女たちに通してきた。

だが、芙蓉はそんなことには全く無頓着《むとんじゃく》であり、他人の眼など気にしない天真爛《らん》漫《まん》なところがあった。

といって、乳母日傘《おんばひがさ》で育った者にありがちな、我儘《わがまま》なところもない。

「人が見てるよ……」と松崎は消極的に、肩から首にからんだ芙蓉の腕を、はずそうとした。

成熟しかけた芙蓉の胸のふくらみが松崎の背中で息づき、弾んだ。

それは、松崎をうろたえさすに十分なほど、豊満であった。

老人からの預かりものであり、妹のような感情で接してきた芙蓉に、松崎は初めて女を意識した。

ホームの階段を上り、京王線から地下鉄に向かう通路を歩いていると、突然、

「まだ帰るの早いわ……父は川崎へ行くと言ってたし……そうだわ、松崎さんの部屋に行って、お話ししましょうよ」

素敵なプランでしょう……という風に、芙蓉が目を輝かせて言った。

「散らかってるし、何も食べる物ないよ」

「コーヒーだけで十分よ。お菓子はまだ残ってるし、お腹が減ったなんて泣かないから……」

「でもあまり遅くなると、お父さん心配するよ」

「平気よ、だって父ったら、松崎さんのことすごくほめてるし、信用してるもん。松崎さんと一緒だったら絶対に平気……」

松崎は、チラッと腕時計を見た。午後四時を少し回ったところである。

それが、芙蓉の申し出を承諾する松崎のポーズになった。

「じゃあ、ちょっと寄ってすぐ帰るんだよ」

渋々承知したようなポーズを松崎は無理に作っていた。芙蓉が松崎に対してかなり関心を持っているらしい様子は、松崎もなんとなく感じていた。

芙蓉のような美貌の少女に、好意以上の関心を持たれている……という確信めいたものが、松崎の男心を微妙にくすぐっていた。

だが、その心の隅に、醒めた冷たい部分が澱《よど》んでいて、喜ぶ松崎の気持ちを冷ややかに見ていた。

新宿から、タクシーで品川に向かう間、松崎は疲れたようにシートに深々ともたれ、あまり喋らなかった。

変に意識して、ぎこちなくなっている自分を、芙蓉にさとられたくなかったからだ。

品川女子高等学校の前で降り、御殿山《ごてんやま》へ通じる細い坂道を、松崎と芙蓉はゆっくりと歩いた。

下校時間らしく、セーラー服を着た女学生たちが、坂の途中にある校舎の門から、賑やかに出てきた。

若いアベックに興味深い視線を投げてくる。そのセーラー服の集団に松崎は照れ、足を早めた。

「片づけるから、ちょっと待っててな」

ドアの鍵《かぎ》を開けながら、松崎が念を押すように言った。

「きれいなアパートね。芙蓉も、こんなところに住みたいな」

「あんないい家があるのに、わざわざマッチ箱みたいな部屋に住むことはないよ」

開いたドアから、中に入り靴を脱ぎながら言った。

机の上に散乱していた原稿用紙や、競馬の新聞を素早くひとまとめにたばね押し入れに仕舞った。

「おじゃましマース」

屈託のない明るい声で言い、芙蓉が部屋に入ってきた。

壁に張ってある馬の写真や、飾り物を興味深げに眺め、窓際にあるテーブルの椅子《いす》に座った。

3

松崎が台所でコーヒーをたてる間、芙蓉は部屋の中を物珍しそうに歩き回っていた。壁のパネルを見上げ、本棚を覗きこみ、興味を引く本があると、手にとってパラパラめくってる。

「松崎さんて、見かけによらず読書家なのね……今度、借りて芙蓉も読もうかしら……」

「昔……といっても三、四年前だけど、その頃読んだ本ばっかりだよ。今は、もっぱら週刊誌と漫画だけ……サ」

コーヒーカップを二つ、テーブルの上に松崎は置き、本棚の前に立っている芙蓉を座るよう目で促した。

「ねえ……松崎さんのこと、いろいろきいてもいいかしら……」

「いろいろって、どんなこと」

「うーん……全部！」

コーヒーをスプーンで、ゆっくりかき混ぜながら、いたずらっぽい目で松崎を見上げた。

それは、松崎が、ハッとするほど、女そのものの目であった。

「松崎さんの彼女って、どんな人？　きっと素敵な人ね」

「そんなもん、いないよ。そりゃあ、女の友達は何人かいるけど……」

「嘘《うそ》……顔が赤くなったもん……でも、いいの……松崎さんに、もし、好きな人がいても、芙蓉……我慢できるわ」

芙蓉が何をいいたいのか、松崎にはなんとなくわかっている。

それだけに、松崎は冷静さを装い、芙蓉の話をはぐらかそうとしていた。まずいのである。

父親以外の男と、初めて親しく口をきき、行動を共にした松崎に、興味以上の感情が芙蓉の中で芽生えつつあるのを、感じとっていた。

松崎は、女誑《たらし》でも軟派師でもないが、好きなタイプの女には、バンをかけるし、女から誘われれば据膳《すえぜん》も食べる普通の男である。

だが〈芙蓉と、そんな関係になっちゃいけない〉という自戒の気持ちが松崎の心の隅に常にあり、芙蓉をわざと子供として見ることによって、抑えてきたのである。

〈自分を信用し、好いてくれている徳大寺老人を裏切るまねはできない……〉

そう言いきかせ、ともすれば芙蓉のことを思い浮かべている自分を叱咤《しった》してきたのだ。

「芙蓉がさっき、見た夢、どんな夢だったか教えちゃおうかな……恥ずかしいけど……あのね……松崎さんと芙蓉がね、どこかの教会で結婚式を挙げてるの……」

ひたむきに、ぶつかってくる感じの芙蓉に松崎はたじろいでいた。

聞き流すフリをして、松崎はタバコに火をつけた。

すると、芙蓉の手がすっと伸びて、くわえたばかりのタバコを灰皿に投げた。

「芙蓉……真剣なのに……松崎さんは他に好きな人がいるから、芙蓉のことときらいなんだわ……」

挑《いど》むような目で松崎を睨《にら》み、そしてパッと顔を伏せた。

松崎は言葉を失っていた。慰める適当な言葉がなかった。

両手で顔を覆い、肩を小刻みに震わせて、芙蓉は泣いていた。

透き通るような白い項《うなじ》におくれ毛が金色に光っている。

松崎は、嗚咽《おえつ》で波うつ長い芙蓉の髪を、きれいだと思った。

そして、思い切り芙蓉を抱きしめたい衝動に駆られた。

椅子から腰を下ろし、かがみこんで芙蓉の髪に指を埋めた松崎は、ゆっくりと髪を撫《な》でながら、片方の手で芙蓉の肩をやさしく摑《つか》んだ。

涙で目を赤くした芙蓉が、いきなり松崎の胸の中に飛びこんできたのは、その時だった。

不意をくらって、松崎は尻もちをつきかけたが、芙蓉の背中に腕を回すことで支えることができた。スッポリと松崎に抱えられた格好になった芙蓉は、

「バカ、バカ……」

と繰り返しながら、小さく握った拳《こぶし》で松崎の胸を叩《たた》いた。

きゃしゃな体をすり寄せ、顔を埋めてくる芙蓉。松崎は、その長い髪を愛撫《あいぶ》しながら、心の隅の冷えた魂が溶け、ほとばしるような熱い奔流となって流れ出すのを感じていた。

「……抱いて……強く抱いて……」

はじめは聞きとれぬくらい小さな声で、そして、二度目はハッキリといった。

堰《せき》を切って流れ出した感情の波にもまれ、松崎にむしゃぶりついた芙蓉は、

「……抱いて……」

という言葉をうわごとのように繰り返していた。

そんな芙蓉を、松崎は真底、愛《いと》しいと思った。

強く抱きしめるとポッキリ音を立てて折れてしまいそうな芙蓉の体を、松崎は左手で軽く支え、右の手の平で背中を撫で始めた。

もう、自戒の気はなく、松崎はなりゆきに任せる気になっていた。

何かが起こる。これから……。

その予感と期待、そして未知のものに対する漠然とした不安が芙蓉の心の中で渦となっているようであった。

自分が今、何をしているのか、それすらもわからぬほど芙蓉の頭の中は混乱していた。

しゃっくりのような嗚咽は止まった。

松崎の胸に顔を埋めていた芙蓉が、フッと顔を離し、松崎を見上げた。

そして、長い睫を小刻みに震わせ、目を閉じた。

やや開きかげんになった唇が上向きになり、松崎のそれが重ねられることを望んでいるように待っていた。

松崎は徐々に顔を近づけていった。

唇をそっと重ね、やさしく吸うと、かぐわしい香りが松崎の鼻孔《びこう》をくすぐった。

芙蓉の濡《ぬ》れた唇から、甘い液が伝わってくる。

松崎は、激しく吸い、舌を這《は》わせた。

いきつ戻りつ、ややしばらく花ビラのように柔らかい芙蓉の唇の感触を楽しんだあと、舌を挿入していった。

真珠のような芙蓉の歯は、しっかりと閉じてあり、舌の進入をはばんでいる。

芙蓉は、キスの経験すらないようであった。

それが、いっそう松崎の欲望をそそった。思いっきり、いじめてみたいような、加虐的な気がムクムクと湧《わ》いてくるのを覚えた。

松崎は、芙蓉の背中に回した手を、そろそろ下へ移動させ、腰のあたりに指を這わせた。

そして、柔らかく、こんもりと盛り上がった部分を、リズミカルに愛撫した。

芙蓉の呼吸が急に激しくなり、喘《あえ》ぐように口を開いた。

松崎は巧みに舌を這わせ、歯の間から、滑り込ませるのに成功した。

舌と舌が、からみ合い、松崎の舌の誘導で、おそるおそる芙蓉のそれが歯の間から覗きかけた。

やんわりと、松崎がそれを嚙《か》むと、

「クッ……」

という感じで、一瞬、芙蓉の体が突っ張ったようになった。爪先《つまさき》で立ち、背伸びするような姿勢の芙蓉の体がゆらゆらと揺れ始めた。

松崎が、支えていなかったら、そのまま崩れ落ちそうであった。

松崎は、ゆっくりと芙蓉の体を横に倒していった。

ソファの上に、芙蓉の長い髪が放射状に広がった。

横抱きにしながら、松崎は激しく、芙蓉の唇といわず、顔のいたるところに舌で愛撫を加えていた。そして、心もち眉《まゆ》のあたりを寄せた芙蓉の顔を盗み見ていた。

初めて経験した男と女の行為に、芙蓉はどうしていいのかわからぬほど興奮し、ただ松崎にしがみついているだけの状態であった。

無垢《むく》の少女を犯す……という罪の意識は、松崎の中から消え、芙蓉の初めての男になるという、ぎらついた欲望がすでに支配していた。

気を失ったように、ぐったりとソファに横たわった芙蓉は、意志を持たぬ人形のようであった。

ただ、松崎の腕にからめた手を、ときおり突っ張るような仕草をみせた。

松崎は、ややしばらく舌で愛撫を加えたあと、芙蓉を軽々と持ち上げ、カーテンで仕切られた隣室のベッドに運んだ。

もう、ためらうことのできない男の本能が、松崎の中で妖《あや》しくうごめいていた。

まつわるように広がったプリーツスカートの中から、白いふくらはぎが覗いている。

松崎は、そこへ指を運び、触れるか触れないかの微妙なタッチで刺激を加え、しだいにスカートの奥へ這わせていった。

ぴくん、ぴくん……と芙蓉の体がけいれんし始めた。やや斜めに伸びた芙蓉の足が合わさるあたりに、指が到達した時、それはいっそう激しさを増した。

深々とベッドに沈んだ芙蓉の腰を左手で浮かせるようにし、右手で芙蓉の大切な部分をおおっていた布を、キャベツの葉を剝《は》ぐようにくるりと下げた。

膝《ひざ》のふくらみで止まったソレを、松崎は足の親指で引っかけ、一気に引き下ろした。

そして、スカートのファスナーを外し、足元に向けゆっくりと剝いでいった。

抵抗する意志の消えかけていた芙蓉に、乙女の本能がよみがえった。

眩《まばゆ》い明かりの下に、あらわにされると感じて、芙蓉は急に何かに駆られたように、激しく身をよじり始めた。

芙蓉のむき出しになった腰に、ひんやりとした空気が触れた。

淡い春草が明かりの下で、ひっそりと息づき、翳《かげ》りをおびている。

双肢をおし開くようにして松崎は、蜜壺《みつつぼ》に顔を伏せていった。

芙蓉は、両手でしきりに宙を摑むような動作を繰り返し、震えをおびた嗚咽を断続的に洩《も》らしていた。

松崎と芙蓉は、いつしか生まれたままの姿になっていた。

白い陶器のような芙蓉の体が、松崎の目の前にあらわになって、息づいている。ほのかにピンク色に染まった胸の小高い丘の上に、透きとおるような乳首があった。

いたわるように静かに、それを指で摘み、舌を遊ばせた。

松崎の唾液《だえき》で、しめり気を与えられた花弁は、すでに、しとどに濡れ、松崎の人差し指を包みこむように迎え入れた。

松崎のまさぐるような指の動きにあわせ、ぴくん、ぴくんというけいれんが戻ってきた。

芙蓉の斜めに伸びた双肢の中に腰をかがめて割って入った松崎は、潤った花弁の中心に、猛り狂うように固くなった凶器をそえた。

そして、徐々に腰を落としていった。

眉根をよせ、苦しげに芙蓉がもがきだした。上へ上へと体をずらし、四肢を硬直させ、言葉にならないうめき声を洩らした。

枕《まくら》の上に背中を乗せ、ボードに頭を押しつけた芙蓉は、もうそれ以上逃げ場を失った。

松崎は、左手を回して芙蓉の腰を押え、右手をそえて花ビラを押し広げていった。狭隘《きょうあい》であった。進入してくる異物を必死に押し戻そうと、芙蓉の中の襞《ひだ》が抵抗している。

だが、松崎は、情け容赦なく突き進んでいった。

「クッ、ツウ……」

その瞬間、首をガクッと横に向け、喘ぐような吐息を芙蓉は洩らした。

初めて経験する痛みのともなう不思議な感触に、芙蓉は必死に耐えていた。

松崎と芙蓉は一つになった。

松崎は愉悦に浸りながら、じっと動かずにいた。

芙蓉の意志とは別に、松崎のモノをヒタヒタと包み込んでくる襞の感覚がもっとも鋭敏な部分を締めつけていたからだ。

少しでも、動くと果てそうな感じがしていた。

深い挿入感を味わっているだけで、松崎は満たされていた。

もてあそぶような振る舞いを、松崎はつとめて避けた。

淳子や由紀に対しては、それこそ一匹の野獣となって攻め続け、互いに汗みどろになって快楽をむさぼる松崎だったが、芙蓉にそれを望むのは酷な仕打ちである。

松崎の巨大な楔《くさび》で貫かれ、息も絶え絶えになっている芙蓉には、無理であった。

神聖な儀式を進めるように、ゆっくりと抽送を繰り返しながら、早く果てることが、芙蓉にとって最高のいたわりであると考えていた。

女は、男のその瞬間を察知することができないという。

幾度も肌を合わせた男女は、その呼吸の微妙な乱れと、果てる瞬間の律動で、知りえるのかもしれない。

だが、芙蓉は、松崎の愛液が送りこまれた瞬間、

「あ、あ、あ……」

と激しくのけぞり、虚空を摑むようなしぐさをした。

〈終わった……〉

征服し終えたという満足感が、余韻となって残り、不思議とうしろめたさは湧いてこなかった。

挿入したまま、松崎はややしばらくじっとしていた。

まだ可能なほどであった。

ようやく萎えてきた頃、松崎はそっと濡れた楔を、抜いた。

枕元に置いてあったティッシュを何度か引っ張り、そこにあてがうと、鮮血が滲《にじ》んでいた。

そして、松崎のにも——。

まぎれもない処女の証しを見た瞬間、松崎の脳裏にフッと老人の影がよぎった。

〈とんでもないことをしてしまった……〉

という気持ちと、

〈俺は芙蓉を他の男のモノにされたくなかった。芙蓉もそれを望んでいたんだ……〉

と、行為を正当化する気持ちが、からみ合っていた。

時計を見ると、もう午後の八時を回っていた。松崎は、何かに追いかけられているような錯覚を覚え、たて続けにタバコを灰にした。

芙蓉は、いつのまにか毛布を頭からかぶり、シクシクと泣いているようであった。

落ちた。
芙蓉が、目だけ毛布の下から出し、ジッと松崎を見た。涙がスーッと流れ、襟先に
毛布の上から、覆いかぶさるように添い寝し、耳元に囁いた。
「ごめんな……」

「怖かったの……でも、嬉しかった……」

そう言うと、羞恥心《しゅうち》がこみあげてきたらしく、また毛布の中に目を隠した。

恥ずかしがる芙蓉を、浴室に運ぶように連れていった松崎は、シャワーで丹念に洗ってやった。

そして、絶えず芙蓉の気をまぎらわすように努力していた。

衣服を着せ、部屋から出ると、寒風が吹き荒れていた。

タクシーを停める間、芙蓉は松崎にピッタリと体を寄せ、いっときも離れたくない様子であった。

「父と顔を合わせるの、とても不安なの……」

「……なるべく大きな声で、挨拶《あいさつ》するんだ……」

「でも、もう九時でしょう……遅くなった理由、なんて言おうかしら……」

「動物園で雨に降られて、少し雨やどりしていたのと、おなかが減って新宿で食事をしてきたと言えばいい……」

「大丈夫かしら……」

不安そうに眉を曇らせた芙蓉。それは、松崎とて同じであった。

暗闇坂へ向かうタクシーの中で、黙りこんで外の景色をボンヤリと眺めている芙蓉。雰囲気のおかしい若い男女に、露骨で興味深い視線をバックミラーから覗かせる運転手を気にして、松崎も寡黙になっていた。

松崎の膝の上で、からみ合わせた指と指で、気持ちが通じあっていることを確認しあうことで、ともすれば沈みがちな芙蓉を励ましていた。

徳大寺の門の中に入っていく芙蓉を、じっと佇《たたず》んで見送る松崎。冷たい風が、コートの裾《すそ》を躍らせていた。

もう一つの顔

1

芙蓉を家に送った松崎は、待たせてあったタクシーに乗ると、品川に戻った。

〈……バレなければいいが……〉

それだけが心配であった。玄関まで送ってこなかった松崎を老人は不審に思うかもしれない。

といって、今から老人に電話して弁解めいた嘘《うそ》をつくことも変であった。

八ツ山橋を渡ったところで、松崎は運転手に旧道へ入るように言い『潤』の前で停《と》めた。

かなり賑《にぎ》やかな様子だった。

「いったいぜんたい、どうしちまったのヨオ……。今、みんなして噂《うわさ》してたんだよ……。すっかり姿を見せなくなったって……サ」

扉を開ける音に、めざとく振り返った原田、松崎の顔を見るなり言った。

「なんか、スッゴク疲れてるみたい……」

カウンターのスツールに腰をかけた松崎の顔を覗《のぞ》きこんだ若葉ちゃん。風邪をひいているらしく、鼻声だ。

「きょうび、品川じゃあ乗レ乗レの松チャンらしくないね……。金冷えじゃないの。銭が貯まりすぎちゃってサ……」

一人で、納得したあと、

（飲むんだろ……）

てな目で、バーテンの郷原から受け取ったグラスを、松崎に差し出した原田。川崎競馬で儲《もう》けたあとも順調らしく、声に張りがある。

「ここんとこ毎晩、電話がありましたよ……女の人からひんぱんに……モテる人はいいですねェ」

ビールを注ぎながら、左手の小指をピクピク動かしたバーテンの郷原。ニヤニヤ笑ってる。

「そうよ、アタシも何度か電話口に出たわ……淳子と由紀さん、それに紀子さんなんか、一晩に三回もここへ覗きにきてたわ……」

「別に、逃げてたわけじゃァ、ないんだけど、なんだかんだ忙しくて」

松崎が、そう弁解すると、

「あんまり、女の子を泣かしてばっかりいると、寝ている時、大事なモンを鋏《はさみ》でチョン切られちゃうから……」

と、物騒なこと言った若葉ちゃん、御同業さんの淳子や、姉がわりに相談ごとに乗ってやっている紀子から、かなり泣きを聞かされたらしく、半分本気で言っている。

今少し前、芙蓉を〝女〟にして送ってきたばかりだけに、松崎も一瞬ドキッとした。

「じゃァ、紀子ちゃんを呼んで、四人でパーッとやりましょうよ。もちろん松崎さんのおごりで……」

言うが早いか、電話口に飛びついた若葉ちゃん、ジーコジーコ、ダイヤルを回している。

「あ、もしもし紀子ちゃん、すぐに『潤』にいらっしゃいよ、いい人きてるから……」

それだけで意味が通じたらしく受話器を置いた。

紀子のアパートと『潤』は目と鼻の距離にある。待つほどのこともなく、勢いよく扉を開けて紀子が入ってきた。

嬉《うれ》しそうであった。

「松崎さんは、一つ向こう側にずれなさいよ」

命令口調で松崎をどかし、そこへ紀子を座らせた若葉ちゃん。原田も、そんな自分の女を頼もしそうに見て笑ってる。

「山健の奴《やつ》も、場が立たないってこぼしてたぜ。それに、バーメンが足りねえもんだから、三マンをやるだろう。ところが、あれは一回上がるたびにキャッシュだし、勝負が早いから止められなくってナァ、猿のセンズリみたいなモンよ……」

小博奕《ばくち》から、足が遠のいている松崎に、品川の近況を説明する原田。三マンは得意科目らしく、

「四人の麻雀《マージャン》なんてのは、まどろっこくてダメだ。三マンにかぎるよ……」

なんてぬかしている。

フンフンと話を聞きながら、ふっと紀子に視線をやると、静かにビールを飲んでいた。

松崎は、紀子の処女を奪ったシーンをチラッと頭の中で浮かべた。だが、その顔は、紀子ではなく芙蓉であった。

三人の女の中では、もっとも、大事に、いたわって付き合ってきた紀子でさえ、急に色あせて見え出した自分に松崎はうろたえ、あわててビールを一気にあおった。

〈……俺《おれ》としたことが……〉

松崎は自嘲《じちょう》めいた呟《つぶや》きを洩《も》らした。

恋とか愛といった甘ったるいものとは、無縁に生きているつもりであった。

限りない女遍歴の中で、松崎は常にクールでさえあった。

情の移った女もいた。なんとなく好きな女も、可愛いと思った女もいた。

ひと月で別れた女もいたし、三年もの間、肌を合わせあった女もいた。

だが、それだけのことであった。

芙蓉のことが気になり、淡い恋心にも似た、ときめきを抱く自分が信じられなかった。

原田や若葉ちゃんが、久しぶりに会った紀子と松崎の気を引き立てるべくはしゃげばはしゃぐほど、松崎の気持ちは冷えていった。

その晩、夜更けまで飲んだあと、松崎は紀子のアパートへ泊まった。

空白だった何日かの思慕をぶつけるように、紀子は積極的に挑んできた。

恥じらいながらも、松崎のそれを口に含み、舌を這《は》わせた。

しかし、紀子に身をゆだねながら、松崎は芙蓉の顔を思い浮かべていた。

翌朝、深い眠りに落ちていた松崎は紀子に起こされた。

「調教に遅れるわよ……御飯、食べていかないと寒いわよ」

「今、何時……」

「六時十分前、もう、起きないと」

「…………」

枕元《まくらもと》にかがみこんだ紀子。炊事で濡《ぬ》れた手を、前掛けで拭《ふ》きながら、松崎の顔を覗きこんでいる。

「きょうは、休むよ……頭が痛いし、熱っぽいんだ」

チラッと仕事のことが気になったが、府中に絶対行かなければできない仕事ではなかった。

「御飯は？」

「いらない……」

フッと寂しそうな顔をした紀子にかまわず、松崎はタバコを半分ほど吸うと、再び掛け蒲団《ぶとん》を引っ張りあげた。

夕方の四時頃まで、松崎は紀子のアパートで寝ていた。十二時頃、電話が鳴ったが、松崎は受話器を手にしなかった。紀子が様子を気遣って、かけてきたに違いないと思ったが、ほっぽっておいた。

築地の社へ上がって、他の社の府中担当記者に電話し、調教の模様や、ジョッキーの話を教えてもらい、原稿にまとめた。

サボったことにデスクは気がついていないようだった。府中に行った柄沢は、インタビュー物が一本あるためかまだ社には上がってきていなかったが、松崎の姿が府中になかったことをデスクに告げ口するような男ではなかった。

「安い麻雀だけど、つなぎで二時間ばかし、やってくれない？」

帰りがけに整理部の林がバンをかけてきた。

「メンバーが一人足りないんだ。七時半ぐらいになれば、野球部の連中がいるんだが……」

なんとか頼む……といった感じで、しつこく誘っている。

しかし、松崎は、勝負の早い一風戦とはいえ、トップを取っても五千円にしかならない麻雀は、とても打つ気になれなかった。

諦《あきら》めて、別な人間を探しにいく林に、

「悪いな……」

と言って松崎は社を出た。

そして、なんとはなしにアパートへ直行した。

会社から真っすぐアパートへ帰ることなど、かつてなかったことだった。

しかし、松崎は、なぜ、知らず知らずのうちに部屋へ帰ってきたのか、自分では気がついていた。

芙蓉からの電話を、心待ちにしている自分を、ハッキリと意識していた。

七時半頃、電話が鳴った。

芙蓉からだった。

「父が、なにかお話があるそうです……」

芙蓉はつとめて感情を抑えているのか、事務的に言った。

心の底で、甘い会話を期待していた松崎は、裏切られたような失望を味わった。

「もし、もし、どうも……いや、娘が電話をしろってきかなくって……。どうです、明晩あたり御足労願えませんか。動物園へ連れてって頂いた御礼もしたいですし、久しぶりに一杯やりたい気もしてるんですが……」

「ハァ……でも、いつも御馳走《ごちそう》になりっぱなしで……」

「なにを水くさいことを言ってるんですか。娘も私も、あなたのファンでしてな。二、三日顔が見えないと、なんかこう、火が消えたように寂しいんですよ……」

老人の言葉に含みがなかったことが、松崎の気を楽にしていた。

「あす、伺います」

と言って松崎は電話を切った。

その晩、松崎は、遠足をあすに控えた小学生のように、胸が弾み、なかなか寝つかれなかった。

会いたい時に、いつでも会える独り住いの女たちと違って、芙蓉は、松崎の意志だけではどうにもならない環境の中にいた。

老人が昼間、競馬場に行ってる間に電話をかけ、松崎のアパートへ誘う手もあるが、そこまで決断する勇気はまだなかった。

他の女に対しては、あけっぴろげであり、勝手とさえ思える接し方をしている松崎だったが、なぜか芙蓉に限って、臆病《おくびょう》なほど消極的であった。

翌日、松崎は早目に仕事を終え、徳大寺邸へ向かった。

門の前でタクシーを降り、石畳に沿って歩きかけると、二人の屈強な男に左右をガードされた恰幅《かっぷく》のいい五十がらみの男とすれ違った。

羽織り袴《はかま》の正装である。値の張りそうな、鉄色の大島紬《つむぎ》をさりげなく着こなしていた。

松崎の横を過ぎる時、その男は軽く黙礼したが、左右の若い男達は、松崎に鋭い一《いち》瞥《べつ》をくれた。

松崎が何か行動を起こせばすぐに応戦しそうな隙《すき》のない歩き方であった。

門の外へ、ゆっくりと消えていく三人の男達を振り返った松崎は、

〈何者なんだろう〉という疑問に襲われた。

〈……間違いなく、その筋のモンだ、しかも、相当、名のある親分にちがいない……〉と思った。

だが、老人とどういう関係なのか、繋《つな》ぐ糸の心当りはない。

松崎は老人に、よっぽど、すれ違った男達のことを訊《き》こうかと思ったが、なぜか老人の秘密の部分に触れるような気がして、黙っていた。

夕食のあと、居間に移って老人と松崎は酒を酌み交した。芙蓉も、その傍《そば》から離れようとせず、松崎達の話に耳を傾けていた。

時折、眼が合うと、恥じらいだように頰《ほお》を染めた。

「競馬の面白さ、というか魅力はどこにあると思うかね……松崎君も職業にしているくらいだから、何か感じるものがあるでしょう……」

老人は、芙蓉のそんな仕草を、ほほえましそうに見ながら、松崎に顔を向けた。

「そうですね……賭《か》けるという金銭的な欲を別にすれば、自分は、競馬にはすごく季節感があると思うんです……競馬にどっぷりとつかっているとたまに自分を見失ってしまいそうな時があるんですが、ダービーとか、有馬記念といった大きなレースによって、季節を知るっていう感じ……もちろん、それが何年経《た》っても、生々しく季節と一緒に思い出となって残るような……うまく言い表せないんですが……」

「つまり、思い出を刻むことができるってわけですな……」

「そんな気がします……ですから、十年前の有馬記念の時、俺はこうだったとか、すごく悩んでいたとか、それらが妙に懐かしく感じることがあるんです……」

「思い出のある馬によって、自分の思い出が呼び起こされる……うん、同感ですな」

老人は満足そうに頷《うなず》いていた。

したたかに飲んだ老人は、帰ろうとする松崎を、

「夜が遅いし、泊まっていきなさい」

と引きとめた。

老人と枕を並べ、糊《のり》のきいたユカタをまとって布団に入った松崎は、昨夜と同じように、眼がさえて、寝つかれなかった。

〈……二階に芙蓉が寝ている……〉

同じ屋根の下にいるということが、松崎の気持ちを昂《たか》ぶらせていた。

2

徳大寺邸に泊まった、その週の日曜日、アパートで寝ていた松崎は老人からの電話で起こされた。

「たまには、府中へ行ってみようかと思うんですが、連れてってくださらんか……」

誘いの電話であった。

徳大寺邸の前で待ち合わせた松崎と老人は、ベンツで府中に向かった。競馬場の通

用門で、松崎はバッジをガードマンに見せ、馬主や報道関係専用の駐車場に入れてもらった。

車から降りた老人は、巨大なスタンドを感慨深げに見上げ、

「何年ぶり、いや十年ぶりになりますな……アサデンコウの勝ったダービー以来ですから」

とすっかり変わってしまった府中競馬場を珍しそうに眺めている。

「そうですか、自分も初めて馬場で見たダービーが、アサデンコウの時でした。今でも、ハッキリと憶えています……これから、ゲートに入るという間際になって、いきなり雷が鳴って、嵐《あらし》のような豪雨がザーッと振り出して、ホウゲツオーとフイニイがらみの馬券を買っていて取られてしまいました……」

「印象に残るダービーでしたな。早いもんですな、もう十年も経つなんて……」

フッと何かを思い浮かべるように老人は目を閉じた。

西玄関の受付で、ゴンドラ席の券を一枚貰《もら》って、松崎と老人はエレベーターに乗った。四階の緑のじゅうたんが敷きつめられたフロアに立つと、老人は、

「やっぱり中央は、たいしたもんですな……私など、いつも公営の埃《ほこり》が立っている一般席で見ているもんですから、よけいそう感じるんでしょうが……」

と笑った。

常にゴンドラの記者席で競馬を見なれている松崎にとって、床にじゅうたんが敷いてあることなど当たり前のこととして受け止めているが、一般席しか知らない者にとっては、やはり驚くことなのである。

豪華な顔ぶれが揃《そろ》った『ＡＪＣ杯』がメーンケースであるためか、四階の特別席は、いつもより混んでいた。

「私は、適当に馬券を買ってますから、うっちゃっといてください……仕事のある人に気をつかわせるわけにはいきませんから……」

老人は、そう言ってパドックを見降ろすことのできるベランダの方へ歩きかけた。

「いえ、日曜日は案外とヒマなんですよ……メーンレースが終わってから少し忙しくなりますが、それまでは遊んでるようなもんです」

と松崎は、遠慮がちな老人の気を楽にするようなことを言った。２レースに出走する馬たちが、きゅう務員に手綱をとられて、グルグルとパドックを回っている。老人は、首に吊《つる》した双眼鏡でジッと、馬たちの動きを追い出した。

明らかにドイツ製の最高級品とわかる双眼鏡であった。公営の時は、柵《さく》にもたれ、肉眼で馬の状態を観察している老人と、その双眼鏡は結びつかなかった。一列に並んでいたジョッキーたちが、号令と同時に自分の乗る馬に向かってバラバラッといった感じで走り出した。

きゅう務員や調教助手の腕を踏み台にして、馬の背にヒラリとまたがるジョッキーたち。やがて、馬番どおり、一定の間隔を空けてパドックを回りはじめた。

老人は、二周ほど回った馬たちが、白い誘導馬を先頭に、馬道へ通じる地下道へ消えていくまで、そこから動かなかった。例によって老人は、新聞を持っていない。松崎が『レースポ』を手渡そうとすると、

「いや、どうせ二百円しか買わんのですから……」

と言って、手を振った。

「朝、何か食べてきましたか……軽くサンドイッチでもつまみましょうか……」

松崎が頷くと、老人は四階の真ん中にあるレストランの食券売り場に向かって歩き出した。

レストランの中は、遅い朝食をとる連中と、ひと休みのコーヒーを呑《の》む人間で混んでいた。

どうにか、隅のテーブルに座ることができたが、ウエートレスも手が足りないのか、なかなか食券を取りにきてくれない。

松崎が、ウエートレスに声をかけようと、伸び上がった時、老人が、

「11番の単勝が面白そうですな」ポツリと呟いた。

近づいてきたウエートレスに食券を渡しながら、松崎は老人の言う11番の馬の名を

確かめた。

ミマキテンライである。人気はまるでない。しかも、ヤネが一度も勝ったことのない新人の本間騎手であった。

〈……いくらなんでも……〉ミマキテンライでは無理だと松崎は思った。

万馬券を一点で的中させたり、荒れようが、堅く収まろうが、ビシビシと当てた大井競馬での強烈な印象は、まだ松崎の脳裏に鮮やかに残っていたが、それでも首をかしげざるをえなかった。

「勘ですよ……あくまでも私の……そんな深刻そうに考えられると、困りますよ」

当惑したように新聞を見つめている松崎に、老人はそう言って笑った。

2レースの発走時間が迫り、二百円券の売り場に向かう老人と別れ、松崎は階段を上がって記者席に入った。

馬券を一枚も買わなかった松崎は、11番のミマキテンライ一頭を双眼鏡で追いつづけた。逃げた②枠のバロンスポートから、六、七馬身遅れた中団の外につけ、4コーナーを七番手でミマキテンライが回った時、〈やっぱり駄目だ〉と腹の中で呟いた。

だが、勝負はそこからだった。バロンスポートの足色が急に鈍り、二番手に上がったカザンヤシマもズルズル後退。内を突いたハーバーライジン、イシノセイリュウもまるで伸びない。外にふくれた赤い帽子のレビュトウコウが懸命に馬体を立て直して粘っているが、アラアラの足色。そこへ猛然と突っ込んできたのが、③枠のもう一頭コーシュンオーとミマキテンライだった。

あっという間であった。

ほとんど同時にゴールポストを横切っていたが、脚勢は、はるかにミマキテンライが優っていた。一、二着は写真判定になったが、結果を待つまでもなく、首ぐらいミマキテンライが先着しているはずであった。

〈第2レースの払い戻し金額をお知らせ致します……単勝式……一着11番……八千百二十円……複勝式……一着11番……千三百円〉

確定の赤ランプがつき、払い戻し金を告げる場内アナウンスが流れはじめた。

松崎は、それを聞きながら記者席から飛び出し、老人を探すべく階段に向かった。

〈なんて、すごい人なんだろう……〉

ただただ驚くばかりであった。

老人の炯眼《けいがん》に、松崎は奇妙な興奮と畏敬《いけい》の念に襲われていた。

まぐれとか偶然ではない、おそるべき洞察力と勘の持ち主でなければ、出来えないことである。

階段の途中で立ちどまった松崎は、揺れ動く人の波の中に、老人の姿を探した。

老人は、意外と近いところにいた。だが、一人ではなかった。

三人の男と向き合っていた。黙って立っている老人に、その男たちは、卑屈なまでに深々と頭を下げ、愛想笑いを浮かべていた。

松崎は、その男たちの顔を見てオヤッと思った。

赤ら顔でデップリと太った真ん中の男は、宇賀神という馬主であった。表向きは、土建屋ということになっているが、裏では金融や土地のブローカーなど利権につながる悪どい商売をしていると、噂のある男である。

馬券も何百万と勝負するので有名だった。隣にいる眼鏡をかけた初老の男も、筋っぽい連中と一緒につるんでおり、カタギではなさそうであった。

もう一人は、古くから四階の一角でノミ屋に玉（ギョク）を運んだり、払い戻し所に並んで、大銭打《ぶ》ちから、なにがしかの祝儀をもらってる便利屋である。

その連中にペコペコされながら、老人は鷹揚《おうよう》に頷いているだけであった。

〈ひょっとすると……〉

金持ちの御隠居さん……と勝手に思い込んでいた松崎だったが、何か違うような気がしていた。

先日、老人の家を訪ねた際、門のところでスレ違った屈強な二人の男にガードされた親分らしい男といい、悪徳の噂高い馬主の卑屈な態度といい、老人が何らかの繋《つなが》りで、裏の世界と関係があるように思えた。

と、同時に、芙蓉の顔を思い浮かべた松崎は、二人の間に越えることのできない運河が横たわっているような寒々としたものを覚えた。

やがて、男たちは老人の傍から離れていった。

松崎が近づくと、老人はもうその男たちのことなど忘れたように、

「危ないところでした……それにしても随分、いい配当になりましたな……」

といつもと変わらぬ、淡々とした口ぶりで言った。

松崎は、よっぽど宇賀神たちのことをきこうかと思ったが、何かためらうものがあった。

「いやあ、ミマキテンライが一気に突っ込んできた時は、正直、腰が抜けるほどびっくりしました。そして、チョッピリ後悔しました。教えてもらったとおり、買っておけばよかったたって……」

「まぐれですよ……いつも、こんな巧《うま》くはいきません。どうも松崎君と一緒にいると、不思議に当たるようですな」

照れたように老人は、手を振りながら笑った。

「実は、せっかくいい席に入れてもらって申しわけないんだが、どうも落ち着かないんですよ。陽気もいいですし、午後からは内馬場の芝生の上で日なたぼっこでもしながら、レースを見ようかと思ってるんですが……。ヘリコプターの上から競馬を眺め

ているようで、しっくりこないんですよ」

本当にすまなそうな表情で、松崎に頭を下げた。

「いえ、そんな……とんでもない」

「勝手なことをいって悪いんですが……年よりの我ままだと思って許してくださいい……」

そういって老人は、エレベーターの方へ歩いて行った。

松崎は、人混みに見え隠れする老人の背に、寂しげな影が宿っているような気がした。

〈老人は、知り合いの人間と会うことが嫌なのではないか……〉

迷惑そうな表情を浮かべながら、三人の男たちから挨拶《あいさつ》を受けていた老人の姿を、松崎は思い浮かべ、フッとそう思った。

競馬場は、ある意味では国が胴元になっている鉄火場である。金が動くところには、当然のように裏の世界の人間が集まってくる。

大井競馬場は、I会の縄張りであり、一階からゴンドラまでいたるところにいる大小のノミ屋から、ショバ代として一日、一万二千円を取り立てている。

よその組織に所属している、れっきとした筋もんでも愚連隊でも、そのショバ代の額は同じである。

Ｉ会の若い衆は、朝から各階を回って歩き、二百円のキャラメルが入った袋を、一万二千円でノミ屋に売る？　のである。

さすがに、中央は場内警備の目がうるさく、しかも、私服の刑事が専門紙を片手に、なにくわぬ顔で場内をうろついているから、ノミ屋もうかつには商売できないが、裏の世界と通じる男たちが、全くいないわけではない。

〈老人は、そんな連中と顔を合わせるのが、わずらわしくて下へ降りていった〉

それに違いないと松崎は、確信めいたものを感じていた。

3

関東地方に、雪が降ったその晩、松崎は原田と連れ立って鮫洲《さめず》に行った。

京浜急行で新馬場から三つ目の駅であり、立会川駅の一つ品川寄りである。

「バッタが主らしいんだが、客の顔ぶれしだいでは、手本引もやるようなことをいってるんだ。バッタじゃ、テラばかり取られて面白くないけど、ホンビキなら、張り方しだいでオイシイ場面もあるんじゃないの……」

と、しつこく誘う原田に根負けして、しぶしぶ承諾させられた。

看板を背負ってないカタギ同士のナイガイの博奕《ばくち》なら、万が一、警察沙汰《ざた》になっては、ひと晩泊められるか、書類送検ですむケースが多いが、組織が胴をとるテラ博奕はそうはいかない。

しかも、大きくやられた客のタレコミで、現行犯でなくともしょっ引かれることが多く、松崎はあまり気乗りがしなかった。

シキテンを切っていた若い衆に近づいていって、なにか小声で囁《ささや》いた原田が、松崎を振り返って（こっちだ……）と目と指で合図した。

エレベーターに乗って三階で降りると、そこにも三人ほど目つきの悪い男がたむろしていた。

ガサ入れを警戒してか、厳重である。

既に、勝負は始まっているらしく、ドアをあけるとザワついた声が聞こえてきた。

若い衆に導かれて、襖《ふすま》を開けると、十畳ほどの部屋に白い盆布が敷かれ、そのまわりに十二、三人の男がへばりついていた。

「さあ、どっちも……」

「さあ、気のあるほうへ、手を降ろしてください」

中盆の掛け声に、威勢づけられて、側に座った客が駒《こま》を降ろしはじめた。

「さあ、アトから張る人いないかな……アトに張るよう、アトに限って十五万……ないかな……」

松崎はチョッピリ失望した。手本引なら、サクサクと勝負する気だったが、バッタ巻きでは、テラ銭ばかりあがって、やるだけ損な感じなのである。

ブタ（〇）カブ（九）ゴス（五）の目がアトかサキのどちらかに出るとウカッタ方から張り駒の一割をテラ銭として胴にとられてしまう。

ひと晩中、アトだサキだとやっていれば、十二、三人、客がいても儲けるのは一人か二人で、あとは殆《ほとん》ど胴に吸い上げられてしまうのがオチである。

山健や河岸《かし》の連中とやるバッタならテラがないから、バサバサ張れるが、筋モンが胴をとるバッタは目立たぬように張っていて、サッと切り上げるのが上策であった。

「ハイ、アトサキ揃いました……」

「しょうぶ！」

「サキ……ニゾウ（二）……アト……ブタ（〇）……サキと出ました」

中盆が手際よく、ウカリ駒に銭をつけていく。

横盆の左隅にいくらか余裕のある場所があった。原田が左右に座っている客に、

「スミマセン」

と言って、隙間を空けてもらい、松崎を目でうながした。

縦盆の中央にどっかと座っている男が、I会品川支部の代貸、柴川であった。

五反田の芳田とは、半目下がりの兄弟分である。原田はちょくちょく柴川の賭場《とば》に

たりしている。

原田も、テンから大玉を張る気はないらしく、一万円ずつ置いて、とったりとられ

松崎は、若い衆から目モク帳をもらい、六番ほど手を降ろさずに見（ケン）した。

顔を出しているから、目で挨拶している。

〈そろそろ張らないと、まずいかな……〉

と考えた松崎が、胸のポケットから無造作に万札の束を引っ張り出して、数え始めた時、後ろの襖が開いた。

「どうぞ、こちらです。コートよろしかったらお預かりします。大事なものがありましたら、身につけててください……」

若い衆に案内されて入ってきた男の顔を見て、松崎は一瞬、声を立てそうになった。

宇賀神であった。

卑屈な笑みを浮かべて老人にペコペコ挨拶していた先日とは違い、傲慢《ごうまん》に構え、ふんぞり返るようにしていた。

「どうしたの？」

原田が松崎の顔を見て、訝《いぶか》し気に訊いた。

「うん……ちょっと知ってる奴《やつ》が入ってきたから」

小声で原田に囁くと、原田も、首を大きく曲げて宇賀神を見上げた。

「なんだ、松ちゃん、あいつ知ってるの？　世の中広いようで狭いな……柴川のいいダンベ（金ズル）になってるらしいよ、あの野郎。ばんきりこの賭場に出入りしているみたいだぜ……俺も、五、六回顔を合わせてるもん……」

そう言うと、再び盆布の上に目を落とし、

「素抜けばっかりで、駒が伸びないよ」

なんて頭をヒネった原田。中盆の掛け声につられたように、三万ほどサキに張った。

代貸の柴川が、わざわざ立ち上がって宇賀神と挨拶している。いい客なのだろう、若い衆に座蒲団を持ってこさせ、自分の隣に座るように勧めている。

松崎は、原田の肩越しにそれを見ながら、フッと考えついたことがあった。

〈宇賀神に、徳大寺老人のことを訊けば、どんな人なのかハッキリするかもしれない〉

と――。

小一時間ばかり、アトだサキだと単純な勝負を繰り返しているうちに、やられて熱くなった客が出はじめた。

代貸の柴川は、部屋の隅に陣どって、テラの上がり銭を若い衆に手伝わせ、千円札を束ねてひとまとめにしている。

十枚ごとに折って、それを十束にたばね、輪ゴムでひとつの塊にする。それを、やられて張る玉のなくなった客に回すのである。もちろん、借りた人間の名前と金額は、帳面にちゃんと書き込んでおき、あとから取り立てるわけだ。

博奕の回銭は、からすのカァーで、翌日には返すということになっているが、普通は一週間ぐらいの余裕を相手に与えるのが常識になってきた。

盆縁《へり》から立ち上がった客が柴川のところに行って、何ごとか小声で言うと、必ず二つ三つの塊を貰って戻ってくる。

松崎は、熱くならないよう慎重に張っていた。

一万円ずつツラ目を追い、ウカッても駒を伸ばさなかった。アトとサキの駒が合わず、中盆が、側の客をうながしても松崎は知らん顔していた。

縦盆に貫禄《かんろく》をつけて座った宇賀神は大玉を誰《だれ》よりも早く盆布の上に投げ、なかなか駒が合わないと焦立ったように、

「なんや、威勢が悪い客たちやなあ……」

と、周囲の客に聞こえよがしに言ったりしていた。

金で相手の顔をひっぱたきながら生きている男らしい、驕《おご》りがそこにあった。

ひと巻き巻き終えたところで、

「食事の用意が出来てます……召し上がる方は、どうぞ隣の部屋で……」

とお茶汲《く》みをやっていた若い衆が声を掛けた。

「飯なんか食ってる心境じゃないぜ……もう二十万ばかり走っちゃってこちとら焼け

てるぜ……」

渋い面で原田が、呟いた。
二、三人の客が立ち上がり、別室に消えた。宇賀神も大儀そうに腰を上げ、
「夜は長えんだ。負け急ぐこともあるまい」

とタイコ腹を突き出して、隣の部屋に入っていった。

松崎は、原田に、

「俺も腹をこしらえてくる」と言い残し、宇賀神の後を追いかけた。

仲間らしい二、三人の男が一緒にお膳《ぜん》を並べて、しゃべりながら飯を食っている。

そこから、やや離れたところで、宇賀神が、箸《はし》を動かしていた。

松崎は、なにげない振りをして宇賀神の傍までいくと、そこで初めて気がついたように、

「どうも……珍しいところで会いましたね」

と声を掛けた。

箸を休めた宇賀神は、一瞬びっくりしたような表情をみせたが、

「オオ……君か……競馬場でしか会ったことがないんで、ピンとこなかったよ……」

と何度も頷き、型をつくりながら言った。

「どうですか調子は……だいぶ上手なんでしょう……」

　巧いわけはないと腹の中で思いながら、松崎は愛想笑いをした。

「ボチボチってところだな……競馬と違って二つに一つだから、簡単は簡単だがね」

　音を立てて茶を啜《すす》りながら、悟ったようなことを言った宇賀神。

「張り駒が足らなくなったら、言いなさい、日曜日に競馬場で返してくれればいいから……」

　と太っ腹な男のようなことを言った。

「ええ、そん時は、頼みます……」

　と軽く頭を下げてから、松崎は宇賀神に言った。

「先週の日曜日に、オーナー（馬主）が挨拶してた老人がいたでしょう……ホラ、第2レースが終わった時、二、三人の人と一緒に四階のフロアで話してた人ですよ……」

　そこまで言うと宇賀神は、松崎の顔を探るように覗き込んだ。

「君は、あの人と知り合いだったのかね……」

「ええ……ボクの親爺《おやじ》と付き合ってた人なんです……」

　松崎はトッサに嘘をついた。

「すると、君のお父さんもI会とかかわりのある人だったのか……それでこの場にも出入りしているってわけか……」独りで納得している宇賀神。

「君……あの人は大変な人なんですよ……」と続けた。

もったいぶったように箸を膳の上に置き、宇賀神はハンカチで口を拭《ぬぐ》ったあと、小さな声で、「君……あの人はね。今でこそ、あんな隠居さんみたいな格好をしているが、十年ほど前までは、博奕の神様と言われていた人でね。関東はおろか、全国の渡世で飯を食ってる人間で、あの人の名前を知らない者はモグリだって言われたくらい大変な侠客《きょうかく》だったんですよ……」さも自分が渡世の世界に詳しいのを誇るような口ぶりで言った。

「へーえそうだったんですか」

「十年前、I会の先代の総長だった堀井さんが亡くなった時、突然引退して現役から身を引いたんだが、今でもI会の最高顧問として、なにかと相談ごとには、乗っているようですがね……」

「…………」

「まあ、先代が亡くなった時は、誰しも鮫島さんが跡目を継ぐものと思っていましたからな……。先代とは五分の兄弟の盃《さかずき》を交した人ですし、鮫島さんがいたからこそ、I会が終戦後、一躍関東でも一、二と言われるほどの大組織になったんだと言う人もたくさんいましたからな……」

鮫島……松崎はどこかで聞いたような名だと思った。だが、松崎が真剣に聞いているのに興が乗ったのか、宇賀神は続けた。

「それが、アッサリと、先代の養子だった秋吉国介さん……今の総長なんだが……秋吉さんに跡目を譲ってしまったもんだから、大騒ぎになってな。そりゃあ、そうだろう、先代のお嬢さんと一緒になったとはいえ、渡世じゃまだ駆け出しの人だ。二千人からいる組員を束ねていくには貫禄も、器量も不足という声もあるし、そんなこんなで組が分裂しかねない状態になってしまったんだが、それを鶴《つる》のひと声で収めたのが、あの鮫島さんだ。当時、I会の舎弟頭と若衆頭の二人は鮫島龍五郎さんの直系の人だったんだが、この二人に、二代目の秋吉さんと親分、子分の盃を交さしてしまったんだ。もちろん、鮫島さんが、その二人を説得してそうさせたんだが……そうなれば、その二人の下にいる者は、否《いや》も応もないわけで……全部、盃を改めることになった……というわけだ。どうも、先代が死ぬまぎわに、鮫島さんに、〝養子の秋吉を頼む……〟と遺言したという噂だがね……」

「徳大寺という名前じゃなかったんですか……」

「ああ、それは鮫島さんの亡くなった奥さんの名でしてな、確か娘さんが産まれた時、ヤクザの娘と呼ばせたくないと言って、奥さんの実家に預けたとか……もう、年頃の娘になってるはずだが」

芙蓉のことだ……と松崎は思った。そして、鮫島龍五郎の名をどこで聞いたかも、思い出していた。

五反田の顔役・芳田と、松崎たちの助っ人できた前川が、五反田の喫茶店で一触即発の場面になった時だった。鮫島龍五郎の家に前川が電話を入れたとたん、芳田が全面降伏したのである。

〈不思議なもんだ……人間の繋りなんてものは……〉

松崎は、老人の正体をハッキリと知った驚きより、前川と老人が知り合いだったという不思議な糸の繋りに、複雑な気持ちを味わっていた。

お膳を片付けにきた若い衆に、

「御苦労さん……」

と一万円札を一枚、ポケットに入れてやり、ゆっくりと立ち上がった宇賀神。

「長話してしまいましたな……サァ、熱くなってる連中の顔でも、拝見に行きますか」

と松崎を促し、隣の部屋へ入っていった。

4

翌日、松崎は昼が過ぎるのを待って徳大寺邸に電話を入れた。

老人は留守らしく、長い呼び出し音のあと、芙蓉が出た。

「松崎さん……どうしたの……芙蓉、何回も電話したのに、一回も出てくださらないの……」

「ちょっと忙しかったんだ。ごめん……それでさあ、今日、ちょっと会って話したいことがあるんだけど……すぐに出てこれる？」

「ええ……ホントに会ってくれるの……嬉しい……」

「じゃあ、五反田から品川に抜ける途中に、八《や》ツ山《やま》橋という陸橋があるの知ってる？そこで午後一時に……」

そう言って松崎は受話器を置いた。

東京湾と並行して走っていた新幹線が、品川駅を過ぎると急に右へ大きくカーブする。

その頭上を京浜第一国道と京浜急行が、斜めにまたいで通っている。

松崎と芙蓉が待ち合わせた八ツ山橋は、そこに架けられた陸橋である。すでに芙蓉は、来ていた。

松崎の姿を見つけると、横断歩道を小走りに渡ってきた。高台のためか、風が強く、芙蓉の長い髪を躍らせた。

「歩こうか」

ためらいながらも、腕を組んで嬉しそうに寄りかかってくる芙蓉に、松崎はポツリと言った。

徳大寺邸に泊まった時、顔を合わせた二人だったが、常に老人がいて、話らしい話は、していなかった。

松崎のアパートで、芙蓉と結ばれてから、すでに二週間近く経っていた。

芙蓉と会ったら、あれも話そう、これも話そうと、夜ごと考えていた松崎だったが、口を衝いて出る言葉は、変に他人行儀なセリフばかりであった。

そんな歯がゆい自分に、松崎は勝手に腹を立てていた。

「ねえ……どうしたの……今日の松崎さん変よ。怖い顔して……ねえ、なにかあったの……」

心配そうに立ち止まって、芙蓉が松崎の顔を覗きこんだ。

「いや、別に……」

無理に笑顔を作って、松崎は芙蓉の肩に手を置いた。

〝女〟になったとはいえ、芙蓉のあどけない顔を見ては、松崎は何も言えなかった。

〈君のお父さんはヤクザの親分なんだって……〉

おそらく何も知らないであろう、芙蓉にそれを訊いたところで、何になるんだ……

という自戒の気持ちがあった。

万が一、知っていたとしても、それを確認したところで、何の気休めにもなりはしなかった。

松崎は芙蓉に対して、すごく残酷なことを訊こうとしていた自分を恥じていた。

「ここから、松崎さんの部屋、近いんでしょう……」

真っすぐ前を向き、思いつめたように言う芙蓉に、松崎は黙って頷いた。

品川教会の横を通り、御殿山からミャンマー大使館へ抜ける坂道を、二人は黙って歩いた。

〈部屋に行けば、俺はまた芙蓉を抱くだろう……〉

だが、それでいいじゃないか、と何度も反芻《はんすう》していた。

部屋に入った松崎と芙蓉は、どちらからともなく抱き合った。

芙蓉とそうなってから、淳子や由紀になにか満たされぬものを感じていた松崎は、青い果実を貪《むさぼ》るように激しく求めた……。

それは、あたかも希薄な繋りを、激しく交わることによって、強い絆《きずな》にするかのようなに。

オレのモンなんだという、ハッキリした烙印《らくいん》を、松崎は心の中でも植えつけたかったのである。

松崎が芙蓉の中で三度果てた時、窓には夕闇《ゆうやみ》が忍びよっていた。

仄暗《ほのぐら》い明かりに白く映える芙蓉の体を、やさしく愛撫《あいぶ》しながら松崎は、

〈これでいいんだ……芙蓉も望んでいたんだ〉

と、変に意識していた老人の影を追い払おうと、自分に言い聞かせていた。

芙蓉を暗闇坂まで送っていった松崎は門の前で別れると渋谷に向かった。

そして、道玄坂の入り口でタクシーを止めると、目の前にあった喫茶店に入った。

賭場で偶然会った宇賀神から聞いた話が本当だとすれば、老人と前川は、旧知の間柄であるはずであった。

松崎は、老人がどんな人間だったのか興味があった。博奕の神様と言われた鮫島龍五郎に、松崎が抱く、虚像と、あの枯れた感じの老人の実像を、どうしても一つに結びつけたい欲望というか、願望があった。

「前川さんいますか……」

「どちらさんで……」

「友達の松崎と言います……」

「少々お待ち下さい」

と取り次ぎの男が言ったあと、すぐに前川が出た。

「珍しいですね……今、どこ？　渋谷？　じゃあ、すぐそこへ行きますよ……」

喫茶店の名を松崎が言うと、すぐにわかったらしく、前川は電話を切った。

運ばれてきたコーヒーに、砂糖を入れようと、シュガーポットに手を伸ばした時、扉を開けて入ってくる前川の姿が見えた。電話を切ってから、二分と経っていない。

カウンターの隅に座っていた松崎が右手を上げて合図すると、懐かしそうな笑みを浮かべ、前川は大股に近づいてきた。店のマネジャーらしい男が前川にあわてて挨拶するのに（いいんだ……）という風に軽く手を振っていなし、松崎の隣に座った。

「俺にもコーヒーだ」バーテンに声を掛けると、松崎の方に向き直り、

「二か月ぶりですね……お元気そうで……」ペコンと頭を下げた。

「五反田の一件以来だもんなァ……あん時は、えらい迷惑かけちゃって……悪かったね……」

「先輩……水くさいですよ……その話はナシにしましょうよ」

照れくさそうに、スプーンでコーヒーをゆっくりとかき混ぜた前川、カップを口元に運んでひと口呑むと改まったように、

「ところで、先輩、何か用事があったんじゃないんですか」と言った。

「いや、別に用というほどのことじゃないんだけど、ちょっと訊きたいことがあって……」

「なんですか」

前川は、目の前のコーヒーカップを少しずらすと、身を乗り出してきた。

「鮫島さんていう人、知ってるだろ……鮫島龍五郎さん……」

「知ってますよ、Ｉ会の……御隠居さんでしょ……」

「そう、その人のことを、ちょっと訊きたくて……。実は、競馬場で偶然知りあって、一、二度、暗闇坂の邸に行ったことがあるんだ。それでなんだけど……」

「そうだったんですか、実ァ、ボクも鮫島の御隠居さんには五、六年前から何かと目をかけてもらったんですよ……そうですか。先輩も御隠居さんと知り合いだったなんて、世の中狭いもんですね……」

意外だったという風に、何度も小さく頷きながら前川、

「いい人ですね。なんというか、人生に悟りを開いたっていうのか、何かこうあの人と話をしていると、心が洗われるって感じになりますよ……」

鮫島老人の顔を思い浮かべるかのように、目を軽く閉じて言った。

「あの人が博奕の親分だったなんて、俺ァ、全く気がつかなかったよ。そんな匂《にお》いが全然しないし、つい先日まで人に訊くまでわからなかったんだ。俺ァよく知らないけど、大変な人だったらしいじゃん……」

「そうですね……今でも、大変な人には変わりないけど……もし、あの人が、引退せずＩ会の跡目を継いでいたら、極道の世界も今とはずっと違ったものになっていたでしょうね……」

「なんで、急に引退しちゃったんだろう……」

「それなんですが……鮫島さんは一度も自分なんかにはその話はしませんが、どうも二代目の秋吉さんに意見して、対立したような格好になったのが直接の原因らしいんですよ……」

「じゃあ、先代の堀井さんが死んで、今の総長の秋吉さんが跡目を継いだ時に引退したわけじゃないんだ」

「それは違いますよ。組の者全員が、盃を改め直した時、鮫島さんも先代同様、秋吉さんと五分の兄弟分の盃を交わし、組の楔《くさび》として残ることになったんですよ……秋吉さんが跡目を継ぐことに反対した年寄りや、傍系の親分衆を引退させたり破門させて……」

前川は水をひと口、喉《のど》に流し込んだあと、老人に同情するような口ぶりで、

「まあ、秋吉さんが結局は、若過ぎたということでしょうね。組の内部で、かなり反対があったということを秋吉さんは知ってましたから、なんとか総長としての自分の器量を周囲に認めさせようと、焦ったんでしょう。関西の組織であるY組との接近を図ったんですよ……Y組としては、関東に進出する足がかりを欲しいと考えていた頃ですから渡りに舟だったわけで、総長同士の盃では、互いに五寸でも下げるわけにはいかないので、若衆頭同士の盃という話になったんですよ。Y組の若衆頭を六、I会の若衆頭を四とする兄弟分の盃。これに猛反対したのが、鮫島さんだったわけです。〃何

が悲しくて、関西の風下に立たねばならんのか〟と、初めて秋吉さんを大勢の前で痛《つう》罵《ば》したらしいんです……」

松崎は、黙って訊いていた。

前川は珍しく饒舌《じょうぜつ》であった。

およそ無駄口を叩《たた》く男ではなかった。

少年時代、地元のヤクザモンと複数同士の喧嘩《けんか》になり、相手のヤッパを奪って刺してしまった前川は、傷害の現行犯で捕まったが、逃げた友人のことはおろか、自分の名前すら言わずに、係官を手こずらせたらしい。

警察でも、鑑別所に送られても、一言も喋《しゃべ》らない前川に、業を煮やした鑑別所の担当官は、少年院送りを決定したという。

もちろん、両親のいない複雑な家庭環境もその背景にはあったが、思想犯罪ではない暴力事件を起こした少年が、丸一か月以上、黙秘しつづけたということは、驚くべき精神力か、よほど強固な意志を持ったものでなければできえないことである。

だが、鮫島龍五郎のことを話す彼は松崎がオヤッと思うほど雄弁であり、その口調は熱っぽかった。

鮫島龍五郎の人柄とその生き方に、前川は共鳴し、尊敬しているからにほかならない。

「鮫島さんに、叱《しか》られた形になった二代目は、それでどうしたの……」

松崎は、ぬるくなったコーヒーをひと口啜ったあと、前川を促した。

「まあ、秋吉さんも引っこみがつかなくなったんだろうな……Y組との盃ごとは約束してしまったことだし、それを反古《ほご》にすれば、渡世の笑い者になると考えたんだろう……鮫島さんを破門にすると言い出したんだ。鮫島さんなくしてI会は語ることができない最大の功労者だし、しかも、身内の反対を押し切って秋吉さんを二代目にした、いわば恩人でもあるわけだ。その人を破門にすると言ったもんだから、その席にいた親分衆は、びっくりを通り越して呆気《あっけ》にとられたらしい。でも、鮫島さんは、それを聞くと、静かに部屋から出ていき、そのまま自宅に引きこもってしまったんだ……」

勤め帰りのOLたちが、五、六人、勢いよく喫茶店に入ってきた。そして松崎たちの後ろを賑やかに喋りながら奥の方へ通り過ぎていった。

チラッと彼女たちに視線を投げ〈呆《あき》れたね……〉といった風に、首をすくめた前川は、再び話しはじめた。

「馬鹿にされたと思った秋吉さんは、鮫島さんに指を持ってこいと言うし、鮫島さんは、いつでも取りにいらっしゃいと突《つ》っ撥《ぱ》ねるし、険悪なムードになってしまったんだ。それに、秋吉さんの、すぐ下にいる舎弟頭や若衆頭は鮫島さんに絶対、頭の上がらない人たち。今、はやりの言葉じゃないが、どっちを立てたらいいのか判断できかねる立場だったが、最後には主だった者全員が、秋吉さんに盃を返すというところまでこじれちゃったんだ。その仲裁に入ったのが、政界の黒幕だった大原義助で、秋吉さんを鮫島さんの家まで行かせ、詫《わび》を入れさせたんだ。その時、鮫島さんも、総長の立場にある者を大勢の前で恥をかかせた非は自分にもあると、謝り、現役から身を引くといってケリがついたんだが、まあ事情を知る殆どの人は〝けじめ〟を守った鮫島さんの立派な心意気に、改めて深く感じいったと聞いてます……」

喉が渇いたらしく、水を一気に呑み干した前川。

「まだ時間がありますか……それでしたら、軽くそこらでやりませんか……」と言った。

松崎が頷くと、いつのまにか手にした伝票をレジに渡し、松崎がコートを着終えるのを前川はドアのところで待っていた。

道玄坂は、かなり込んでいた。

まだ宵の口で、さすがに酔っ払いの姿はないが、着飾った水商売の女たちが、狭い路地の中へ急ぎ足で消えていく。

角のパチンコ屋の前までくると、店の前で、とぐろを巻いていた人相のよくない四、五人の男たちが、前川の姿を見ると、泡を食ったようにペコペコと頭を下げ、げびた愛想笑いを作ってる。

景品買いらしい男たちに軽く頷いていく前川は、まさに貫禄十分であった。

極道だろうが、サラリーマンだろうが、人の上に立つ者は、どこかしら人間としての資質が豊かに備わっている……と松崎は、前川の幅広い背中を見ながら思った。


だらだらした坂を下り、渋谷の駅前にくると、前川はタクシーを止めた。

「青山三丁目に行ってくれ」

運転手にそう指示すると、松崎に向き直り、

「静かなだけが、取り柄の店ですけど、勘弁してください」

ニッと照れたように笑った。清潔そうな白い歯がこぼれた。

青山三丁目の交差点で車から降りた前川は、松崎を案内するように歩きながら、道路に面した洒落《しやれ》た造りのビルに入っていき、階段を下りていった。

地下一階の降りたところが、その店の入り口になっていた。

北欧風のインテリアで統一された店の雰囲気は気品があった。

それでいて、なんとなく居心地のよさそうな温かみがある。

テーブルやボックスシートも落ち着いた色合いで、店のムードに調和していた。

「お越しやす……」

松崎と前川が、タキシードを着たマネジャーらしい男に導かれて、奥のボックスに

座ると、和服の似合う女性が近づいてきた。

「お早いお着きどすなあ……」

松崎に軽く黙礼すると、前川の隣に座った。

京都弁が、新鮮な響きで聞こえてくる。しっとりした感じの美しい女だった。女優の山本陽子と、大原麗子のいいところを合わせるとこんな人になるのでは……と松崎が、しばし見とれるほどであった。

「前川はん……紹介しておくれやす……」

「あ、失礼……ここのママさんです……こちらは、ボクの先輩の松崎さん」

「初めてお目にかかります……山科美千代いいます……よろしゅう……」

「松崎です……どうも……」

中腰になって挨拶した松崎は、柄にもなく自分が照れているのを知った。

ウイスキーを傾けながら、松崎は久しぶりにくつろいだ気分になっていた。二組ほど客が入ってきたが、ママは挨拶に顔を出すとすぐに戻ってきた。

前川も楽しげに、喋っていた。ママの美千代は、そんな前川の横顔を嬉しそうに見ていた。

マネジャーや、店の女の子たちの感じで、前川とママがどういう繋りにあるのか、松崎は理解していた。

和服を着ているので、落ち着いて見えるが、ママの美千代は二十四、五歳ぐらいである。

「この近くにきたら、たまには顔を出してください」

ママが席をはずしている時、前川はそう言って、頭を掻《か》いた。

〈……たいしたもんだ。自分の彼女に、こんな凄《すご》い店をやらせている前川という男は……〉

松崎は、圧倒されていた。五反田の顔役である芳田を、まるで小僧扱いした貫禄といい、豪華な店を構える才覚といい、松崎は感心するほかなかった。

〈少年院を出てからの八年間で、随分と差がついたもんだ……〉

持って生まれた資質もあるだろうが、博奕と女に浸って、なんの目的もなく毎日を生きてきた松崎と違って、前川はハッキリとした目標に向かって確実にその道を進んでいるようであった。

たかが、九百万ぐらいの銭を握って、豊かな気分になっていた自分が、松崎はなんとなくスケールの小さな人間に思えてきた。

芙蓉を永久に自分のモノとしておきたいと願いながら、老人の影を気にし、許されぬことなら諦めて、淳子や由紀、それに紀子とのあやふやな関係に逃げこめばいいというズルイ打算の上に過ごしている自分を卑怯《ひきょう》な男だと思った。

馬券も博奕も、銭がない時の方が、はるかに迫力に満ちた張り方をしていた。九百万の金を失いたくないという考えが、知らず知らずのうちに熱のない守りの勝負をさせていたのである。

世の中を渡って生きていくことには、裏も表もない。ヤクザもカタギも同じ渡世人である。

前川が鮫島龍五郎の、真の侠客としての姿に憧《あこが》れ、ああなりたい、そうなりたいと……強い意志を持って生きているのに比べ、のんべんだらりと生きている自分が、松崎は、薄汚く思えて仕方がなかった。

〈競馬記者が、馬券で死ぬんなら本望だ……のるか、そるかだ……勝負と出よう……〉

酔いの回り始めた頭の中で、松崎は、何度も呟いていた。

5

〈……不思議なもんだ……〉

と松崎は思った。

前川と一緒に青山のクラブで飲んだ夜、ぬるま湯に浸ってのんべんだらりと生きている自分に気づき〈俺も前川に負けないよう、精一杯やってみよう……〉と心に決めてから、仕事にも張りが出てきた。

調教取材に行ったという事実を作るために、眠い眼をこすりながら、渋々起きて府中へ行っていた先週までとは気力が違っていた。

調教をサボっても、調教取材の伝票は書かなければならない。交通費や宿泊手当を会社に請求しないと、取材をズッコケタのでは……とデスクに疑われるからだ。

松崎は、また聞きの情報や、関係者のコメントで原稿を書くのは、それほど苦にならなかったが、嘘の伝票を書く時の貧乏ったらしい後ろめたさを味わうのが嫌だった。デスクや同僚の手前、仕方なく調教を見にくるような按配《あんばい》であった。

しかし〈馬券で勝負に出てやれ〉と誓ってからは、きたいなことに、さして苦痛ではなく、むしろ自然に『小天狗《てんぐ》』や、きゅう舎に足が向く感じであった。

冬場は調教の開始が午前七時と遅く、ジョッキーたちの姿が消えるころは、冬の淡い陽《ひ》がスタンドに薄い影を作る。雪解けでぬかるんだ馬道を、靴を汚して歩きながら、松崎は丹念にきゅう舎を回った。

何を訊いても無愛想に答えるきゅう務員もいれば、話好きなきゅう務員もいる。松崎の顔を覚えているきゅう務員は、

「今度は勝てるべェ……どんなところが出てくんだ……エ！　中山のあの馬が使って

くると、ちょっとまずいなあ……確かめてくんねえかな……本当に使うのかどうか……」

　などと逆に、ライバルの動向を尋ねたりもする。

　昼近くになって、松崎はようやく聞き込み取材を切りあげることにした。久しぶりに空腹を覚えた。収穫はあったような気がしていた。徒労に終わるか、成果が上がるかは、レースの結果が出るまでわからないが、馬券になると自分なりに判断した馬は、三頭いた。

　土曜日の『府中障害S』に出るメジロオーサカと、日曜日の平場六百万下に出走するトウワエイメント、そして日曜日のメーン『アメジストS』のメジロサガミだった。

　もう一頭、障害の第一人者になった平井雄二が、

「一年ぶりに、平地で勝てそうな馬に乗れる……」

　と張り切っていたニッケンリュウにも気があった。

　トウワエイメントとニッケンリュウは一般レースだから、枠順が確定しないことには、相手馬がわからないが、特別レースで、予備登録の必要な障害Sと、アメジストSと、相手になりそうな馬の目星はついていた。

　メジロオーサカの相手は、イシノフブキ一頭。メジロサガミの相手も、ほぼレッドパンサーで決まり……と松崎は考えていた。

土曜日の朝、松崎は朝の八時半に目を醒《さ》ました。

そして、ベッドの下に頭と手だけもぐりこませ、裏側に縫いつけてあった布袋の中から現金を取り出し、ソファの上にバサバサと置いた。

常に全財産を懐の中に入れ、いつでも大きな勝負ごとに参加できる態勢を整えていた松崎だったが、さすがに九百万の金は持ち歩けなかった。しかも、競馬場や博奕場で儲けた金ばかりで、古びておりピン札の倍近い厚味があった。

その中から、二百万だけ数え、残りを元通りに隠した松崎は、府中競馬場に向かった。

午前中は、日曜日のメンバーを電話送稿したり、予想をつけたりで馬券を一枚も買わず、じっと午後の第7レースの『府中障害S』を待った。

7レースのオッズが出た時、松崎は真っ先にメジロオーサカ＝イシノフブキの⑤－⑥に目をやった。

6・2倍を示している。トキワロッキー、ロビンオンワードの二頭もかなり人気になっていたが、松崎の気持ちは微動だにしなかった。

「⑤－⑥、百万……ロールの方で打ってよ……」

松崎は窓口に、持ち金の半分を突っこみながら、オバさんに打つ時間の短いロール馬券を指示した。

「⑤－⑥ですね……」

窓口のオバさんは、念を押すように松崎にきき返した。

松崎が、頷くと、メモで⑤－⑥と走り書きして、投票課の主任らしい男に手渡した。

競馬会の制服を着た投票課の男は、万札の束を機械にかけて数えると、女子の職員に小声で指示しながら、ロール馬券を打ち始めた。

ヒュルヒュルと帯のように、つながった馬券が送り出されてくる。それを映画のフィルムみたいに巻き取っている。

窓口が混んできた。締め切り時間が、あと六分に迫っていた。松崎は、窓口から離れ、何度も検討したはずの新聞に目を落とした。

百万円を一点で買ったのは、十年を超す馬券歴でも初めてである。さすがに、不安めいたものが、頭の中をよぎった。

イシノフブキは、もっか三連勝。その勝ちっぷりは、いずれも危なげないもので、障害界のホープとして注目されている馬である。

メジロオーサカさえきてくれれば⑤－⑥で決まるはずのレースであった。（中山はバンケットを気にして、まるで走らんからなあ……中山開催になったら当分、冷や飯を食わなきゃなんねえし、今度走ってくれないとマイっちゃう……体も絞れてきたし、気合も出てきたから、今度はイケると思うんだが……）

決して強気なセリフではなかったが、メジロオーサカを世話する大沢きゅう務員の口ぶりから、松崎は〝今度は走る〟という確信めいた手応《てごた》えを感じ取っていた。

「今さら迷ってもしようがない。もう、賽《さい》は投げられたんだ……」

専門紙を丸めて尻《しり》のポケットに突っ込むと、金を渡したオバさんが、松崎の顔を確認するように覗き込み、

「⑤－⑥頼んだ人ですね……」

といって、紙袋の中に入れた馬券をくれた。紙袋の中に直径20センチぐらいのロール馬券が四つ入っている。ひと巻き二十五万円というわけである。

すでに電光掲示板の数字は消えていた。記者席に上がる階段を上りかけたところで、松崎はファンファーレを聞き、紙袋を小脇《こわき》に廊下を走った。

〈……その調子だ……よし……いいぞ〉

メジロオーサカを先頭に、縦に長い隊列となって走る八頭の馬を双眼鏡で追いながら、松崎は腹の中で大声を出していた。

経験豊富な馬らしく、メジロオーサカは、よどみなくハードルを越えていく。むしろ二番手を追走しているオルタンシアの方が、余裕なく、きゅうくつそうに飛んでいる。

松崎が、消えて欲しいと祈っているロビンオンワードとトキワロッキーは60キロに

増量されたためか、前走ほどの行きっぷりにない。

最後の障害をメジロオーサカ、イシノフブキ、オルタンシアの順で飛越し終わった時、

〈……できた、やったぞ……〉

と松崎は思わず声を出していた。

メジロオーサカが粘る。その外から猛然とイシノフブキが並びかけ、直線中程からは両馬の一騎討ちになった。三番手追走のオルタンシアは完全にバテ、後方からエクセルスターが伸びてきたが、前を行く二頭とは、十馬身近い差があり、おびやかすまでにはいたらない。

松崎は、情事の後の余韻を楽しむように、双眼鏡から目を放さず、ゴールを過ぎてからも、イシノフブキとメジロオーサカを交互に見ていた。

喜びというか、名状しがたい感情が体の中心部から、うず潮のように湧《わ》き上がってきた。

記者席の人間に、百万円の当たり馬券を誇らしげにみせたい欲望に駆られた。

だが、松崎は何くわぬ顔で、席を立った。当たり馬券を見せびらかしたところで、反感と陰口を誘うだけである。

人間とは、そんなものである。口では「おめでとう」と言ってくれても、内心では

激しく嫉妬《しっと》するはずであった。
⑤－⑥は五百三十円に下がっていたが、僅《わず》か三分ちょっとの間に四百三十万儲けたことで、松崎は少しも失望しなかった。
ノミ屋殺しを成功させてから、それまでのくすぶり風がどこかへ消え、ツキの風が松崎の周囲に吹いているようであった。

〈このツキをモノにできなかったら、二度とチャンスはないぞ……〉

ぶ厚くふくらんだ何か所ものポケットを軽く叩きながら、消極的になりがちな気に、松崎はそう言い聞かせて自分を煽《あお》っていた。

勝負レースの『府中障害S』が終わったあと、松崎は急に空腹を覚えた。朝から、何も食べていなかったのに気がついた途端である。

知らず知らずのうちに緊張していた自分に、

〈たいしたことないぞ……〉

とニガ笑いした。

遅い朝食を兼ねた飯を、四階のレストランで食べていると、馬主の宇賀神がとり巻き連中と一緒に松崎のテーブルに近づいてきた。

「朝から一発も当たりゃしない……二百万ばかし走ってるよ……」

と、コーチ屋風の男にわざと聞こえよがしに言って、松崎の隣に座った。そして、ポケットから一万札を出すと、貧相な顔をしたもう一人の男に手渡し、何か食う物を買ってこい……という風に顎《あご》をしゃくった。

「何か、いい情報訊いてないかね……〝これ！〟っていうのは……御祝儀は切るから……」

「なかなか、ないですよ……」

宇賀神の、いかにも大尽ぶった物の言い方に松崎は、ムッとしたが、さりげなくかわし、飯を食い終わると、サッと席を立った。

こんな連中と親しげに飯を食っていると、コーチ屋をやっていると思われるのがオチだった。

僅かな祝儀ほしさに、宇賀神のご機嫌をとらねばならぬほど、金に困ってはいない。銭は唸《うな》るほどあった。

松崎は、8レースから五万円ずつしか買わなかった。くれば、めっけもの……といった感じで、軽く遊んでいたが、最終レースでニューブランカース＝セルエースの⑥－⑧が当たった。六百三十円で、前の三レースで損した分を取り返し、更にオツリがあった。

〈ツイてる時ってのは、こんなもんだ……〉

もっと勝負すればよかったかな……と一瞬思ったが、あせる必要もないとなだめる余裕が、松崎にはあった。

最終レースの払い戻しを手にした松崎は、記者席に戻ると、徳大寺邸に電話を入れた。

鮫島老人は、まだ川崎競馬場から帰ってきていない筈《はず》であった。

「……松崎だけど……」

モシモシ……という芙蓉の声を聞いてから松崎は名乗った。

「会いたいわ……今、すぐ……」

「うん……でも、ここ二、三日は無理なんだ。競馬が三日続けてあるし、夜じゃなきゃあ、会えないいんだ。夜、あんまり出歩くとお父さんが変に思うから、月曜日まで我慢しなよ」

「大丈夫よ……日曜日、クラス会があるってお父さんに言うから……」

松崎がタジタジとなるほど、芙蓉は積極的であった。だが、そんな芙蓉に松崎は悪い気はしなかった。

「しようがないなあ……じゃあ、日曜日、七時ごろアパートに帰ってるから……」

芙蓉の心を見すかした上で、無理に承知させられたような返事をした。釣った魚の手応えを、釣り落とすことがないと見極めた上で、楽しんでいた。

すべてが順調であった。

芙蓉に鍋《なべ》、釜《かま》を持たせ、ちびたサンダルをはかす生活はさせられないような気がしていた。鮫島老人が、どのくらい財産を持っているかの測りようはないが、芙蓉と一緒になる時、松崎は老人の財産を一銭もアテにせずやろうと考えていた。給料に手をつけることなく芙蓉に全額渡し、自分の遊ぶ金は蓄えた銭を巧く使って……と目算を、立てていた。

そして、それは、あと少しで可能であった。

二千万ぐらいで都内のマンションを買い、結婚式や旅行、家具に三百万使ったとしても、三千万あれば七百万残る。

月、一割の金を喜んで借りている品川の馬キチ仲間や、賭場の回銭がなくて開帳できない地元のヤーさん連中に月六分で貸しても小遣い銭にはなるはずであった。

懐に入ってる六百五十万と、アパートに置いてある七百万をあわせると千三百五十万。

〈……これを倍にすれば……〉

松崎は、武者ぶるいしたくなるような充実感を覚えた。

今のツキをもってすれば、しごく簡単なことのように思えた。

足をひきずるようにして歩く、まわりの人間は、殆どの者が疲れ切ったような顔をしていた。

しかし、松崎は、競馬場から正門前駅に通じる歩道橋を、口笛を吹きながら弾んだ足どりで、渡っていた。

イチかバチか

1

京王線で新宿に出た松崎は、車を拾って品川に戻った。

アパートへ寄って、金を置いていこうかと、一瞬考えたが、出直す面倒くささを嫌って『潤』へ直行した。

まだ宵の口らしく、勤め帰りのＯＬたちが、カウンターを占領して、盛んにダベりまくっていた。

よしゃあいいのに、バーテンの郷原が、一人ぐらいモノにならないとも限らぬとばかり、彼女たちの話に合いの手を入れている。

よくもまあ、揃《そろ》いも揃って……と松崎が呆《あき》れるほど、見てくれのよくない女ばかりだ。

奥のボックスに、原田がいた。松崎が入ってきたのに気がつかないのか、専門紙を穴のあくほど見つめている。

「どうだった？　案外と堅く収まったから儲《もう》かったろう……」

原田の対面に座りながら、松崎が尋ねた。

「熱いよ……一着、三着ばっかしだよ。どうなってやがんだろ、もう馬券やめたくなったぜ」

情けなさそうな顔で、原田に泣きが入っている。

原田の〝競馬をやめる〟は、菜っ葉のコヤシでかけごえだけだ。

「やめる人間が、明日の新聞を見てもしようがねえんじゃないの……」

「ああ、それもそうだ。でも、この新聞は奴《やつ》のよ。どんなメンバーが出てんのか、チヨロッと確認してるだけよ。もう、買う玉がねえよ」松崎の冷やかしに、専門紙をたたんで、

「ホラ、返すぞ」

とカウンターの中にいる郷原に投げた。重いもんじゃないから、ヒラッと舞って、女の子の頭に当たって床に落ちたが、ゴメンのひと言も言わない。かなり不貞腐《ふてくさ》れてる感じだ。

「回してやろうか……無尽を落とした時返してくれればいいから……」

と松崎が、懐に手を入れると原田は、パッと目を輝かせた。

品川の半可博奕《ばくち》を打つ連中で、二か月前から無尽をやっていた。

十人のメンバーで、毎月十万円ずつの掛け金。初回は、親になったノミ屋の梅原が、メンバーの誰《だれ》かが支払い不能になった時、責任を持つということで、セリなしで落とした。

一月が初めてのセリになったが、山健が五十九万で落とした。原田も落とすつもりで六十万円と書いたが、もっと忙しい奴がいて、涙を呑《の》んだわけである。

百万円から五十九万円を引いた残りが、配当になる。山健と梅原を除く八人で、四十一万円を分ける計算だ。五万ちょっとの配当である。だから、セリで落とさないと、実質的には、五万円から六万円を毎月、掛けていくことで最後は百万円になるわけだ。

「ありがてえ……銭に忙しい山健は、もう権利はないし、今度は六十五万ぐらいで落ちるだろう……バタバタしてるのは、俺《おれ》ぐらいなもんだかんなあ……」

自嘲《じちょう》気味に呟《つぶや》きながらも、張る銭が出来たことで、急に元気になった原田。

「じゃあ、二十万……無尽まで……ワリイなあ、前の十五万もそん時一緒に返すから……」

と拝むように、金を受け取った。

「悪い時はお互い様よ……」

と松崎が言って、立ち上がろうとすると、

「山健の部屋で今晩、いい場ができるらしいんだ。あの野郎、俺がシャーもねえの知ってるから声も掛けてこなかったが、梅原や、梶山を誘っていたみたいだった。ホラ……ついこないだアトサキやった河岸の連中なんかと、やるらしいんだ」

(行ってみないか……)という誘いの目で原田が言った。

「種目は何なの？　明日、競馬があるから、遅くまでやる気はないんだ。バッタ巻きだと、もう、ひと巻きといった感じで、なかなか終わらねえから、嫌なんだ」

あまり気乗りしないような口ぶりで松崎が、首を傾《かし》げると、

「どうも話の様子じゃあ、チンチロらしいんだ。梅原の野郎が、磁石でも持っていくか……なんて冗談まじりに、山健に言ってたから、たぶん賽《サイ》コロだ……」

確信ありげに原田が、サイコロを振る真似《まね》をした。

〈……行ってみるか……梅原や、河岸の連中なら、張りのデカイ、チンチロリンになりそうだ……〉

ズシリと懐に収まっている万札の束。その感触を楽しみながら、松崎は行く気になっていた。

連中の懐をガラガラにしてしまう自信が、松崎にはあった。

山健のマンションに一歩入った途端、原田が松崎を振り返り、ニヤッと笑った。

鈴虫が鳴いているような、音がしていた。

（なあ、図星だろう……）

原田の顔に、そう書いてある。

多分チンチロリンだ……と予想した原田の読みどおり、ドンブリを囲んで五、六人の男たちが車座になっていた。山健、梅原、梶山が品川組、河岸の兄貴株である吉松とその舎弟分の中条、それに松崎の知らない顔が一人いた。

「このドンブリ、いい音するね。北品川の方まで聞こえてきたぜ……」

呼ばれなかった腹イセか、皮肉っぽく原田が言った。

「そうか、そうか、そいつは厄《やく》だぜ。マッポにドサかけられたら泣いて謝るとしましょうか……オッと親のカッパキだ……」

原田の皮肉など痒《かゆ》くもないといった素振りの山健。六ゾロを出して、ドンブリの周りに積まれた銭を、サッと掻《か》き集めた。

「張っていいか……」

テキ屋の梶山に、少し詰めろと突っついた原田。座るなり、一万円札を置いた。

「いいとも……それから、ノッカリは5倍だからな。あとは、いつものルールだ」

賽コロを拝むように、オデコの高さまで上げた山健。やわらかくヒネリを加えて、ドンブリに落とした。

ノッカリとは、賽の上に賽がチョコンと乗っかることで、大きなドンブリでやると、一晩に一回あるかないかの確率である。

「四、五、一で絵にならず……」

目の早い梶山が、さんざ踊って動きを止めた賽の目を素早く見て言った。

河岸の連中は、黙ってドンブリを覗《のぞ》き込んでる。三回振って、絵にならず山健の親は落ちた。

「ケッ！　センズリでなーんにもなりゃあしねえ……チェッ！　一万円ガミだよ。一人増えてやがる……」

舌打ちまじりに、銭をつけていく山健。

「センズリは、淀《よど》の川瀬の渡し舟……竿《さお》を握って、いったりきたり……昔の人間は巧《うま》いこと言いやがる」

嬉《うれ》しそうに、山健が一万円札をしごくまねした原田。悦に入ってる。

吉松の親になった。松崎も、山健の隣に腰を下ろし、

「張るよ……」

と声を掛けて、一万円置いた。誰がツイているのか、まだわからなかったが、場面を考えて張らねばならぬほど懐は薄くなかった。

場にいる七人の懐を全部足しても松崎一人の持ち金にはるか及ばない。せいぜい、

百五十から二百万と松崎は踏んでいた。

チンチロリンは、腕の良し悪しは全く関係がなく、ツキが百％モノをいう博奕だが、それでも長くやるうちに、張り駒《こま》の上げ下げの上手下手の差が出てくる。

だが、懐に圧倒的な差がある場合は、そんな小技のテクニックもあまり通用しない。物量攻勢にモノを言わせ、ある方へ金が吸い込まれてしまうケースが多かった。

松崎は、子では大張りせず、親の時いくらでも張らせる戦法で、今までチンチロではかなり儲けていた。自信のある競技種目であった。

「なんでえ……急に目が出なくなったぜ……磁石でも使っててんじゃあねえの……」

吉松が、首を傾げてボヤいた。何回振っても絵にならず、

「ハイ！　四年生……」と原田に笑われてる。

四回分、子にツケなければならない。十二回振って一度も〝目〟が出ないのである。

「やっとだね。四年二組だ……」
四、四、二と賽の目が止まった。
吉松の顔がゆがんでる。全部で八万ほど張られている。子が全員〝三〟以上を出せば、八万円の5倍で四十万が一発で消える勘定になる。

申し訳程度に二千円張っていた中条は、気のない振り方で目が出ず三回分の六千円を貰《もら》ったが、二万円張ってた梶山が〝五ゾロ〟で七回分の十四万、原田が〝四、五、

六〟で六回分の六万、松崎は平凡な〝四〟の目で五回分の五万だったが、最後に振った山健は、三万円張っていて、しかもごていねいに〝倍取り〟の〝四、五、六〟。六回分で十八万だ。

吉松の顔に脂汗が滲《にじ》んできた。だがそれはまだ序の口にすぎなかった。

もっとひどい親を、松崎が味わうことになったのだ。

梶山と原田が、チョボチョボの親をやったあと、松崎に親が回ってきた。

さすがに、銭を回してもらったという遠慮があるのか原田は、五千円しか張らなかったが、河岸の連中は、ドッと駒を伸ばしてきた。

山健もテンからいきなり三万ほど張っている。

「サア……怖い親の番だ」

バッタ巻きで、松崎に何度か痛い目にあってる吉松が、おどけた調子でいった。

「でもヨオ、楽な人間から食いつかないと、食いつくところがねえからな……死んだ気で張ってんだ」

唇をなめながら、山健が〈そうだろう……〉といった風に、原田に同意を求めてる。

「まあな。きょうび品川じゃあ、売り出し中の松ちゃんだ。十や二十張ったってビビリはしねえと思うがね……」くわえていたタバコを、灰皿にもみ消した原田。煙たそうな顔だ。

〈……十五、六万ある……〉

張り駒にサッと目を走らせて、松崎は銭を数えた。望むところであった。チンチロリンは弱気になったら負けである。指先が萎縮《いしゅく》し、かじかんだようになると、えてしていい目は出ない。

松崎は、つまんだ賽コロを、軽くどんぶりの底に落とした。

「チッ……」

思わず松崎はうめきたくなった。

「一、二、三は小学生の体操だ」

目の早い梶山が、賽の動きが止まるやいなや、すかさずいった。

〝一、二、三〟は親の倍ヅケである。

「まず二年生……どんどんタイてちょうだい……」

嘲笑《あざわら》うように山健が、松崎を促した。

〈たかが三十万じゃねえか、すぐに引き戻してやる……〉

気を取り直して、振り出した松崎だったが、しだいに頭がカーッと熱くなってきた。十五回振って全く絵（目）にならないのである。

「一回流した方がいいんじゃあないの」

心配そうに原田が、膝《ひざ》を突ついたがもうその時は、勝手にしやがれ……という心境になっていた。

結局、十七回目に、四の目が出たが、テンの一、二、三を加えると、七回分全員に負けていることになる。

しかも、子の振る目は、五とか六ばかり。中条を除く全員に八回分つけるひどいガミ親になってしまった。

一発の親で百十一万の負け。さすがに松崎も顔色が変わった。

「あるところには、あるもんだねえ……懐が深いねえ……」

無造作に取り出した万札の束を、数えながら黙ってツケていく松崎に、山健が感心したような口ぶりでいったが、それに笑って答えるゆとりが、松崎から消えかけていた。

山健の親になった。

マッチをボッとつけ、ドンブリの上で二度三度往復させた山健。

「厄払いしなくっちゃ……」と笑った。

〈冷静に張らなくちゃ、まずいぞ……〉

松崎は、チラッとそう考えたが、その考えを無視して、手が勝手に十万近い金をつかんでいた。

「ハイ！　四、五、六……悪りいなあ、いきなり倍で……」

むしり取るように、銭をあぐらをかいた足元に掻き集めていく山健の、得意気な顔に、松崎は闘志を燃やして張り続けた。

だが、ツキの波は松崎に背中を向け、僅《わず》か一回の見せ場すら作らしてくれなかった。ドンブリを変えたり、賽コロを変えたり、座蒲団《ざぶとん》を引っくり返し、場所まで変わった。ありとあるゆる、ツキを変える工夫を試みたが、無駄であった。

カーテンの隙間《すきま》から、明るい朝の日が差し込んできた時、松崎は、もう張る気力が萎《な》えていた。

四百万近い銭が、溶けていた。まだ二百五十万ぐらい残っていたが、山健も吉松も、松崎の親には、突っかかってこなかった。逃げ込みを狙《ねら》って、張り駒を減らし一万円以上置かなかった。

「誘って悪かったたな……」

済まなそうに頭を下げる原田と、山健のマンションの前で別れ、松崎は府中へ直行した。

夜っぴいてやった疲れが、車に乗ったとたん、どっと襲ってきた。

〈……俺もいい馬鹿だ〉

府中に着くまで、松崎は何度も自分を罵《ののし》っては、自嘲まじりのタメ息を洩《も》らした。

競馬場は、いつもの朝と同じように活気があった。しかし、松崎は、精気のない足取りで門をくぐった。

2

競馬ブックの小宮だった。体のガッシリとした小宮に気がつかないくらい松崎はボケッとしていた。

エレベーターに乗った松崎は、背後から肩を叩《たた》かれた。

「徹マンですか……目が赤いですよ……」

「まあ、そんなところだ」

「元気ないじゃないッスカ。3レース買うんでしょ？　⑤－⑧で堅そうですね」

小宮が手にしていた専門紙を松崎は気がなさそうにのぞきこんだ。

ミホライデンとシンポーシアの二頭が人気を分けていた。

一見、堅そうなレースである。

四階で降りた松崎と小宮は、フロアの右手にある場内テレビの前へ走った。

締め切り時間が、あと三分に迫っていたからだ。

「つかないねえ……2・3倍だって……」

失望したような顔で、小宮が振り返った。単勝の票数を見ると、ミホライデンが四万票でダントツの一番人気。シンポーシアが二万票台で二番人気。五ケタはこの両馬だけ。三番人気は、グーンと引き離されたタケノチェリーで五千票しか売れておらず、ミホライデンとシンポーシアが残る十一頭を断然圧していた。

「買うんですか……」

内ポケットに手を突っ込んで銭を引っ張り出した松崎に小宮がきいた。

「間に合わないから、買うの半分助（すけ）てくれ……」

返事のかわりに松崎は、二十万を渡し窓口に走った。

朝のうちだから、締め切り寸前でも売り場はそれほど込んでいなかった。小宮と隣り合わせに並び、威勢よく発売機から飛び出してくる⑤－⑧の馬券を、松崎は無表情に眺めていた。

小宮に、堅いでしょう？　と尋ねられた時は〈どうかな〉という程度に考えていたが、オッズを見、専門紙にジックリ目を通しているうちに、堅く決まるような気になっていた。

〈四十万買えば、五十二万儲かる……テンに取っておけば、あとが楽になる……〉

記者席に着いた時は、すでに⑤－⑧がくるのは、既成の事実であるかのように、配当の計算すら松崎はしていた。

だが、その甘い思惑はアッサリと裏切られた。

逃げた小島太のトキノキングをピッタリとマークして進んだシンポーシアとミホライデン。3、4コーナーからトキノキングの外にシンポーシアが並びかけ、更にその外からミホライデンがいい脚で上がってきた時、スンナリ⑤－⑧で決まるかに見えた。

〈ヨシ！　⑤－⑧、そのまま！〉

松崎は、そう叫びかけた。しかし、次の瞬間、のど元まできていたその言葉を呑み込まざるをえなくなっていた。

掛け出したミホライデンを追って、必死に粘るシンポーシアの内と外から④枠のシルバーオンワードと③枠のイーデンブルースが猛然と突っ込んできた。

絶望的なほど、その足色には格段の差があった。

松崎は目をつぶった。

そして、目を開けた松崎の前を、④－⑧の馬券が横切っていた。

〈どうなっちまってんだろう……〉

分厚い馬券の束を、足元の屑《くず》入れにボトボト捨てながら、松崎はぶつけどころのない怒りに似たつぶやきを洩らした。

勝負する気のまるでなかった、4レースにも松崎は手を出していた。自信はまるでなかった。しかし、二、三万買っても、今の損を取り返せないという気持ちが知らず知らず働き、十万近い馬券を握りしめていた。

４レースは万馬券となった。マイペースで逃げた⑤枠のトーグンロードがそのまま後続馬を寄せつけずに逃げ切った。二着も人気薄の⑦枠フジノアザヤカで、松崎の狙ったハヤカワヒカリは、勝ち馬から二秒もちぎられたブービーという、声も出ない惨たんたるありさまであった。

松崎は焦っている自分に気がついていた。だが、レースを見送る、平静さを失っていた。

毎レース、記者席と馬券売り場を往復していた。そして、いつもは気にもとめない他人の情報めいた話に、自然と耳が傾き、締め切り寸前まで考えが揺れ、迷っていた。悪魔が、松崎の耳元で囁《ささや》き出していた。

悪魔の囁きは、松崎を奈落《ならく》の底に突き落とそうとしていた。

トウワエイメントからサカイホウゲツとモリユタカへの⑤－⑧と③－⑤で勝負するつもりだった松崎は⑤－⑧が３・７倍しかつかないことを知って、気持ちがぐらつきはじめた。

７レースまでに、百二十万ほどやられている気持ちの焦りが、

〈……３・７倍じゃあ、一点でとらないことには、マイナス分を取り返せないぞ……⑧ワクには、もう一頭穴人気になってるナカミダイヤもいるし、どちらかはからみそうだ……〉

という、自分に都合のいい解釈を無理に引き出し、結論づけていた。

松崎は、一度は買う気になった③－⑤を、なんの理由もなく捨て⑤－⑧の一点に四十万ぶちこんだ。

だが、それは手にした瞬間から、僅か三分も経《た》たないうちに、洟《はな》もかめない紙屑にされてしまった。
③－⑤は千百四十円もつけた。せめて十万円でも押えておけば……と悔やんでも後の祭りであった。
〝勝負馬〟として調教の日に心に留めたトウワエイメントは、松崎の睨《にら》んだとおり、馬券にからんだ。

しかし、相手馬を間違え、みすみす取れる馬券をハズしてしまった。

松崎の内部で、何かが狂い出していた。

気まぐれな運命の神が、フッといたずらっ気を起こして掘った小さな落とし穴に、松崎がつまずき、倒れたところに大きな石があってもろに頭をぶつけたような具合であった。

『潤』に寄らなかったら……原田に二十万貸さなかったら……山健のマンションに小博奕をやりに行かなかったら……テンの親で、賽コロが違う転がりかたをしていたら……3レースに間に合わなかったら……。そのどれか一つでも、なにかの拍子で欠けていたら、展開はまた別の方へ流れていたかもしれない。

悪い方へ、悪い方へと松崎は導かれ、転落していた。

〈メジロサガミの相手は、レッドパンサー一頭〉

と枠順が発表になる前から、決めていた『アメジストS』。松崎は、これだけは自信めいたものがあった。

中山のトラックマン連中は、レアリータイムが面白い……と騒いでいたが、

〈何を言ってやがる〉と松崎はそんな声を無視して⑦－⑦の一点に五十万ぶちこんだ。

レッドパンサーが一番人気。メジロサガミが二番人気になったが、同枠のゾロ目のためか⑦－⑦は7・4倍を示している。

〈……くれば三百七十万円……〉

さすがに松崎は、身震いしたくなるような興奮を覚えた。

普通のサラリーマンが一年がかりで、汗水たらして稼ぐ金額である。

だが、それは⑦－⑦がきてから計算しても遅くない、甘い思惑でしかなかった。

ゴール前、五十メートルで確かに⑦－⑦の態勢にはなった。でも、それは、まばたきする間の僅かな一瞬だけであった。郷原の大きなアクションが、チラッと双眼鏡の端っこに映ったと思う間もなく、黄色い帽子のレアリータイムが、突き抜けていた。

信じられない位置からの直線大外強襲であった。

った。

松崎は、ツキが逃げていきはじめたのを、ハッキリ意識せざるをえなくなっていた。皮肉なことに、次の10レースが⑦－⑦になった。松崎の懐は、さらに薄くなっていった。

〈こんなことって……〉

最終レースに、勝負馬の一頭とピックアップしていたニッケンリュウが名を連ねていたが、もう松崎は、ジックリと検討する意欲をなくしていた。

十五万円しか残っていない。小数点のつく配当のフォーカスを買っても無意味のような気がしてきた。

偶然を頼りに、50倍以上つく馬券ばかり五万ずつ三点買った。

そんな、松崎をアザ笑うかのようにレースはスンナリ、ニッケンリュウとマツパレードの本命馬券で決まった。三着以下は、七馬身もちぎられていた。

冷たい風が、松崎を追いかけるように吹いていた。

ちぎれた新聞紙が、松崎の足元にからみつき、ゴワゴワと音を立てた。

朝、来た時よりさらに重い足どりで、紙屑を引きずりながら松崎は歩いていた。

チンチロリンで四百万、競馬で二百五十万。僅か一日で六百五十万の金が松崎の手から離れていった。

まだ、アパートのベッドの下には七百万の銭が隠してある。松崎は、ともすれば沈みがちな気を、その銭を思い出すことによって、ふるい立たせようとしたが、ムダな努力であった。

　どこへ寄る気力もなく、重い心でアパートへ帰ったが、妙に気持ちがイラつき、せわしなくタバコを灰にした。

　競馬は、あと一日ある。三日競馬の変則開催で、日曜日のメーンは『東京四歳S』であった。

　クラシックを占う意味で重要な一戦である。ヒシスピードをめぐる二着争いというのが、大方の見解だったが、松崎も頭はヒシスピードで不動と睨んでいた。しかし、その出馬表すら見る意欲も失せていた。

　淳子と由紀は、連休を利用して田舎へ帰ったり、友達と旅行に行っている。紀子も、弟が訪ねてくるらしく、松崎が電話すると、困ったような声で謝った。腹立たしい気持ちのぶつけどころがなく、松崎は畳の上に寝転がって、タメ息を繰り返し自分を罵っていた。

〈……『潤』にでも行ってみるか……〉誰にいうでもなく『潤』で酒でも喰らえば、気もまぎれるだろうと思いついた松崎は部屋を出た。

　異常寒波に見舞われている東京の夜の風は、松崎にはことさら冷たく感じられた。

商店街通りは、さすがに午後の九時を過ぎると人通りが少ない。商店も早々とシャッターを降ろしている。松崎は肩をすぼめてトットと歩いた。

「どこへ行くの……」

通り過ぎたタクシーが急停車すると窓から男が声をかけた。ノミ屋の梅原だった。どこかで呑んできたらしく、仄暗《ほのぐら》い街灯の明かりに浮かんだ顔は、いい色をしていた。

「『潤』に行こうと思ってたんだが、別に用事はねえし、いいところへ連れてってくれるんなら付き合うぜ……」

「そうだな……ここんとこ会ってなかったし、とりあえずお茶でも飲むか」とタクシーから降りた梅原は『潤』に行く道とは違う方向へ歩き出し、松崎を振り返った。

「あそこは、オケラ虫の溜《た》まり場だから、食いつかれるのがオチだよ。この前も、梶山の奴がいい客を紹介するからっていうから電話を受けてやったんだが、ヒドイ話よ……」

『ベラミ』の前までくると、中の様子を伺うように覗き、知ってる顔がないのを確認してからドアを開けた。

「ヒドイ話って？　……まさか、空鉄砲で買ってきたんじゃあ、ねえだろ……」

「そのまさか……をやりやがったのよ……。一週目にバカスカ頼んできたからヤバイな、と思ったんだが、千九百円ついたところを十万当てられちゃって、百万ぐらいツケたんだよ。それで二週目に、今度はこっちが百七十ぐらい浮いたら、それっきりよ。

梶山の奴に文句いったら、その野郎がズラかっちゃったんだから、しようがねえだろって、逆にくってかかってきやがって……熱いよ……」

　思い出すのも頭にくるって感じで吐き捨てるように梅原が言った。松崎には、全く関係のない話である。まさか、梅原の味方をして梶山を追い込むわけにもいかない。たとえ、追い込んだところで、梶山が黙って払うわけもない。

　松崎が黙っていると「俺ァ、もう品川の連中は相手にしないつもりだ。ナシじゃあ、客じゃなくって刺客になっちゃうもんな……」

「………」

「いや、松ちゃんは別だよ……松ちゃんなら、いくらでも俺は受けるけどね……」

　ノミ屋を松崎が利用するわけがないと踏んでいるのか、お世辞めいた口ぶりでいった。

　松崎が、山健のマンションで四百万も走ったことを梅原はまだ知らないらしい。知っていたら、松崎の懐状態を素早く読んで、そんないい方をするわけがなかった。

〈しっかりしてやがる……〉松崎は、梅原の利にサトい、石橋を叩いても渡らない性格にだんだん腹が立ってきた。

「フーン、じゃあ、気のあるレースがあったら頼むかな……一割のオチは、やられた時、結構助かるからな……」

あまり気がなさそうに言いながら、松崎は、保険のかかった勝負ができそうだと、ほくそ笑んでいた。

「話は変わるけど……ホラ……暮れの一件で前川にえらく面倒かけただろう……あの謝礼をまだしてないんだが、俺としては早く格好《かっこう》つけておきたいんだ」

銭を出さねばならぬ話に、梅原は一瞬、渋い表情をみせたが、それに構わず松崎は話を続けた。

「梅さんが百万、俺が五十万包めば、一応、格好はつくと思うんだ」

「百五十……か。七十の三十で百万てわけにはいかないかね……」

(何もそんなに……)といった口ぶりで梅原は、松崎の顔色をうかがっている。

「でもヨォ……あの場面に前川が出てきてくれなかったら、一銭にもならなかったんだぜ……逆に、事務所に連れ込まれて木刀ぐらいしょわされていたかもしれないんだぜ……それを考えるとな」

「………」

「いくら俺の友達とはいえ、あれだけの兵隊を連れて、チョイと間違えば命のやりとりになったかもしれないんだ。相手をあまり安くみて、笑われるのも嫌だし……」

松崎はそこまで言って、梅原の肩をポンと叩いた。

梅原は(わかった……)という風に小さく頷《うなず》き、カップの底に澱《よど》んでいたコーヒーをまずそうに啜《すす》った。

〈百万まで出させる約束をとりつけておけば、いざという時に役立つ……〉

どのみち、銭を前川に渡そうとしても受け取る奴じゃあない……と松崎は考えていた。

〈カスリごとをやって儲けている梅原から、百万ぐらいハネても阿漕《あこぎ》なことじゃない……〉

松崎はそう自分に言いきかせ、正当化しようとしていた。

「来週の月曜日までに、持ってくるよ」と承知した梅原と別れ、松崎は『潤』に向かった。

人通りの絶えた路地から、商店街に出ると、松崎の目の前を、見馴《な》れた男が二人歩いていた。向こうでも気がついたらしく、立ち停《ど》まって、手を振った。

原田と山健だった。

「お揃いでどこへ行くの？　俺の銭で堀之内にでも行こうかと相談してんじゃないの……」

チンチロでメタメタにやられたあとだけに、松崎は皮肉っぽい口ぶりで山健にいった。

「いや……ちょっとイタズラをしに鮫洲までいこうかと……。柴川さんのところで、手本引があるらしいんだ」

「なんでえ、それなら誘ってくれりゃあいいのに……四百万ぐらい走ったって、まだ張るタマぐらいあるぜ」

咥《くわ》えていたタバコを地面に落とし、靴の底で踏みにじりながら、松崎が怒ったような口調でいうと、

「ホントのところは、松ちゃんも誘おうかと思ったんだがよ……無理に連れてって、また走っちゃったら悪いからサ……ゆうべのきょうだし、遠慮したんだ」

原田が山健に代わって弁解まじりにいった。

〈……手本引か……〉

そう聞いて、松崎はムラムラと勝負っ気が湧《わ》いてきた。

「どうせ車で行くんだろ、俺も行くからちょっとアパートへ寄ってくれよ……銭を取ってくるから」

並んで立っている山健と原田を促すように、歩きながら松崎は〈俺も嫌いじゃあないな〉と賭《か》けごとをしてなきゃあ気のすまない性分を、自分のことながら呆れていた。

柴川の賭場《とば》は、馬主の宇賀神と出会った時より、賑《にぎ》わっていた。単純な勝負であるバッタ巻きよりやはり手本引は人気があるのだろう。義理でしぶしぶくる旦那《だんな》衆よりも、胴を食ってやろうと腕に覚えのある遊び人風の男が多い。

若い衆に案内され、すでに勝負の始まっている部屋に入った松崎は、横盆の中央に座った胴師の顔と、その落ち着いた様《サマ》に、何か圧倒されるような気持ちを覚えた。きれいに禿《は》げ上がった頭。幾筋も走る顔の皺《しわ》に、渡世の荒波をくぐってきた者だけが持つ風格と年輪が刻まれていた。格子縞《こうしじま》の半纏《はんてん》を肩から羽織り、そこへ右手を隠し札を繰っていく動作には、一分のムダもなく、キマっている。

胴師と向かい合う横盆隅の盆縁に座った松崎は、若い衆に渡された絵札を、弄《もてあそ》びながら、

〈……デカイ勝負はできないぞ……〉

と自分に言いきかせようとしていた。

今まで、松崎が出会った、どの胴師よりも、勝負ひと筋に生きてきた男の匂《にお》いを、その胴師に感じていた。

3

ひと勝負が終わり、薄紫色の厚手のダボを着た合力が、ウカッた玉に素早く銭をつけていく。

張り札の数と玉の置き方で、比率の違う複雑な計算を、コンピューターのように正確に、しかも早くツケヒキしなければならぬ合力も、熟練を要求される。胴師の左右に並んで座った二人の合力は、暗く光る鋭い眼と削《そ》いだような頰《ほお》をしていた。

「さあ、どなたさんも手を降ろしてください……」

「さあ、次いきましょう……」

「さあ、張って……」

瞑想《めいそう》するかのように軽く眼をつぶった胴師が、六枚の引き札を隠し持った右手を、左肩に羽織った格子縞の半纏の陰へ入れると、合力が独特の節回しで、客を促しはじめた。合力の声にせかされ、六枚の張り札をチャキチャキとツキながら首を傾げ、迷っている客もいれば、小声でブツブツ呟きながら、考えても仕方がないといった風に威勢よく札を盆布の上に並べていく客もいる。

盆縁に座った客は十人ぐらい。素人の旦那衆らしい恰幅のいい男の隣に、遊び人風の男が中腰になって、張り札をコーチしてる。

原田と山健は、本職博徒ではないが博奕ごとをするために生まれてきたような好き者だから、無論、張り方は知っている。

胴師の表情と、右手の繰りぐあいにジッと眼を注ぎ、必死に次の〝目〟を読もうとしていた。松崎は、胴師の前の盆布の上に、きちんと並べて置かれているモク札に眼を移した。

右から順に、三、二、四、五、六、一と置いてある。ネ（前回と同じ目）を引いていなければ、その順序で胴師が目を出していったことをそれは意味している。松崎は、危険率の少ない四枚張のキツウケに五万張った。さしたる自信もなく、左下のツノに〝三〟、右下の〝トマリ〟にネの〝一〟、真ん中の〝中〟に〝六〟、てっぺんの下に〝二〟を置いた。

アツ（三、四、五）ウス（一、二、六）を二回ずつ出しているが、今度はウスのような気がしたからだ。

「さあ、手を切ってください……」

「入りました……」

「しょーぶ」

合力のサビのきいた声に、側《がわ》が急にシーンと静まり、生唾《なまつば》を呑みこむ音が聞こえてくるほど、ピーンと張りつめた空気が流れた。老胴師のしなやかな指が、スーと動き、その手が横一列に並べられた六枚のモク札から〝四〟の札を拾って右端の〝一〟の札に並べてピチッと置いた。ホーという溜息《ためいき》が、側の周辺に連続的に流れていった。

二点張り、三点張りの客の殆《ほとん》どがスベッている。四点張りでも〝大〟や〝中〟でウカッている客は少なく、胴のツケた玉は、ごく僅かであった。

二十分ほど、松崎は慎重に四点張りで小さく玉を張っていた。

半可博奕打ちの手本引では、回り胴でやることが多く、その人間の性格なりクセを見破ると、ガラス張りのように次に出す〝目〟が読めることがあるが、さすがに今、松崎と盆を挟んで対座している老胴師には〝キズ〟がなかった。山健と原田が、首を傾げ、頼りない手つきで札を置くことが多くなってきた。

客の中には熱くなって、偶然をたのみに、六枚の札を適当に切って、あてずっぽうに置く者もいる。それは、松崎とて同じことであった。まるで、松崎の腹の中を読んでいるように、スルリスルリと勝負どころの急所では、ハズされていた。

客の全員が、一人の老胴師に翻弄《ほんろう》され、テンコシャンコに張らされているようであった。

小一時間経ったところで、松崎は盆縁を離れ、トイレに行った。熱くなりかけた頭を冷やすためである。

だが、懐に手を入れ、あり金を引っ張り出して数えた松崎は、背筋に冷たいものが流れるような感じに襲われた。アパートを出る時あった三百万の銭が、百六十万になっていた。

ちんたらちんたら張っているうちに予想をはるかに上回ってやられていたからだ。

「顔色が悪いぞ……少し休んだ方がいいんじゃねえか……」

盆縁に戻った松崎の顔を覗きこんだ原田が、驚いたような眼でいった。

「眠ってないんだろう？　俺たちは昼間寝てたから大丈夫だけど……」

山健も、心配そうな表情をみせている。冷たい脂汗が、額と首筋からふき出てくるような寒気を松崎は覚えていた。

体中の皮膚の上を虫が這《は》っているような、悪寒に襲われた松崎は、ただ、いたずらに銭を賭けているにすぎなかった。

胴師の〝目数〟を読もうとする闘志と精神の集中力は急速に萎えていった。

だが、気力の衰えと反比例するように、玉の張り方は増えていった。

老胴師の〝一本目〟の勝負が終わろうとしている。一本は普通、二時間とされている。胴前の銭が、側師たちに食われてパンクするか、胴師がこれ以上続けてやるのに危険を感じた場合は、時間の途中で〝洗う〟こともできるが、この老胴師は余裕しゃくしゃくで与えられた時間を乗り切ろうとしていた。

〈……たいしたもんだ……〉

五十も半ばを越したと思われるその老胴師は、背筋をピッと伸ばし疲労の色などみじんも感じさせぬ表情で、札を引いている。博徒社会で何十年も鍛え、風雪に耐えてきた男の結晶のような見事な胴師ぶりであった。

松崎は感嘆の声を呟き、敗北を悟った。だが、不思議とくやしさはなかった。むしろ、すがすがしささえ覚えていた。

最後に残った二十万を、松崎はスイチ（一点張り）に張った。しばらく出ていない〝三〟と〝五〟を見切り、残る四枚の札をチャキチャキとツイたあと、その中から一枚を抜いて盆布の上に置いた。

スイチは、素人でもメッタにやらない張り方である。よほどの確信があるか、きわめて少ない玉を張って推理を楽しむ場合だけである。ウカれば、張り玉の4・6倍がツクが、偶然を頼りにしても六分の一の確率に4・6倍では歩がない張り方であることは、小学生にでも理解できる。

〈おそらくスべるはず……ウカッたらソックリもう一度スイチで……〉軽い眩暈《めまい》のする頭の中で、ぼんやりと松崎は考えていた。

自殺行為のような張り方をした松崎の横顔をチラッと見た山健が「だいぶ焼けてるな……ほどほどがいいよ……」小声で囁き、盆布の上に視線を戻した。

胴師が半纏の陰に入れていた引き札を、紙下で包みこむように隠し、胴前の盆布に置くと、

「よろしか……」

「さァ、いきまほか」

合力が迷っている側師たちをせかした。

「しょーぶ」

〝六〟であった。

松崎は手の中にある、五枚の札にチラッと視線を走らせた。〝六〟の札はなかった。気になるのか、山健と原田は、自分の札を起こす手を止めて、松崎が張り札を起こすのに眼を注いでいる。

ゆっくりとした手つきで、松崎が〝六〟の札を表にすると「ホー」という溜息が周りで起きた。

合力がツケてくれた九十二万の銭を膝下《しっか》に置き、松崎は次の勝負を待った。側のざわめきとは全く無縁といった感じで、胴師は何事もなかったように、札を繰り紙下に包んで置いた。

松原は前と同じように〝三〟と〝五〟を見切って、残り四枚の札の中から今度は考えて、もう一度〝六〟の札を抜いて置き、九十二万の銭をソックリ張りつけた。

チラッと〝四〟の目も頭に浮かんだが、ひょっとするとネ（前と同じ）を引くのでは……という漠然とした予感がひらめいたからだ。

ウカれば四百二十三万になる強烈な張りである。

原田と山健は固唾《かたず》を呑んで、見守っている。松崎も、さすがに胸の高鳴りを覚えた。

「しょーぶ」

胴師の指が、胴前に並んだ六枚のモク札へ伸びた。本職の胴師が〝唱《うた》い違い〟をすることなど皆無に等しい。紙下の中に隠された引き札を披露するまでもなく、モク札を拾った瞬間、勝負は決まるのだ。

〝四〟であった。

〝四〟のモク札を拾った胴師は、右端にピチッと置き、紙下を開いた。まぎれもなく〝四〟である。

松崎は黙って、盆布の上の張り札を手元に引いた。

一瞬、胴師が松崎の方へ視線を注ぎ、軽く会釈したような気がした。静かな眼の色であり、柔和に微笑《ほほえ》んでいるようであった。

「なんで……」そんな乱暴な張り方を……と言いかけた原田を、いいんだという風に手で制し、松崎は盆縁を離れた。

〈……素人に毛の生えた者同士の手本引で、勝っているからと自信を持っていた俺も甘ちゃんだ……〉

若い衆に、足代を貰って賭場から出た松崎は底冷えのする外気にブルッと身を震わせ、自嘲気味に呟いていた。

4

柴川の賭場で完膚なきまでに打ちのめされた松崎は寝苦しい夜を過ごした。

ゾクゾクするような寒気が絶え間なく襲い、うとうとするとビッショリ寝汗をかいた。薬箱から体温計を取り出し、計ると39度2分あった。

松崎は、一人寝の心細さを初めて味わった。

ふらつく足で冷蔵庫の氷を、洗面器の中にぶちまけ、枕元《まくらもと》に置いた。いくら冷やしても、すぐに蒸しタオルのようになってしまうから、三枚のタオルを冷やしては、かわりばんこにオデコの上に置いた。

〈こんな時にカゼをひくなんて、俺もヤキが回ったな……〉

混濁する意識の中で、松崎は朦朧《もうろう》と考えていた。

東の空が白みかけ、朝の早い雀《すずめ》の鳴き声が聞こえてきた。

〈……眠らないと仕事にならない〉

松崎は眠ろうと努力した。だが、ムダであった。似たような夢を、とりとめもなく繰り返して見させられ、いく度も同じシーンで目を醒《さ》ました。

それは、気の遠くなるような断崖《だんがい》絶壁の上に松崎が立たされ、吸い込まれるように谷底へ墜落していくのである。そこで、息苦しくなり夢から醒める。

何か、これからのことを暗示しているような夢であった。

とろとろと、まどろんで朝を迎えた松崎は、ボンヤリした気にムチ打って起き上がった。

熱は38度に下がっていたが、体中節々が、ぶたれたように痛く、顔もむくんでいる。

〈……休んでしまうか……新橋の場外で馬券を買ってテレビで見た方がいいかも……〉と迷った。

松崎は競馬記者になってから、調教はサボったことはあるが、レースの日に休んだことは一度もなかった。

迷う意志とは勝手に、体が鈍いながらも動き、ノロノロと服を着ていた。そして、ベッドの下に隠してある銭を引っぱり出した。

半分の二百万を懐にねじ込んだが、

〈もし、途中で大勝負して、後半のいいレースで、僅かな金しか買えず、取り返せなかったら……〉

と漠然とした不安を抱き、残りの二百万も、別のポケットに入れた。もうベッドの下には一銭も残っていない。

〈崖《がけ》っぷちのカド番だ……〉

わけもなく勝負を急いでいる自分に松崎は気がついていた。

しかし、すでに抑制する気は薄れていた。

〈なるようになれ……〉

という運命の波に身を任せたような開き直った心境になりかけていた。

確たる目的もなく、賭けることに憑《つ》かれた男の習性が、頭をもたげだした。

競馬場の門をくぐり、記者席に向かって、緩慢に歩く途中、松崎は顔見知りの男たちから、何回も同じ意味のことをいわれた。

「冴《さ》えない顔してるよ……体の具合が悪いんじゃないの……」

表現はまちまちだが、そういっては心配そうに顔を覗きこんでいった。

徹マンの顔とは違う、精気のない松崎の顔色を訝《いぶか》しがり、傍《そば》を離れていった。

記者席の椅子《いす》に座って松崎は、激しく動悸《どうき》し、胸苦しさを覚えた。

「つらそうだな……無理しないで医務室にでも行って寝てれば……」

と、隣に腰掛けた吉田キャップがいたわるように言ったが、松崎は弱々しく笑って、

「大丈夫だよ。レースが始まれば、じきに治るサ……」

と首を振った。

5レースから馬券を張り出したが、たて続けに一着、三着で三鞍《くら》落とした。

ファンファーレが鳴るたびに、松崎の懐から確実に銭が消えていく。

それは、氷で作られた急な坂を転げ落ちるにも似ていた。

ヒシスピードの出る『東京四歳S』で松崎は、一か八かの大勝負を挑むつもりであった。
①枠のヨシノリュウジンを先頭に、九頭の馬が地下道から姿を見せた。
マーチのリズムに合わせるようにして、枯れ芝を踏んでいく。

〈……いい出来だ……〉

双眼鏡を少しずつ移動させながら一頭、一頭、馬を見ていった松崎は、列の最後尾をゆっくりと進むヒシスピードを見るなり、思わず呟いた。

さすがに、四歳のエリートばかりで、冬毛の目立つ馬は一頭もいないが、中でもヒシスピードの毛づやは群を抜いていい。ビロードのような光沢を放つ漆黒の馬体は、ライバルたちを圧倒している。

闘志を内に包みこみ、静かに歩を進めるヒシスピード。

馬の好不調を見極める眼力は松崎にはない。素人が、いくらつぶさに観察したところで、それは気やすめにしかならないと思っている松崎だが、札幌のデビュー戦の時から、一度もレースを見逃したことのないヒシスピードだけはある程度自信はあった。

ラッキールーラが、いくらかボテッとした印象だったのと、ミスターケイに、心なしか元気がないような気がした。

ヒシスピードから、どこへいくか、松崎は迷った。

プレストウコウ、ラッキールーラ、パワーシンボリへ三点買えば、確実にとれそうな気がしたが、僅かな儲けでは満足できない状況に、松崎は追いやられていた。

すでに持ち金は二百万を割っていた。つい、三日ほど前、千三百万を超える金を持っていたのがウソのような落っこち方である。

堰《せき》を切って流れ出した水のような勢いで、金が消えていった。

もし、その事情を知らぬ者が、松崎の懐を覗いて二百万あることを知ったら、えらく儲けたと思うはずである。

松崎にしても、けさ、競馬場の門をくぐった時に十万円しか持っていず、それが、ふえて二百万円になっているのだとしたら、もっと豊かな気分で、三点でも五点でも手広く損をしない張り方ができるに違いない。

だが、同じ金額の金を持っていても、その時その時の状況と、そこに至るまでの過程によって、気持ちの受け止め方がまるで違うのも、やむをえないことである。

迷いに迷った末、松崎はプレストウコウを連ヒモに決めた。器用な脚のないラッキールーラや、パワーシンボリより、安定していると考え、その堅実味に賭けたのである。

ヒシスピードとプレストウコウの⑤－⑧は5・2倍。ラッキールーラの②－⑧4・

2倍より、おいしい気がしたのもプレストウコウを選んだ理由の一つであった。

薄っぺらな、根拠ともいえない弱い理由である。

あり金の百九十万を松崎は⑤－⑧にはたいた。

だが、それは、うたかたの夢にも似て、はかなく崩れた。

直線、坂を上ったところで、抜け出したヒシスピードに、懸命に食い下がるプレストウコウの外から、パワーシンボリが力強いアクションで伸びてきた時、松崎はすべてが終わったような寒々としたものが体中に広がっていくのを覚えた。

築地の社に上がり『東京四歳S』の後記を、松崎は久しぶりに悪戦苦闘しながら書いた。筆が重く、五行書いては破り、十行書いては捨てた。

まとまりのない原稿をデスクに渡すと、松崎は社を出てアパートへ帰った。

部屋から灯《あか》りがもれている。約束通り、芙蓉は来ていた。

しばらく芙蓉とは会っていない。だが、さして嬉しいと思わなかった。芙蓉のことを考え、悶々《もんもん》と眠れぬ夜を過ごしたことなど、遠い昔のような気がしていた。

「お帰りなさい、御飯、食べるでしょう？」

ドアを開けると、芙蓉が玄関に飛んできた。

「そうだな……」

あいまいに笑って、松崎は部屋に入った。

服を脱ぐのを、かいがしく手伝いながら「会いたかったの……」と松崎の背中に抱きついてくる芙蓉。甘い香りが、松崎の鼻孔《びこう》をくすぐる。

しかし、沈み切った松崎の気は、芙蓉が楽しげに、はしゃげばはしゃぐほど、裏腹に重くなっていった。

芙蓉がこしらえた夕飯を、松崎は黙々と食べた。

いろんな材料を使い、いい味つけの料理である。おそらく、夕方の早い時間から、準備にとりかかったはずであった。

そんな芙蓉の心づくしを気持ちの上では認め、可愛い女だと思うのだが、突いて出る言葉はともすればぶっきら棒なものになっていた。

悪夢のような、ひどい落ち方に気持ちが苛立《いらだ》っている。

「どうしたの……何かあったの……」

さすがにいつもと違う松崎の態度に気がついた芙蓉が、心配そうに尋ねても、松崎は、

「別に……なんでもないよ」

と、そっ気なく返事をするしかない。

まさか、三日間で、千三百万円賭け事でやられたといっても始まらないことだった。

風呂に入ったあと、松崎は芙蓉を荒々しく求めた。

やりきれない気分を、芙蓉を手荒く扱い、乱暴に攻めることでまぎらわそうとしていた。

幾度かの交渉で、もう芙蓉は疼痛《とうつう》を訴えなくなっている。芙蓉の体の深部で、何かが芽生えようとしていた。

徐々に、女へと変貌《へんぼう》を遂げはじめている芙蓉の体は、瞬間的にではあるが微妙に反応し、しだいにそれが断続的なものから、一本のゆるいカーブを描く線になろうとしている。

哀願し、許しを乞《こ》うような仕草をみせる芙蓉とは別な、もう一人の芙蓉が更に大きな快感のうねりを求めはじめだしている。

泊まることのできない芙蓉を、時間ギリギリまで松崎は貪《むさぼ》るように襲い、もてあそんだ。

「父が、たまにはいらしてくださいといってたわ……そういえば、最近、父とは会っていないみたいね」

帰りぎわに、芙蓉が訊《き》いてきた。

「そのうち、行くさ……どうも、俺たちのことを、見破られてるような気がして、まともに顔をみられないんだ」

半分、本音を混じえて答えると、芙蓉は、

「大丈夫よ……かえって足が遠のいていると怪しまれるわよ……」

と明るい声でいい、軽くウインクした。

階段のところまで見送った松崎は、まだぬくもりの残るベッドに横になると、金を作る算段に耽《ふけ》りはじめた。

玉がなければ、勝負も何も始まらない。

ノミ屋の梅原、高利貸しの黒田の顔を思い浮かべ、百五十万ぐらいならすぐにも都合ができそうな気がしていた。

月一割の足の早い銭を借りても、一発決まれば、一気に浮上できる。慎重に張りさえすれば、なんとかなるだろう……という甘い思惑を描いているといくらか気が楽になってきた。

そして、松崎は、鮫島老人の驚くべき的中率に思い当たった。

〈……そうだ、なんで今まで気がつかなかったんだろう……鮫島老人の買う馬券と同じ目で勝負すれば、答えは簡単だ……〉

忘れていたわけではないが、二百円券一枚しか買わない鮫島老人の馬券と何十万も買う松崎の馬券は、何か別のレースであるかのような錯覚を抱いていたのである。

翌日、松崎は大井競馬場に足を運んだ。

春の訪れをつげる南の風が吹き、空には、はるか中国から渡ってきた黄砂が煙っていた。

記者席に向かわず、一階立見席にある石畳を踏んで、松崎はゴールに向かった。

鮫島老人は、金網にもたれるようにして馬場の方を見ていた。

いつもより人が多い。松崎は、その人の林を縫うようにして歩き、老人に声をかけた。

「鮫島さん……」声を掛けてから、松崎はハッとした。

今まで老人をそう呼んだことはなかった。松崎が、徳大寺という名前を口にしても、老人は別に怪訝《けげん》な顔はしなかったし、鮫島というのが本当の名前だとも言わなかった。

ひょいとした偶然で、馬主の宇賀神から老人の正体を聞き、前川から、その人となりを松崎が教えてもらったことを、老人は知らない。ゆっくりと振り返った老人の目は、相手が何者であるかを見据えるように鋭い光りを帯びていた。そして、自分を呼んだ男が松崎であることを確認すると、いつもの柔和な目の色に戻った。

「きょうあたり、会えるんじゃないかと、娘と出がけに話しとったんですが、その勘が当たりましたな……。松崎君と一緒にいると、きたいによく当たるんで、そろそろ来てくれないもんかと考えとったところですよ……」

屈託のなさそうに笑った。鮫島と呼ばれたことを、別に不思議がっている様子もなかった。

「どうして、名前を知ったのか」

と老人に聞かれたら、松崎は返答に窮するところであった。会ってない筈《はず》の芙蓉に聞いたとも言えない。ましてや、宇賀神や前川から聞いたと言えば、老人の触れられたくない部分に、松崎がズカズカと踏み込んできたような、印象を与えることになる。

「調子はよくないんですか……」

「どうも、目が鈍ってきたようですな……この前のようなわけには、なかなかいきませんね……」

首を振って、難しそうな顔を作ったあと、老人は小さく笑った。

5レースに出走する馬たちは、すでに返し馬を終わり、2コーナーのポケットに設けられた待機小屋で、集合合図の黄旗を待っている。

「何をお買いになるんですか……」

「④と⑤が、いいと思うんじゃが、①も捨てがたいんで困ってるわけ……」

さり気なく松崎は、専門紙に目を落とした。かなり印は散らばっていたが、⑧枠の二頭が人気を集めており、①枠と⑤枠は、申しわけ程度に△印がついているだけだった。オッズを見ると①－⑤が41倍で、無印の④枠がらみは①－④、④－⑤とも65倍ほどつく。

二百円券売り場へ足を運ぶ老人に、松崎は「ちょっと記者席へ寄って、またきます……」と会釈し、エレベーターに乗った。五階のゴンドラ席に着いた松崎は、懐から銭を引っ張り出した。

朝早く、梅原に電話して五十万借り、高利貸しの黒田からも借用証を入れて五十万出して貰った銭である。

（あまり当たってない……）

という老人の声に、引っ掛かるものがあったが、落ちっぱなしの自分よりは、なんぼかマシだと言い聞かせた。
①－⑤に十万、①－④、④－⑤に五万ずつ買ったあと、万全を期して、人気馬二頭の組んだ⑧枠へ①－⑧、④－⑧、⑤－⑧と三万ずつ押えた。
だが松崎は3コーナーに馬群がさしかかる前に、舌打ちする破目になった。好スタートを切った橙《だいだい》色の帽子をかぶった馬が、後続馬を大きく引き離し独走態勢。しかも、抑えっ切りで、足色も確かである。

どう転んでも⑦枠がらみの馬券しかありえない流れであった。

直線⑧枠の両馬が猛然と外を通って追い上げてきたが、⑦枠の馬は危なげない足色でゴールポストを横切った。
⑦－⑧は二番人気で六百五十円の配当である。成績を見れば⑦－⑧か⑧－⑧しかないような馬券だ。

だが、松崎の脳裏には老人の、神がかり的に的中した日の印象が根強くこびりついていた。

〈一鞍、二鞍ハズれたって……今に一発当たる……〉そう、確信していた。

松崎は、レース毎に一階と五階を往復した。だが、その足どりは、レースが終わるたびに鉛の足かせをぶら下げられたように重くなっていった。

老人は、まさか松崎が自分の言った馬券の馬を軸に、五万、十万と勝負しているとは知らない。

「また、駄目でしたねえ……。アタシの目も曇ってきましたなァ……」と照れ笑いをするだけだが、松崎はそうはいかない。

最終レースを待たずに、百万の金は窓口の中に吸い込まれてしまった。そして皮肉なことに文ナシになって買わずに見ていた最終レースが、老人の言ったとおりの馬券で決まった。③－⑥の一点である。

六千四百円――。

配当を告げるアナウンスを松崎は虚《うつ》ろな気で聞いていた。

極道一代

1

ゆったりとくつろいだ気分で酒を呑《の》む心境ではなかった。立会川の駅に近い赤提《ちょう》灯《ちん》で、一杯やりませんか……という鮫島老人の誘いを断って、松崎は京浜急行に乗った。高架駅になった『新馬場』は、とてつもなくホームが長く改札口を出るまで合計四つの階段を降りなければならない。

レース毎に、老人と記者席の間を往復していた松崎は、いつになく疲れていた。だが、それ以上に気力が萎《な》えていた。熱は下がったが、風邪ひきの後遺症も残っている。

他人の買い目を盗み見て、それで勝負するという、よこしまな考えを抱いた自分に腹を立て、そして長すぎる階段にも無性に苛《いら》立《だ》ちを覚えていた。

夕餉《ゆうげ》の支度に忙しい主婦で賑《にぎ》わう商店街通りを松崎は、所在なげに歩き『潤』に向かった。他人と喋《しゃべ》るのも億劫《おっくう》なくらい、気持ちは沈み切っていたが、そのくせ妙に人恋しかった。誰《だれ》でもよかった。誰かいないとやりきれないような気分になっていた。

松崎が『潤』の中を覗《のぞ》くと、スツールに止まっていた若葉ちゃんが、パッと目を輝かせ、松崎の腕を摑《つか》むようにして中へ引っ張りこんだ。

「いくら連絡しても捕まらなかったので、みんなで心配してたの。でもよくわかったわね、嬉《うれ》しいわ。アタシの誕生日なの……」

舌っ足らずの早口で言った。奥のボックスの原田は、ホストぶりを発揮するつもりなのか、夏物の白麻のスーツなんか着込んで粋がってる。ボケマスとバーテンの郷原は、煮物したり、フライパンを引っくり返したりで準備に忙しそうだ。

「六時から、やるんだってよ……アイツも、もう二十二歳ってわけだ。稼げるのも、あと二、三年ってとこだな……」蝶《ちょう》ネクタイを気にしながら、原田が若葉ちゃんの方を見ながら顎《あご》をしゃくった。

店の飾りつけは、きれいに済んでいる。二十二本の小さなローソクを立てたケーキもちゃんと用意され、あとは招いた客が来るばかりになっていた。

「もう、そろそろ結婚してあげたらどうだい……いつまでもソープ勤めじゃ若葉ちゃんもかわいそうじゃんか……」真面目な口ぶりで松崎が言うと、

「それを言ってくれるなよ、正直なところ、俺《おれ》だって、考えているんだけどヨオ……

こんな調子だろ、奴《やつ》がソープやめたら、博奕《ばくち》もできねえし、それこそ酒だって呑めなくなっちゃう……今に一発ドデカイのを当てて、まとまった銭ができたら、足を洗わせようと思っているんだが、なかなかオイシイのがねえしなあ……」

しようがねえんだよ……という風に、頭を掻《か》いたが、その割に深刻そうな顔つきではない。

原田が博奕ごとで失う銭は、年間、馬鹿にならない。月平均、百五十万ぐらい確実に稼いでくる若葉ちゃんから、ムシりとる銭は、百万を軽くオーバーする。しかも、それでも足りなくなって、指輪だ毛皮のコートだとグニ込む（質入れ）始末だ。

「なんてったって競馬ほど高くつく遊びはないね……松ちゃんみたいに、バシバシいいところを決められるんなら、それほどでもないが、俺みたいに嫁いった晩で、やられっぱなしだとこたえるよ……」

「いい時は一瞬だよ……昨日の王様が一夜明けたら一文無しだもんな……見てくれよ、これしかねえよ……」

松崎が、一万円札一枚とチャラ銭を手の平に乗せて原田の前に突き出すと、

「冗談だろ……飛んでる鳥が焼き鳥になって落ちてくるってくらいの松ちゃんが、一万円しか持ってないなんて信じろって方が無理だ……」

と、おどけた仕草をする原田。

屈託のない性格で、やられてもへこたれないのが原田のいいところだ。若葉ちゃんに内証の借金だけでもかなりあるが、そのうちなんとかなるぐらいに軽く受け止めている。

松崎も、そんな原田と話してると気が楽になった。自分よりももっと落ち目の人間がいるということが、さきほどまでの焦燥感にも似た苛立ちを静めさせていた。

山健やべしゃりの欣治など、半可博奕を打つ連中に、若葉ちゃんの同僚であるソープ嬢も三人ほど祝いに駆けつけ、賑やかなパーティーになった。

松崎も、したたかに呑み、周りの人間が驚くほど歌をうたい、はしゃぎ回った。そして、アパートの前まで送ってくれるという原田と若葉ちゃんの腕を振り払ってタクシーをとめ、新宿に向かった。

区役所通りで車を降りた松崎は、フラつく足で歩いた。

どこへ行こうという、ハッキリとした目的もなく、ただネオンの海を泳いでいる感じであった。

風林会館の周辺は、宵の口の銀座のように人が溢《あふ》れている。

松崎は、そこまできて、自分がどこへ行こうとしていたか、ようやく思い出した。

コマ劇場へ向かう途中の左手にある細い路地を入った所にある『凸凹』（でこぼこ）へ自然と足が向いていた。競馬好きの親爺《おやじ》と、気風のいい女将《おかみ》さんの二人でやってる和風スナックである。

客におもねることもなく、歯に衣を着せず、ざっくばらんにモノをいう夫婦で、およそ商売っ気がない。そんな雰囲気が好きで、十年以上通い続けている馴染《なじ》み客が多い。

松崎も五、六年前、知人に連れて行ってもらってから、月に一度か二度フラリと寄ることが多かった。

「なんだ……ずいぶんいい色してるじゃねえか……どこで呑んできた」

肩で押すように木の扉を開けて店に入ると、親爺がカウンターの中から声をかけてきた。

「久しぶり……どうも……おとうちゃんも元気でなにより……」

ロレツが回らない。スツールに腰かけると松崎は急に酔いが回ってきたような気がした。

「松ちゃん、呑むのかい？　その塩梅《あんばい》じゃ、御飯にした方がよさそうだね」

珍しく松崎が酔っ払ってるのに気がついた女将が、作りかけた水割りの手を休めて、首をかしげた。

「平気だって……大丈夫……水割りをおくれ……」

ペコンと頭を下げ、おねだりするように松崎は、女将に向かって両手を差し出した。

松崎の酒は陽気になるだけで、クセは悪くないことを女将は知っている。呑みすぎて体をこわすのを本気で案じているのだ。

「最近、あまり当たってねえな。暮れあたりは、けっこうそっちの予想で儲《もう》けてたんだが、ここんとこ頼りにならねえから、テメエの考えで買って、どうにか飢え死にだけはまぬがれてるよ。いいの一発ないのかよ」

「駄目なもんだよ、競馬は……乗ってるジョッキーにだってわからねえものを当てようってのが土台間違いなのサ。たまに当たるのは、当てたんじゃなくって、まぐれに当たっちゃうってのが正直なところ正解みたいだね」

馬券にプロもアマもない。賽《サイ》コロ博奕と同じで、偶然が、天国と地獄を分けるんだと、松崎は考え始めていた。

なまじ中途半端に馬を知り、情報めいた話も聞ける立場にいるから、賽コロ博奕よりも始末が悪い。信じ込んでしまうからである。いくら博奕好きの松崎でも、一回ぽっきりの賽の目勝負で、百万円を張る無鉄砲さはない。

だが、競馬の場合は、偶然とツキで当たってる時は、推理の正しさで的中させたような考えに酔いしれてしまうのである。

錯覚である。

まばたきする間もない〇・一秒の差がすべてを決する競馬。千メートル以上の距離を馬が走り、鼻毛の差で王様になるか一文無しになるかの勝負に、推理も読みもありゃあしない。

「その口ぶりじゃあ、だいぶ走ってるみたいだな」

「松ちゃん、競馬記者に馬券買うなって言っても無理だと思うけど、ほどほどが肝心よ。早く嫁さんでも貰《もら》って、落ち着きなさいな。それが一番よ」

親爺と女将が、代わりばんこに口を開いた。

「うちの人も、馬券さえやめればもっと楽できるのに……でも、松ちゃんみたいに人生そのものを賭《か》けちゃうような、思い切った買い方はしないわよ」

親爺にチラッと流し目をくれながら諭すような口ぶりでいった。

今の松崎にとって耳の痛い忠告である。おそらくうなるほど銭のあった一週間前なら、そうだな……と軽く聞き流したであろう女将の言葉が、ズシリと酔った心に響いた。

〈……人生そのものを張っつけちゃっている俺も、いい獣だ……〉

自嘲《じちょう》気味に松崎はつぶやき、水割りを一気に呷《あお》った。

午前一時を過ぎると、店の中が急に賑やかになってきた。

どこで呑んできたのか、馴染みの客がホステス同伴で二組ほど入ってきて、親爺に冷やかされている。近くのバーで働いているホステスが一人、二人と入ってきては食事をし、女将に相談ごとをして帰っていく。

呑み助や、ホステスが家路に帰るまでに、ちょいと寄っていきたくなる『凸凹』は終着駅のようでもあった。

松崎はカウンターの隅で、そんな客たちと女将のやりとりを、黙って聞きながら、グラスを傾けていた。

常連の客が三、四人、ドヤドヤと飛び込んできた時、松崎はスツールから腰を上げた。

「今度きた時、一緒に貰うからいいよ……酔ってるようだから気をつけて帰りなよ……真っすぐ帰るんだぞ」

という親爺の声を背中で聞いて、松崎は戸外《そと》へ出た。

路地を抜け、歌舞伎《かぶき》通りで、空車を探したが、酔っ払った男の客をきらうタクシーは、声をかけてもとまってくれなかった。

「お兄さん……ちょっと飲んでいかない？　ねえ……お兄さん……」

タヌキみたいに目の周りを黒く塗りたくった客引きの女が、松崎を誘ったが、頭の中がグルグル回ってる感じでそれどころではなかった。どこを歩いているのかも、定かでないほど朧《おぼろ》気であった。いきなり何かにぶつかり、松崎は、モロに尻餅《しりもち》をついた。

「馬鹿野郎！　どこ見て歩いてんだ、この野郎！」

怒鳴りつけられて、松崎はどういう事態になったのか、混濁する頭の中で知った。サラリーマン風の男が三人、倒れた松崎をせせら笑うようにのぞきこんでいた。

「銭ナシがたまに安酒飲むから、酔っ払うんだ。わかったら早く帰って小便でもして寝な」

松崎と同年配の一番若い男が、そういってペッとツバを吐いた。それが、松崎の頰《ほお》にベットリと降りかかった。手の平で、他人のツバをぬぐってるうちに、松崎はムラムラと怒りがわいてくるのを覚えた。

笑いながら立ち去ろうとする、男たちに、立ち上がりながら、

「オイ！　ちょっと待てよ」

と声をかけ、振り向いた真ん中の男の顔面に頭からぶつかっていった。前歯が、二、三本折れたらしく、その男は、口を押えてしゃがみ込んだ。

先手必勝は、何もダート競馬に限らず、喧嘩《けんか》の鉄則である。

まさか、いきなり不意打ちを食らわされるとは思っていなかったらしく、左右の男はひるんだように立ちすくんでいる。右の男に強烈なアッパーを見舞い、振り返りざま、左の男の股間《こかん》を蹴《け》り上げた。

いつもは、そこで歯切れのいいタンカを切って、相手の気を呑めば喧嘩は勝ちであった。

だが、いつもと違っていたのは、松崎が酔っ払いすぎていたことだった。

松崎は長いこと、それを守っていた。しかし、怒りを抑えることができぬほど、カッと頭が熱くなっていた。

（……酔ってゴロ巻くな……）

反撃してきた男たちと、松崎はもみ合った。呑んだ勢いと、相手は一人だという安心感から、デカイ口を叩《たた》いた男たちは、普通のサラリーマンらしく、あまり喧嘩なれはしていない。

しかし、三対一の戦いでは勝敗の帰趨《きすう》は明らかである。

いろんな角度から、手と足が飛んできては松崎の顔といわず体のいたるところに当たった。

松崎は、負けずに殴り、蹴り返した。自分では、かなり軽快で鋭い動きをしているつもりなのだが、まるで相手の体に届かない。そのうち、自分が倒されているのに気がついた。本能的に、頭と顔を腕でかばっていたが、情け容赦なく靴が体に食い込んでくる。

通行人もまばらな裏通りである。そんな光景をみても、急ぎ足で通り過ぎていく人間ばかりであった。

「ざまあみやがれ」

捨て科白《ぜりふ》を残して逃げていく男たちの足音を、松崎はかすかに残る意識の中で聞いた。

仰向けに転がったまま、松崎は路地端で、しばらくの間、じっとしていた。起き上がるのが面倒なくらい、体に鈍痛が走り、自由がきかなくなっていた。

〈……ちくしょうめ……なんてザマだ……〉

喧嘩した男たちにではなく、松崎は、ブザマでみじめな自分に腹を立てののしっていた。

〈……下がってやがる……〉

松崎は、冷たいアスファルトの上に倒れたまま、自虐的に呟《つぶや》き、路地裏を通り過ぎる人間に、虚《うつ》ろな視線を投げていた。

ホワン……ホワンというパトカーのサイレンが、だんだん近づいてくる。

どこかのおせっかい野郎が、電話したらしく、路地裏の入り口でパトカーが停まり、中からお巡りが飛び出してきた。

本能的に松崎は逃げようと思った。だが、腰から足の先にかけて激痛が走り、自由にならない。

不貞腐《ふてくさ》れたように、大の字になって寝転び直した松崎の上に、懐中電灯の眩《まぶ》しい光が注がれた。

「どうしたんだ……オイ……」

「オ……ケガしてるぞ……大丈夫か……ケンカしたのか……」

「どこからきたんだ……」

体中を舐《な》め回すように、懐中電灯で照らし、ケガの具合を調べるお巡りに、松崎はひと言も口をきかず、黙って睨《にら》んでいた。

「とりあえず病院へ連れていって、治療しますか……傷はたいしたことないようですから、そのあとで事情聴取しますか……」

巡査部長らしい男に尋ねた若いお巡りが、松崎を抱き起こし、パトカーまで運んだ。

淀橋署の裏手にある緊急病院で手当てを受けたあと、松崎は淀橋署に連れて行かれた。

被害者として警察は受け止めているらしく、扱いは鄭重《ていちょう》であった。

「酔っ払って、気がついたら倒れていたんです。相手が誰だかわかりません」

一応、住所と名前を言ったあと、松崎は詳しい説明を省き、取り調べの警察官に、事件にしないよう頼み、調書に拇印《ぼいん》を押した。

淀橋署から出た時は、もう五時半を回っていた。

さすがに人通りも絶え、行き交う車も少ない。

酔いは醒《さ》めかけていたが、錐《きり》で突かれるようにズキンズキンと頭が痛く、体中の関節が歩くたびに、ギシギシと鳴った。

〈ケンカで負けたなんて、何年ぶりだろう……〉

新聞社に勤めるようになってから、およそケンカらしいケンカはしていない。まして や、どこの誰ともわからない人間と酔っ払って殴り合ったことなぞ、どう記憶の糸をたぐっても思い出せなかった。

頭にグルグルと包帯を巻いた松崎に、タクシーの運チャンが興味を呼び起こしたらしく、いろいろ訊《き》いてきたが、腹の底で嗤《わら》われているような気がして、松崎は生返事していた。


死んだように眠りを貪《むさぼ》った松崎が、眼を醒ましたのは夕方であった。

胃痙攣《けいれん》で動けないから……と情けない声を作って会社に電話を入れ、三日ほど休みを貰った。

痛みは和らいできたが、だるくてとても起き上がる気力がない。

古い週刊誌や漫画を、本棚の隅から引っ張り出し、退屈しのぎに読み漁《あさ》ったが、すぐ飽きて枕元《まくらもと》にほっぽり出した。

芙蓉はともかく、由紀や紀子のところへ電話をすれば、喜んで飛んでくる筈《はず》であったが、松崎は受話器を手にしなかった。

絶好調にツキまくり、芙蓉に心を傾けていた頃、正直なところ由紀や紀子は眼中になかった。

長いつきあいの淳子でさえ、ともすれば足が遠のいていたほどである。

それが、落ち目になり、ケガをして心細くなったからといって、思い出したように電話するのは、勝手というより、あまりにもずるい考えである。

金は人間の気持ちを変えるというが、松崎も有頂天になっていた頃の自分が、本当の自分ではないような気がしていた。

〈いい気になっていた罰が当たったんだ……〉

松崎は、ことさら、自分を虐《いじ》めることで、反省していた。

気が弱くなっていたのである。

2

痛みと熱で松崎は一晩中、寝つかれなかった。

ウトウトすると、思い出したように激痛が襲ってくる。

ビッショリと寝汗をかき、冬物のパジャマだけでは足りず、浴衣を引っ張り出して着替えをしなければならなかった。

不思議と誰からも電話はかかってこなかった。

仄暗《ほのぐら》い天井を虚ろな視線で見つめながら、松崎はなぜか自分だけが取り残されていくような寂しさを味わっていた。

進む道こそ違え、自分の信念を貫いて、まっしぐらに突き進んでいる感じの前川に比べ、惰性で生きている己の意志の弱さを恥じていた。

この道より進むべき、わが道はなし……と大層な意気込みで、勝負を賭けたのが、たかが競馬であった。

賽の目の転がりにも似た偶然に、松崎は賭けていたのである。

ひとたび、ツキから見放されれば、一日で崩れ落ちてしまう。不確かなモノにである。

砂上の楼閣ともいえぬ、シャボン玉のようなモノに、賭ける値打ちがあると松崎は錯覚していたのである。

確かに、金儲けで、もっとも手っ取り早いのがギャンブルである。一万円の銭が、僅《わず》か二分足らずのうちに百万円になる可能性がある。

努力も、忍耐もいらない簡単な方法である。

それで、銭がふえ続け、夢に描いた理想の生活を維持するに充分な、まとまった銭ができれば、なんの苦労もいらない。

だが、あっという間に、千三百万円の銭を失い、挫折《ざせつ》して、借金までこしらえてしまった今、松崎は己の浅はかさと、甘さを思い知らされていた。

商いは牛のヨダレ……という言葉の意味が、松崎にも、なんとなく理解できるような気がしていた。

まどろっこしいくらいに、垂らす牛のヨダレも、長い歳月のうちには、かなりの量になる。それと同じように、商売の利益も、僅かずつではあるが、確実に殖え、やがては大きな財産として残るのである。

（……何か、ほかに賭けるものが、あると思うんだ……）

ギャンブルを知らないといった前川の言葉を、松崎は思い出し、噛《か》みしめていた。

芙蓉から、電話があったのは、冬の淡い陽《ひ》がカーテンの隙間《すきま》から、部屋の中へ差し込んできた昼前であった。

「会社に電話したら、病気だって聞いたの……なんで、連絡してくれなかったの……芙蓉、悲しいわ……」

泣きそうな声で、水くさい松崎に抗議した芙蓉に、

「たいしたことないんだ。何か食べる物、買ってきてくれ……腹が減ってペコペコさ……」

と、元気そうな調子で頼んだ。

電話を切ってからの小一時間、松崎は、芙蓉のくるのを心待ちにしている自分の昂《たか》ぶった気持ちを意識していた。

紙袋に入り切れないほどの品物を下げた芙蓉は、靴を脱ぐなり、松崎の枕元に崩れ落ちるようにしてきた。

意外に元気そうな松崎に安心したのか「ひどい……ひどいわ……芙蓉は松崎さんのことばっかり考えているのに、松崎さんは芙蓉のことなんか少しも……」

絶句したあと、小刻みに肩を震わせて、泣き始めた。松崎は、長い芙蓉の髪を静かに撫《な》で、しばらくの間ジッとしていた。

〈……何もなくなったわけじゃない。俺には芙蓉がいるんだ……〉

満ち足りた感情が、ヒタヒタと押し寄せてきた。

松崎はフトンの上で半身を起こし、芙蓉の細い肩を抱いた。

「夕方になったら、ウチへ行きましょう……ネ！　そうしましょう、そうじゃないと、芙蓉、ここから帰らないから……」

強い意志を秘めた目で、松崎の目を覗き込んだ。

松崎は、鮫島老人の顔をチラッと思い浮かべたが、芙蓉の言葉に黙って頷《うなず》いた。素直な気持ちで、芙蓉の意志に従うことができた。

夕方、アパートの前まで芙蓉が呼んできたタクシーに、松崎は乗り、徳大寺邸に向かった。

暗闇坂の徳大寺邸に着くと、すでに電話で連絡してあったらしく、松崎のために蒲《ふ》団《とん》が用意されていた。

二階にある芙蓉の部屋の真下にある十畳ほどの居間で、南に面した庭の見渡せるいい部屋である。

松崎は、鮫島老人と会ったら、何といったものか、部屋に入った途端からそのことばかり考えていた。

妙に落ち着かない松崎の素振りで、めざとく気がついたらしく、

「大丈夫よ……かえって父は喜ぶわよ……話し相手がいなくて、寂しそうなんだから……心配するとキズにさわるわよ……」

と、軽く睨んだあと、胸をポンと叩き、夕食の跡片づけに出ていった。

松崎は、縁側に腰を降ろし、夜の帳帷《とばり》に包まれた庭をぼんやりと眺め、すごく満ち足りた気分を味わっていた。

熱にうなされ、とりとめもないことを考え、焦燥感にさいなまされたゆうべのことがウソのように、くつろいだ気分に浸れた。

「具合はどうですかな……」

いつのまに入ってきたのか、松崎の斜め後に、鮫島老人が静かに立っていた。立て膝《ひざ》を崩し、松崎が座り直して挨拶《あいさつ》しようとすると、老人は松崎の肩にソッと手を置き〝そのままでいい〟という風に頷いた。

「どうも申しわけありません……。みっともないことになりまして……。芙蓉さんの好意に甘えて、図々しくお世話になってます……」

松崎と同じ格好で縁側に座った老人に、深々とお辞儀をしながらいった。

老人は、そんな松崎を慈愛に満ちたまなざしで見やり、

「若いうちは、ケンカするくらいの気力がなければ、つまらんですよ。ウジウジしていたところで、人間がもっと惨めになるだけですよ。モヤモヤしたものを、パーッと発散させるのも、いい薬になる。もっとも、そのケガじゃあだいぶ痛くて、苦い薬だったかも知れんが……」

小さく笑った老人に連られて松崎も笑った。

「先日、大井でお会いした時、かなり気持ちが乱れているようにお見受けしていたんじゃが、きょうは別人のように清々しい顔をしとる。何かふっきれたように……」

松崎はすべてを老人に見透かされているような気がした。

老人は、松崎がレースごとに馬券を買いに走っていたことを、ちゃんと知っていたのだ。

「もう、あなたは私のことを御存知だろうと思うが、私も博徒社会でまがりなりにも人の上に立つようになるまで何度も同じ失敗を繰り返したもんですよ。蟻《あり》地獄に落ち込んだみたいに、少し這《は》い上がっては、また奈落《ならく》の底に落とされ、落ちては這い上がりの連続でした。もう一生、この蟻地獄の中から脱け出せないのかと自暴自棄になったこともあったし、いっそ、どこかへ逃げてしまおうかと、思い悩んだこともある。だが、負け犬にはなりたくない、世間の笑いモノにだけは……と歯を食いしばってガマン、どうにか、まっとうな自分に戻るまで十年もかかりましたなァ……」

「………」

「自慢めいた話は嫌いなんじゃが、博奕ごとは、いい時は短く、高さにも限界がある。だが、悪い時は、際限がなく長く、そしてトコトン沈んでしまうもので、僅か一回のポシャリで、すべてを失うことが多い。割の悪い賭けですな」

松崎は、老人の言葉を実感として胸に痛いほど感じていた。

三か月もツキまくったとはいえ、そこで得た金は、僅か三日間できれいに溶けてしまっていた。

いい時に、サッと止められる強靱《きょうじん》な意志を持った人間は、最初から、大きな博奕ごとはやらない筈である。

時折、覗きにくる芙蓉が呆《あき》れ、松崎を独占する老人に、プッと頬をふくらませるほど、二人は永い時間、縁側でしゃべっていた。

3

二月も下旬になると、そこはかとなく春の匂《にお》いがしてくる。

記録的な異常寒波に見舞われた関東地方にも、ようやく遅い春が近づいたようで、徳大寺邸の庭にも木の香りが漂いはじめた。

松崎は、もの心ついてから初めてといってよい、のんびりとした毎日を送っていた。

頭の傷は思ったより深く、包帯が取れるまで、最低一週間はかかると言う医者の指示に従い、休みを延ばしてくれるよう会社に頼んでいた。

老人は、遅い朝食を済ませると、日課である公営競馬へ出かけていく。

離れの部屋に住み込んでる三、四人の屈強な男たちも、老人が出かけるといつのまにか邸《やしき》の中から消えていく。

昼間、徳大寺邸にいるのは、五十がらみの板前さんと、住み込みのお手伝い夫婦、それに松崎と芙蓉だけである。

縁側で陽なたぼっこをしながら本を読み漁り、退屈すると池の鯉《こい》に餌《えさ》をやり、淡い春の木洩《こも》れ日でぬくもる芝生の上で寝転がったりしていた。

「退屈でしょう？　……お仕事がしたくなったんでしょう……」

芝生の上に寝そべり、見え隠れする池の鯉を、ぼんやりと松崎が見ていると、芙蓉が足音を忍ばせながら近づいてきた。

松崎と並んで同じように寝そべった芙蓉の横顔は、春のやわらかい光を反射させる池の波紋を映して、松崎がハッとするほど美しかった。

カールした長い睫《まつげ》がそよぐ風にふるえ、透きとおるような白い項《うなじ》のおくれ毛が、松崎の男心をくすぐった。

「別に仕事をしたいとは思わないけど、なんとなく寂しいような、変な感じなんだ……」

「もうすぐ、テレビで競馬の中継が始まるわ……見るんでしょう？」

枯れ芝の間から、僅かに芽を出しかけたつくしの頭を、細い指で撫でながら、芙蓉が振り向いた。

〈そうか、きょうは土曜日か……〉

指を折って、一日ずつさかのぼって数えねば確認できぬほど、松崎は曜日を忘れていた。

水、木曜の二日間調教、金曜日、確定出馬、土、日曜のレース――。これが競馬記者のスケジュールである。

それは生活にピタリと密着した一つのリズムになっていた。

だから、調教と確定出馬が済まないと、中央競馬のレースは行われないような錯覚をつい覚えてしまう……。

「すっかり忘れていたよ……じゃあ、久しぶりにテレビ観戦といきますか……」

腹這いになっていた体をたたんで、松崎が起き上がろうとすると、素早く中腰になった芙蓉が手を貸してくれた。

関節の痛みは、すでに薄らいでいた。

「ねえ……二人で賭けましょうよ。どの馬が先にくるか……勝った方が負けた人の頬っぺにチュッてキスするの……」

「それじゃあ、賭けたことにならないよ……そうだなァ……負けたら、好きデースと真面目な顔で三回いうことにしよう……」

居間の縁側に続く石畳の上を歩きながら、松崎は、そういって笑った。

渡世人の原田や山健には恥ずかしくて絶対に聞かせられないセリフである。

〈おそらく奴らが聞いたら、腹を抱えて笑うだろうな……〉

そう思い、松崎は自分だけで照れていた。

博奕に明け、博奕に暮れていた毎日。何か賭けていないと気が済まない性分の松崎だが、やらなければやらないでも過ごせることを発見したのは大きな収穫であった。

もちろん、芙蓉が常にいるという気持ちの充実感が、賭けない物足りなさを救ってくれたことも確かである。

馬券を一枚も買わない週末を過ごしたのは、松崎が競馬を始めてから初めての経験だった。

翌日、松崎は一週間ぶりに出社した。

いつもは何も感じない、雑然とした編集局がすごく新鮮に、そして懐かしく思った。すでに包帯を取っていたから、誰も松崎が喧嘩で怪我したとは、想像していないようであった。

「胃痙攣だったんだって？　鬼の霍乱《かくらん》だね……」

編集局の中をブラつく松崎に、同じような意味のセリフが何回となく掛かった。外勤の連中も珍しく、所在なげに週刊誌を読んだり、エロ話をして時間を潰《つぶ》してる感じだ。

「給料日にピタッと病気が治るなんてさすがに松ちゃんらしい根性だ。不屈の闘志とでも、いいましょうか」

府中担当の柄沢が冗談まじりにいって、経理の窓口の方にチラッと目を走らせた。

〈……そうか、今日は給料日か……〉

なんとなくざわついてる編集局のムードを、不思議に思っていた松崎だが、柄沢にそう言われて初めて気がついた。

五十万だ百万だと、大きな勝負に明け暮れていた松崎は、今まであまり給料日を意識しなかった。

一レース分にしかならない雀《すずめ》の涙の給料を、アテにしていなかったからだ。

だが、無一文になった今、二十万足らずの金とはいえ、すごく潤ったような気分に浸れる。

金銭の感覚が麻痺《まひ》しきっていた松崎が、裸になって初めて平常に戻ったともいえる。

経理の女の子が、給料袋をいっぱいに詰め込んだ箱を編集局に運んできて各部ごとに束ねられた茶色い封筒をデスクに手渡していく。

給料袋の中身を素早く抜き取って、明細書と袋を紙屑《かみくず》入れにポイと捨てる若い記者もいれば、明細書の数字を、同僚に書き直してもらってヘソくろうと考える中年の整理部員もいる。

麻雀《マージャン》の清算表を片手に、局内を飛び歩いて集金する男もいれば、すでに待ち構えている借金取りに渋い面で、いくばくかの銭を手渡す者もいる。

「どう？　帰りに軽く一杯……」

給料を手にして、急に気が楽になったのか、ゴルフ担当の武田が、バンかけてきたが、胃のあたりを押える仕草をして断った。

月曜日は、仕事らしい仕事はなかった。松崎は、久しぶりに品川の『潤』にでも顔を出そうかと考え、自分の机から離れた。

そこへ、整理部の林が、ニヤニヤしながら近づいてきた。

「お客さんだよ……」

小指を立てて、入り口の方を振り返った。

芙蓉が、初めて見る新聞社の雑然とした雰囲気を、キョトンとしたような顔で見回していた。

「ヨオ！　……」

周りの視線が、松崎と芙蓉の方に注がれるのを全身で感じながら、松崎はわざと、ぞんざいなセリフを吐いて近づいていった。

自分に注がれる、いくつもの好奇に満ちた視線に、眩しそうに目をしばたいた芙蓉は、松崎の姿を見るとポッと頬を染めた。

「近くにきたので……ちょっと寄ったの……ごめんなさい……」

（迷惑だったかしら……）といった風に戸惑った笑みを浮かべ、芙蓉はペコンと頭を下げた。

「もう仕事は終わりだから、一緒に帰ろう……」

松崎は、小さな声でそう言うと芙蓉を促し、出口へ向かって先に歩き出した。

日刊スポーツの社員や、東スポの社員が芙蓉の顔を見ては立ち停《ど》まって振り返る。

松崎は誇らしいような、照れくさいような、なんともいえぬ幸せな気分を味わっていた。

「今日は給料日なんだ。何か欲しいものを買ってやろうか……」

「欲しいものなんて別に……。それに悪いわ……」

遠慮がちに首を振る芙蓉。

「ダイヤモンドは無理だけど、洋服ぐらいなら任しときって……」

ポンと胸を叩いたあと、松崎はタクシーを止めた。

銀座四丁目の交差点で降りた松崎と芙蓉は、手をつないでブラブラと歩いた。

宵の口の銀座は、いつもと同じように賑わっている。松崎は、五丁目の角にある小さなブティックのウインドーに飾ってある、色のいい花柄のツーピースに目をつけた。

芙蓉も、気にいったらしく、ウインドーの前で立ち停まった。

「あれいいな……サイズが合ったら買いなよ……」

と目で指すと、コックリと頷いた芙蓉は、嬉しそうに店の中へ入っていった。

女物にしては、かなり値が張り、六万七千円だったが、松崎は少しも高いとは思わなかった。

一瞬にして紙屑になってしまう馬券に比べれば、はるかに価値があったし、芙蓉の喜ぶ顔を眺められるだけでも充分であった。

銀座でショッピングを済ませた松崎と芙蓉は、麻布の狸穴《まみあな》にある中国料理の『楓林別館』で、豪華な食事に舌鼓を打った。

いくつも個室や座敷があり、落ち着いた気分で食事のできる『楓林別館』を松崎は、ちょくちょく利用していた。

蝶ネクタイに黒いベスト、黒ズボンといった洒落《しゃれ》た格好《かっこう》のボーイが、芙蓉に気づかれぬ位置から松崎に軽くウインクした。

ソープ嬢の淳子や銀座のホステスである由紀と遅い時間に何回となく来ており、松崎もボーイの顔をよく知っていた。

（……やるもんですねぇ……）芙蓉の清楚《せいそ》な美しさに驚いたらしく、羨望《せんぼう》の入り混じった目が、そういってるようであった。

「ねえ……」あらぬ方へ視線を向けている松崎の袖《そで》を軽く引っ張った芙蓉が、小さな声で言った。

「なに？」

「きょうも、ウチへ泊まるんでしょう？」

「いや……そろそろアパートへ帰ろうかと思ってんだ。ケガも治ったし、そういつまでも居候しているわけにもいかないだろ。親爺さんの手前もあるし」

「そんな気がねする必要はないのよ……父だって喜んでるんだし……ねえ、しばらくの間、ウチから会社に通って、ネ、お願い」

哀願するように、両手を小さく合わせて拝むマネをした芙蓉。

これには松崎も苦笑して頷かざるをえなかった。もちろん松崎も心の中では、毎日芙蓉と一緒に過ごせる今の生活を望んでいた。

「でも、いつかは親爺さんに二人のことを話さなければならないし、その時のことを考えると、なるべく早くアパートへ帰った方がいいような気がする」

「どうして？　父だって、何もいわないけど二人の仲を認めてくれてるわ」

「俺もそう思う。そう思ってるんだが、ケジメだけはつけたいいんだ。ケガをして転がり込んできた男が、面倒みてくれた人の好意につけ込んで、空き巣泥棒をやった風に思われたくないんだ。だから俺が君のことを正式に親爺さんに〝下さい〟といいに行けるまでは、別々に暮らさなきゃならないと思う」

芙蓉は黙って聞いている。

「今夜はもうひと晩だけ泊めてもらうけど、明日からは寂しくてもガマンするんだ。会いたいと思えば、いつだって会えるんだ」

「秋になったら二人で暮らせるようになるかしら、なるべく早く、一緒になれるよう芙蓉祈ってる」

含羞《はにか》むように、小さく笑った芙蓉。松崎はテーブルの上に置かれた、小さな手を軽く握り〈帰ろう〉と目でうながし立ち上がった。

徳大寺邸へ戻ったのは、午後九時を少し回っていた。玄関先に出迎えたお手伝いさんに「お父さんは？」と芙蓉が尋ねた。

老人は書斎で本を読んでいるらしかった。

松崎と芙蓉が、書斎に通じる長い廊下を渡って行くと、二人が帰ってきた気配に気がついたらしく、老人が向こうから歩いてきた。

「どうも遅くなりまして……」と松崎が挨拶すると、芙蓉も「松崎さんにねえ、お洋服買って貰っちゃった。それに、お食事も……お給料、芙蓉のために少なくなったの、お父さんからもお礼いって……」と、ペコンとお辞儀をした。

「すみませんでしたな、とんだ散財をかけてしまって……」と芙蓉と松崎の顔を交互に見やりながら、老人は心愉《たの》しげに言った。そこへ、お手伝いさんが急ぎ足でやってきた。

「あの……お電話ですが、何か急な用事とか申されましたが……」

「今時分、なんだろう……」と老人は怪訝《けげん》な顔で首を傾《かし》げ、親子電話のある手近な部屋に入っていった。松崎と芙蓉も老人のあとからその部屋に入った。

「もしもし、何？　確かなことか、それは……」

受話器に耳を当てたまま、老人は絶句した。狼狽《ろうばい》の色が走り、固く握った拳《こぶし》が小刻みに震えている。ただならぬことが起こったことは、老人の驚きぶりで松崎にも察しられた。

「……それで、前川の死体は今、どこにあるんだ……」怒ったような口ぶりでいう老人の言葉は、松崎の心の中までグサッと突き刺さる内容であった。

〈前川？　あの前川が……死体……〉そんな馬鹿な……老人から受話器を引ったくりたいような衝動に駆られたほど、松崎も狼狽し、頭の中が錯乱していた。

「……わかった……あす私が、行くまで軽々しく動いてはならん……御苦労だが、頼むぞ……いいな……」

険しい顔で老人はそう言うと、受話器をゆっくり置いた。

「惜しい男を死なした……」

聞こえるか聞こえないくらいの小さな声でそう呟くと、静かに目を閉じた。

「前川……前川が死んだんですか！　どうして……」

事態が呑み込めぬもどかしさに、松崎は苛立って叫んだ。

老人と芙蓉が、驚いたような表情で松崎を振り向いた。

「松崎さん知ってるの？　前川さんを……」

悲報に、青ざめた顔をした芙蓉が尋ねた。

「渋谷の道玄坂にいる前川だったら、俺の十年来の友達なんだ……親爺さんのことも、よく知ってる前川勇治……」

ひょっとして違う男では……とかすかな期待をこめて、松崎がいうと、老人は黙って目を伏せ、額に手を当てた。

別人ではないことを、老人の苦渋に満ちた仕草が物語っていた。

やがて——。

老人は、呆然《ぼうぜん》としている松崎と芙蓉の肩を抱くようにして促し、庭に面した居間に向かった。

「芙蓉は、席を外しなさい……」

向かい合って座ると、静かな口ぶりの中にも、厳しさを含んだ調子で老人はいった。

ためらいがちに何か言いかけた芙蓉は、父親の慄然《りつぜん》とした表情に諦《あきら》めたのか、黙礼すると静かに部屋を出ていった。

「前川君が、郡山《こおりやま》の駅で、いきなり飛び出してきた二人組の男に刺され、たった今、息を引きとったらしい……明け方に、渋谷の事務所に仏は帰ってくる……あの若さで、死ぬなんて……」

淡々とした口ぶりの中に、深い哀惜の情がこもっていた。

「病院へ担ぎ込んだ時は、もう手遅れだったらしい……」

瞑想《めいそう》に耽《ふけ》るかのように、顔を天井に向け老人は、言葉を詰まらせた。

〈……あの前川が……そんなことってあるか……〉

嘘《うそ》だ……と思いながらも、一つ一つ具体的になっていく事件のあらましに、松崎の心は重く沈んでいった。

少年院での出会い、夕焼けのグラウンドで院生に総監として号令している姿、五反田の顔役・芳田との悶着《もんちゃく》でみせた颯爽《さっそう》とした男ぶり、青山のクラブでの楽しげな笑顔……それらが走馬灯のように、松崎の頭の中を駆けめぐった。

「郡山で起きた、ちょいとした抗争事件を纏《まと》めに行った帰りじゃったらしい……。前川の働きかけで双方が和解、手打ちまで済んでいたというのに……名を売りたい馬鹿者が、とんでもないことをしくさって……」

煮えたぎるような怒りに襲われた老人は、膝の上に置いた拳を、震わせていた。

冷え冷えとした空気が、二人の周りにとりついているようであった。

前川の死という突然の衝撃に、二人は人間の儚《はかな》さと、虚《むな》しさを暗い心で味わっていた。

その夜、遅く床についた松崎は、目がさえて、眠れなかった。

仄暗い天井が、スクリーンの代りとなって前川の姿が浮かんでは消えた。

〈……これからという時に……奴は、死んでも死にきれなかったのではないか……何のために奴は、精一杯己の道を生きてたんだ……こんなことって……〉

あまりにも惨《むご》すぎる運命の仕打ちである。

（これと思った自分の道を、まっしぐらに突き進むのよ……その結果がどうであれ、テメエで精一杯やったという満足感を抱いて往生できれば、納得じゃあねえか……、世間は、俺たちのことを極道モンと呼ぶが、ヤクザモンと極道は違うんだ。己の道を極めるために精一杯生きてる奴が極道なんだ……）

ある日、松崎と酒を酌み交した時、珍しく熱っぽい口調で喋っていた前川。

松崎は、その言葉を何度も反芻《はんすう》していた。

4

前川の死という予期せぬ出来事に、松崎の神経は昂り、まんじりともせず朝を迎えた。

いつもは静かな徳大寺邸の朝も、けさは、あわただしい空気に包まれていた。

お手伝いさんが、廊下をきぜわしく歩き回り、電話がひっきりなしに鳴り響いていた。

「食事の用意が出来てます……」

年嵩《としかさ》の女中さんが、遠慮がちに襖《ふすま》を引き、松崎を呼びにきた。

鮫島老人と芙蓉は、すでにお膳《ぜん》の前に座っていた。

「お早よう……」

「お早ようございます……」

静かな朝の挨拶を交わし、松崎も正座して膳の前に座った。

「これから渋谷に仏を迎えに行こうと思うんじゃが、一緒に行きなさるかな……」

「ええ……」

「ゆうべ、あれからいろいろ身内の者と話したんじゃが、通夜をするにしても、ワシの家の方が万事都合がいいと思うんじゃ……前川君の連れ合いが住んでるところは、青山のマンションで手狭なもんだから、仏はこっちに引き取ることにしたんだ。おっつけ、奥さんもここに来ることになってる……」

話が一段落したところで、老人はお膳に向かって軽く拝むように手を合わせると、箸《はし》を取った。

松崎も、お膳に向かって手を合わせながら、一度会ったことのある山科美千代の顔を思い浮かべた。

雅《みやび》やかな雰囲気を漂わせた京風の美人である。

笑いの絶えた朝食を済ませたあと、松崎と老人は黒塗りのベンツに乗り込み渋谷に向かった。

その車をガードするように、黒い服を着た屈強の男たちを乗せた外車が、一定の距離を保ちつつ続く。

道玄坂を上る途中の、左にそれる脇《わき》道の角で車は停まった。

黒いビラに黒タイの男たちが、バラバラと車の傍《そば》に駆け寄り、口々に、

「ご苦労さんデス……」

と大きな声を発し、ビルの入り口の前に二列に並んだ。

頭を下げ続ける男たちで作られた並木道を、松崎は老人の後からゆっくりと歩いた。

事務所は、一階のフロアすべてを占領していた。

白い布の掛けられた棺の前で、七、八人の男たちが、いずれも厳しい表情で、ボソボソと小声で話していたが、老人の姿を見つけると一斉に向き直り、深々と頭を下げた。

「叔父貴……さっき二代目から電話がありまして、昼までには暗闇坂の叔父貴の家まで行く……ということづてがありました……」

I会の金バッジをつけた精悍《せいかん》な面構えの男が、腰を折ったまま老人にいった。

そして、平服の松崎に鋭い視線を走らせた。あわてて、松崎が視線を外すほど、暗

い目である。

「紹介しとこう……ワシの知り合いで、仏とも十年来のつき合いだった松崎君だ……」

老人が、そういって主だった者に松崎を引き合わせた。

訝《いぶか》しげに、松崎の存在を気にしていた男たちも、それで納得がいったのか、値ぶみするような色が消えた。

老人の差配で、棺が事務所から担ぎ出され、いつのまにかビルの前に横づけにされたマイクロバスの中に納められた。

老人と松崎の乗るベンツの助手席にさきほど二代目の伝言を告げた男が、乗った。

「二代目は叔父貴の考えを訊いてから、腹を決めるといってます……郡山に兵隊を飛ばしますか……なあに、たかが田舎のテキ屋です……五十人も送り込んで、親のタマを取れば、ひともみですよ……」

後部の座席で、黙って目をつぶってる老人を振り返りながら、その男はドスのきいた声で、老人の気を煽《あお》った。

「まあ、まて……。その話は仏の供養をひとまず終えてからのことじゃ……通夜もせんうちから、取った取られたの生臭い話は、仏も喜ばんじゃろ……」

日頃、松崎や芙蓉に接する時の柔和な顔はそこになく、何かを思索しているような厳しい老俠客《きょうかく》の横顔があった。

その夜、徳大寺邸で、しめやかに通夜がとり行われた。

I会の二代目総長・秋吉国介も昼頃徳大寺邸に姿を見せ、離れの部屋で鮫島老人や若衆頭である今津の勘兵衛たちと、何事か相談したあと、帰っていった。

もちろん、松崎は話の経過は知るよしもなく、棺の安置された広間の片隅で、焼香に訪れる客に応対していた。

親族の座る席には、前川の連れ合いであった山科美千代が、黒い喪服にほっそりとした体を包み、端座している。早くに両親を亡くし、幼い頃、別れ別れになった姉の行方も定かでない前川の身寄りは、山科美千代だけである。

悲しみを静かに包み込み、焼香客に礼を言い続ける山科美千代の胸の内を思うと、松崎もグッと胸の内から熱いものがこみあげてくるのを覚えた。

夕刻から降り始めた雨は、夜になってその勢いを増し、激しく軒下を叩いた。

告別式の日取りは、まだ決まっていない。一般人と違い、博徒社会では、組の主だった人間の葬儀は、繋《つな》がりのある各方面にチラシを配り、盛大にとり行うのをよしとしていた。

義理かけで集まる金は膨大なものである。内輪だけで、簡単に葬儀を済ませることは少ない。

ましてや、前川の場合、I会の調停役として乗り込んでいった出先で不慮の死を遂げた、いってみれば殉職であった。

このオトシマエをI会がどうつけるか――。

裏の世界に生きる者すべてが注目しているはずであった。

鮫島老人は、松崎に何もいわなかった。昼過ぎから、二代目の秋吉国介が帰路に就くまでの三時間、若衆頭の今津勘兵衛を加えた三者会談で、I会としての肚《はら》は、おおよそ決まっているはずである。

だが、松崎は、自分がそれを知ったところで何の役にも立たないことを承知していた。

長い読経が終わった。時が止まってしまったような、しわぶき一つしない静寂が訪れた。

いつのまにか、雨があがり、雲の切れ目から、傘をかぶった半月が覗きはじめていた。

翌日、松崎は九時頃、目を醒ました。東の空が白むまで、棺の前で、山科美千代や芙蓉と前川の昔話に耽り、新たな涙を誘い合った。

目がはれぼったかった。セーターにコールテンのズボンという軽装になって、下駄を突っかけ、庭に出た。

ひと雨ごとに春が近づいてくるようで、庭の木々は、若草色の新芽を出しはじめていた。

「告別式の日取りが決まった……。あさって芝の××寺でやることになったよ……」

池の縁にしゃがみ、ボンヤリと葉を浮かせた水面を眺めていた松崎の背後に、いつのまにか鮫島老人が立っていた。

「……そうですか……」

振り返った松崎の視線を、しっかり受け止めたあと、老人は、

「ゆうべ遅く、二代目のところに相手方の親（親分）と幹部が三人、詫《わ》びにきたらしい。四人とも指を詰め、前川を殺《や》ったハネッかえりの若い衆の指を揃《そろ》えてな……。もちろん、仏の供養料としてなにがしかの銭も包んできたんじゃろうが……」

そこまでいうと、フッと目を閉じた。

「こういうご時世だから、いたずらに世間を騒がせるのも、まずいだろうという二代目の考えもあっても……まあ、若衆頭の今津は前川のことを人一倍可愛がっていたから、肚の中がなかなか収まらんようじゃったが、Ｉ会としてのメンツは保てたという二代目の意見には従わざるをえなかったようじゃ……」

「………」

どうしようもない大きな力を伴った流れが、松崎とは全く無縁のところで、押し進めているようであった。

「人間、死んじゃあ、おしまいなのかのォ……」

老人は小さく呟くと、小石を池の中に投げこんだ。波紋が広がり、まだ青々とした葉が、たゆたった。

葬儀は、盛大なものであった。

だが、前川の死を、心の底から悲しんでいる人間は、ほんの一握りの数であり、外車の中から次々と降りてくる黒い長い服をひきずった集団は、互いの勢力を誇示するかのように、胸を張って式場の境内を闊歩《かっぽ》していた。

花輪は境内だけでは収容しきれず、門の外にまで並べられた。

寺の外を通りかかった一般の人間たちは、おそるおそる境内の中を覗き込み、異様な雰囲気を敏感に察知し、足ばやに立ち去っていく。

最寄りの警察署から、五、六人の私服と、十人ばかりの巡査が出張って警戒にあたった。

白いテントが幾つも張られ、葬儀本部が設けられた。その真ん中に、秋吉国介と、鮫島老人がデンと構え、参列者たちに鷹揚《おうよう》な黙礼を送っていた。

襟に、様々な形をした代紋をつけた黒い群れたちは、午後になると、境内に溢れるほど膨れあがっていた。

読経が、午後一時きっかりに流れはじめた。きらびやかな袈裟《けさ》を纏《まと》った三人の僧侶が祭壇の前で、ハモリ出すと、さすがにざわつきは収まり、シーンとした静寂が訪れた。

うららかな春の空に、読経が溶け込んでいくようであった。

四百人を超す参列者を、後ろから眺めながら、松崎は複雑な気持ちを味わっていた。葬儀は盛大であり、壮観でさえあった。だが、そこには形式ばかりが顔をのぞかせ、前川の死を、一つの儀式としてしか、誰しもが受けとめていない感じであった。姉妹のように寄り添って、祭壇に合掌している芙蓉と山科美千代だけが、むくつけき男たちの中で人目を引いていた。

やがて、参列者の焼香がはじまった。

山科美千代に続いて葬儀委員長の秋吉国介、副委員長の鮫島龍五郎、若衆頭の今津勘兵衛、舎弟頭の藤波啓三……と、I会の最高幹部が、貫禄《かんろく》を誇示しながら、焼香を終えた。

〈……芳田も来てやがる……〉

三人ひと組となって焼香をはじめた列の中に、松崎は芳田の姿を見つけた。

芳田も神妙そうに、祭壇に向かって深々と頭を下げている。

〈……人間の運命なんて皮肉なもんだ……〉

松崎は肚の中で呟いた。

五反田の喫茶店で、ほんの二か月ほど前、芳田と対峙《たいじ》し、一喝のもとに降参させた前川は、もうこの世に亡く、芳田の焼香を受ける身になってしまった。

葬儀が終わったのは、午後三時を過ぎていた。

桐ヶ谷の火葬場に向かう霊柩《れいきゅう》車を見送ると、潮が引くように参列者の姿は消えていった。

松崎は、芙蓉と二人で桐ヶ谷に向かった。

「私、まだ前川さんが死んだなんて信じられないの……。父が、二、三回、うちに連れてきたことがあって、一緒にお話ししたことがあるの……ハイ……とか……自分は……というのが口グセで、随分、礼儀正しい人だなあ……と思ってたわ……」

いくらか気疲れしたらしく、シートに深々と身を沈めながら芙蓉が言った。

「あの人どうするんだろう……青山の店も続けていくんだろうか……」目を赤く泣き腫《は》らした山科美千代の顔を思い浮かべながら、松崎は前を向いたまま、尋ねるように言った。

「可哀そうな人ね……でも、芯《しん》の強い人だわ……今までどおりお店を続け、一人で生きていきますって父にハッキリした言葉で言ったわ……芙蓉だったら、もし松崎さんが突然死んだら、生きていけない……」

耐えられないという風に、二、三度かぶりを振った。

〈……俺だって……〉

と松崎は言いかけたが、その言葉を追いかけるように、

〈本当にそうか……〉

と、自問自答するものがあった。

〈芙蓉が死んでも、俺は死にゃあしない。世の中を思いどおり、荒っぽく生きていくだけだ……〉

松崎はそう思った。

車の外は、前川の死とは全く関係のない人間たちが、笑いながら歩いている。

松崎はぼんやりと外を眺めながら、一人の人間の存在がいかに小さなものであるかを、初めて知ったような気がしていた。

最後の賭け

1

葬儀が終わってホッと一息つく間もなく初七日がやってきた。

残務整理や会社の仕事に追われ、松崎には忙しい毎日が続いていた。

お骨は、山科家の先祖代々の墓がある京都の正徳寺というところに収められることになった。

ごく内輪の人間だけで法要を済ませたあと、新幹線で京都に向かう山科美千代を、松崎たちは東京駅のプラットホームまで見送った。

骨壺《こつつぼ》の入った桐の箱を胸に抱いた山科美千代は、悲しみの淵《ふち》から必死に這《は》い上がろうとするかのように口元をキュッと結び、気丈に振る舞っていた。

見送りの人間に、深々と頭を下げ、車中に消えていく山科美千代の、ほっそりとした肩が、なんともいえないくらい痛々しく、松崎にやるせなさを覚えさせた。

定刻にホームを滑り出した新幹線がビルの谷間に隠れるまで、松崎たちはそこに立ちつくしていた。

東京駅で、鮫島老人や芙蓉と別れた松崎は、その足で品川のアパートへ帰った。

二週間ぶりである。

部屋に灯《あか》りがついたのに気がついた管理人のオバさんが覗《のぞ》きにきたが、松崎の顔を認めると、

「もうケガは、すっかり治ったみたいだわね……あまり酒は呑《の》まない方がいいわよ……」

笑いながら、諭《さと》すように言って戻って行った。

部屋の中で大の字になり、背伸びをすると、松崎はようやく、くつろいだ気分になった。

この二週間というもの、何か自分の意思とは全く無関係な、強いエネルギーに振り回されていた感じであった。

やっと平常の自分に戻ったような気がした。

すると、博奕《ばくち》仲間の原田や山健と無性に会いたくなってきた。

『潤』に電話すると、バーテンの郷原が眠そうな声で出た。

「どうしちゃってるの？　蒸発しちゃったんじゃないかってみんな心配してますよ。まあ、新聞の方に名前の入った記事や予想が載ってるから、東京都内には、いるんだろうと噂《うわさ》してたんですがね。どこにいるんですか……紀子さんや、由紀さんから電話がかかりっぱなしですよ……」

松崎だとわかると、不機嫌そうな声が一変して、べらべらと喋《しゃべ》りまくった。

「原ちゃんたち、どこにいるか知らないか……」

さんざ喋らせたあと、松崎は訊《き》いた。

「雀荘《ジャン》にいるんじゃないかな……。ここんとこバーメンが足りないってボヤいてますよ……」

そこまで聞いた松崎は、話が長くなることを恐れて、一方的に電話を切った。

雀荘『ロン』に松崎が、フラリと入っていくと、原田や山健が例によって罵《ののし》り合いながら、麻雀《マージャン》を打っていた。

「金を残すと、人間こじっかりするってえからなあ……。品川みたいにくすぶったところには、いられねえってわけかね……」

皮肉っぽい口ぶりで、原田が悪タレをついたが、その目は久しぶりの再会を喜んでいる。

ニヒルが売り物の山健も、珍しく、歓迎するようにイスから立ち上がり、

「やっぱり、ある顔がねえと、なんとなく火が消えたみたいでいけねえよ……」

と松崎の肩をポンと叩《たた》いた。

久しぶりに、松崎は麻雀を打った。懐には七万少しの銭しかなく、千点千円のオール一万の麻雀は、キツかったが、何くわぬ顔で加わった。

テンにいきなりトップを取って気が楽になり、次の回も僅差《きんさ》でトップになった。少ない銭で打つ麻雀は実にスリルがあった。松崎は、しばらくの間、忘れていた勝負の醍醐味《だいごみ》を満喫した。

山健が、ヤボ用があるといって、夜中の二時頃、麻雀が終わった。原田と松崎は、どちらからともなく誘い合って『潤』に向かった。

「明日……といってももう今日なんだが、中山へ行こうと思ってるんだ。連れてってくれよ……」

原田が専門紙を引っ張り出しながら言った。ここんとこようやくツキの風が吹いてきたらしく、さり気なく十万円を松崎に返した。

勝負ごとは、ちょいとしたきっかけで、ツキの流れが変わることがよくある。

それは、勝負をやる人間の、精神的なものが、微妙に影響するからである。

久しぶりにやった麻雀で、十七万ほど勝ち、しかも原田から、全くアテにしていなかった十万円を返して貰《もら》ったことで、松崎は気をよくしていた。

あっという間に、全財産の千三百万円を張り流し、あげくは酔っ払って喧嘩《けんか》。ぶちのめされて、嫌というほど惨めな気持ちを味わった半月ほど前は、それこそどん底の状態であった。

だが、松崎は、そのどん底から徐々にではあるが、自分が這い上がりつつあるように漠然と感じていた。

「中山に来たのは、何か月ぶりだろう……昨年の確かセントライト記念以来だから、もう半年になるな……」

エレベーターに乗って四階の特別席で降りると、キョロキョロあたりを見回しながら、原田が指を折って数えた。

スタンドの通行証を胸につけてはいるが、なんとなく場違いなところに迷い込んでしまったような落ち着かない素振りだ。

ドレスアップして、クリーム色の背広上下に、トカゲの靴といういでたち。どう見ても、報道関係者には見えないから、原田を記者席に入れるわけにはいかない。

「三階の表彰台のあたりにいるから、情報だけ教えに来てくれ……」

そう言い残すと、肩で風を切りながら階段を降りていった。

タネ銭は薄かったが、松崎の気力は充実していた。何かに駆られたように買いまくり、自ら奈落《ならく》の底へ飛び込んでいった時とは、比べものにならぬほど気持ちにゆとりというか、冷静さがあった。

5レースから、たて続けに本命サイドの馬券を本線で当て、持ち金が倍になった。②－⑧で九千二百三十円という大穴になった『楓《かえで》賞』は、三万ほど買ってやられたが、ミホライデンとダービーマッハの二頭が後続馬をちぎって一騎打ちを演じた9レースを一点で的中させた。

「カネエノキは、やっぱりカモだったな……危なく、カネエノキから勝負するところだったよ……そっちから話を聞かなかったらタテ目くらうところだったぜ……」

松崎の降りてくるのを階段の下で待ち構えていた原田が、分厚い馬券の束を見せながらいった。

松崎が、カネエノキはいらないと自信あり気にいったので、素直に蹴飛《けと》ばしたらしい。

「六百十円は、オイシイ馬券だったなあ……3コーナーでイタダキと思ったぜ」

よっぽど嬉《うれ》しいのか、何度も馬券を数える仕草をした。

「ツイてきた……」

10レースの『千葉ステークス』が終わった時、松崎は思いもかけぬ幸運に感謝して呟《つぶや》いた。

メジロサガミからカネコフジとオプティーへ⑤－⑥、⑥－⑧の二点で勝負。3コーナーでズルズルと後退するメジロサガミに舌打ち、半ば諦《あきら》めかけた馬券が、メジロサガミと同枠のレッドパンサーが、ゴール前で粘るオプティーを揃えて二着、代用品で助けられたからだ。

「連勝複式⑤番、⑥番千百十円……」

配当金を告げる場内アナウンスを聞きながら、松崎は一度完全になくしかけた馬券に対する自信のようなものがフツフツと湧《わ》いてくるのを覚えた。

払戻所で、一枚のユニット馬券を窓口に差し出し、代わりに五十五万五千円の金を受け取った松崎は、その足で原田のところに向かった。

歩くのが全く苦にならない。軽い足どりである。

派手な格好をした原田を見つけるのは簡単であった。表彰台のすぐ横に立ち、表彰式を見ていた。

「蛯名いいぞ……千両役者だ……巨泉さんよォ……よかったな……」

表彰を受けるカネコフジの蛯名とオーナーの大橋巨泉に、まわりがびっくりするような大声を掛けた原田。

松崎と同じ馬券を買っている原田も相当浮いているらしく、その声は妙にイキイキとしていた。

表彰式が終わり、人垣が崩れ始めた。胸のリボンも誇らし気に引き揚げていくカネコフジの関係者に、お調子モンの原田が拍手を送る。

「嬉しそうじゃんか……」

ポンと原田の背中を叩いた松崎が、そういって笑いかけると、

「あたりきしゃりきの車引きよ……今のレースで⑤－⑥を三万取ったんだぜ……こんな時喜ばなきゃあ罰が当たらあね……」

と、すっかり有頂天になってる。

喜怒哀楽の激しい性格だが、あまりものごとを深刻に考えるタイプではない原田。行きあたりばったりに、世の中を生きてる感じだが、小悪党にもなれない人の良さがある。

「ひさかたぶりよ……馬券で五十万近く絵にしたのは……どうやら、俺《おれ》っちにも、ようやく春の風が吹いてきたかな……」

咥《くわ》えタバコでポーズを作り目を煙たそうに、しかめながら、手にした万札を鉄火場風に縦に数えている。

「そろそろ手止めした方がいいんじゃないの……そうそう当たるもんじゃないぜ……」と、からかうように松崎が言うと、「いや……こんな時こそ、ピッピと胸を伸ばさなきゃあダメなんだ。勢いのついた駒《こま》は、なかなか落ちないもんよ……ところで

次は何から入るの……」てんで、聞く耳持たぬってな調子で、専門紙を覗き込む原田。

「カツショウグンは、まず九分通り堅いね。ヒモが難しいレースだ。イナノリューが人気だが、テンに行く脚がないから、①枠はかえって不利じゃないかな……」あとは自分で考えな……といった口ぶりで、松崎が言うと、「そうか……じゃあ、薄目ヘチョロチョロと流すか……」

ブツブツ独り言を呟き、オッズの出ているテレビの方へゆっくりと歩いていった。

『三里塚特別』は松崎の読み通り、二番手につけたカツショウグンが、直線で楽に抜け出し、②枠のダンバーズシチーが二着に飛び込んだ。イナノリューは、終始追い詰めの苦しい展開で三着に沈んだ。松崎は、またも代用品で②－⑥を当てた。ダンバーズシチーと同枠のサムボーイを狙《ねら》ったのだが、代用でも当たりは当たりだ。
②－⑥は千八百七十円もつけ、松崎は二万持っていた。
最終レースは、ハズレたが、松崎の懐は朝、競馬場の門をくぐった時の五倍近くにふえ、百四十万を超えていた。

「熱いよなあ……カツショウグンから流して②枠と⑦枠だけ蹴っ飛ばしたら②－⑥だろう……あれでスッカリおかしくなっちゃったよ……最終も①枠のコクサイテンリュウが、やけに人気になってるから、クサイと思ったんだが、結局やめちゃったよ……見てくれよコレ……」

ゴムバンドで巻いてある馬券の束を未練気に、松崎に渡しながら、原田にいい泣きが入ってる。

「10レースまでに五十万近く浮いてたのが、なんてこたあないよ、三万円の浮きだってよ……バカにしてやがる……」

と、ふんまんやる方ないといった感じだ。

「だから手止めすればいいといったのに……」

「なあ……俺もいいバカだよ……五十万稼ぐの大変だもんなあ……あとで気がつく……」

頭を抱えながら、出口の門へ重い足どりで歩く原田。松崎は、百万以上浮いていたが、原田には儲《もう》けた金額をいわなかった。

門の外には、帰りの足を探す人間が溢《あふ》れていた。五百円の相乗りタクシーにも乗れず、諦め切った顔でオケラ街道を歩き始める者が大半だ。

「西船……五百円……西船……五百円……あと二人乗れるよ……」

南門の脇《わき》で呼び込んでるタクシーに、松崎と原田は乗り込んだ。

「競馬会もガッポガッポ儲けてるんだから、トレセンなんかよりも先に、中山から東京まで弾丸道路でも造ればいいんだ……」

乗ったはいいが、ギッシリ詰まっていっこうに動かない車に、原田が苛立《いらだ》って、わめいた。

「そうですよね……」

運転手も、原田の菅原文太ばりのナリと顔つきに、愛想笑いを浮かべて相ヅチを打った。西船橋駅に着くまで三十分以上もかかった。西船の長い階段をフウフウいいながら登る原田。

「競馬場の埃《ほこり》を落としに、この足で堀之内に行くか……」

松崎を振り返り、階段の途中で立ち止まりながら言った。その声に、周りの人間が一斉に原田を見たが、インネンでもつけられたらかなわんとばかり、あわてて目をそむけた。

京浜急行の川崎駅は、土曜日の宵とあって乗降客が溢れていた。松崎と原田は、改札口を出ると、商店街に沿って堀之内へ向かった。

「どこへ行く？　『金瓶梅』と『アラビアンナイト』は予約していないから無理かも知れないな……とりあえず行ってみて一杯だったら『歌川』か『姫』に行くとすっか……」人ごみを縫うようにして歩きながら原田が振り返った。

芙蓉と付き合いだしてから、松崎は一度もソープへ来ていない。『姫太郎』にいた真琴、『アラビアンナイト』にいたアンジェラなどと、いっときいい仲になり、店の外でも会ったりしていたが、足が遠のいてからは、自然消滅といった感じになっていた。

ソープも麻雀と同じで、続けて行くとクセになって、行かない日はなんとなく物足りないような寂しさを覚えるものだ。だが、しばらく遠ざかると、なんで、あんなに夢中になって通ったのかと不思議に思うほどだ。

原田など、博奕ごとで神経と体力を消耗しているから、若葉ちゃん一人を満足させるのにフーフーなはずだが、染《し》み込んでしまった習慣はなかなか治らず、銭さえあれば、堀之内に日参するような按配《あんばい》である。

「このネオンの海が、たまらねえんだよな……」

空を焦がすような、妖《あや》しい色彩のネオンを見上げた原田。馬券を取った時と同じ表情をしている。

「驚いちゃうよなあ……こんな狭いところに、九十店以上ソープランドがあるんだってェんだからヨオ……。はやりすたりを計算に入れて、一つの店で一日、四十人の客が入ったとして、いったいいくらになるんだろう……入浴料五千円平均として部屋の中が一万五千円……二万かける四十かける九十で……七千二百万だよ……フエー……」

他人の懐に入る銭を勝手に計算して、目の玉を丸くしてる。

『アラビアンナイト』の前にくると、勝手知った他人の家で、従業員の出入りする裏口から中に入っていき、マネジャーらしい男を呼んだ原田。二、三分立ち話していたが、頭を掻《か》きながら松崎の立っているところに戻ってきた。

「午前一時まで、満杯だってよ……ひょっとしたら十二時頃、キャンセルがあるかもしれないいだってヨオ……、一流ホテルや飛行機よりも厳しいぜ……。早目に予約しとくんだったなァ……」

残念でならないといった風に、本気で嘆いている。

モデルも裸足で逃げ出すんじゃあないかというくらい、ハクいソープ嬢を揃《そろ》えてる『アラビアンナイト』と『金瓶梅』は、サービスも抜群によく、ソープ狂の原田も、すっかりマイっているようだ。

今、歩いてきた道を引き返した松崎と原田は『歌川』へ向かった。ソープランドのラッシュアワーは、午後十時から午前一時頃まで。しかし『歌川』も、かなり客がたてこんでいて、松崎と原田は、まだ七時過ぎだというのに三十分ほど待合室で待たされる破目になった。

大きなテーブルを前にして先客が四、五人座蒲団《ざぶとん》に座り、漫画を読みながら順番を待っている。

「熱いぜ……ちょっと前、指名していた女が二人とも辞めちゃってんだってヨオ……。ショボタレた女だったら、やりきれないぜ」

ズカズカと先客の前を大股《おおまた》で歩き、空いた場所にゴロリと横になると、そういいながらテーブルの上のミカンに手を伸ばした。いかにもソープの虫でございといった慣れた仕草だ。

松崎も原田の隣に座り、駅で買った専門紙を取り出した。

「なんだい明日の競馬は？」

寝そべったまま、原田も専門紙を引っ張り出した。

「ヒシスピードが、あんまりよくねえみたいだかんなァ……関西馬の三頭も、どれがいいのか区別がつかないし、今晩遅く、雨が降るようだと荒れそうだな……」

店に入る前、ポツリポツリと降り出した雨が、松崎は気になっていた。

「そうかなあ……俺は頭はヒシスピードで鉄板だと思ってるんだがなァ……リュウキコウとの一騎討ちじゃないの……」

上から下まで◎と○のついた二頭に堅く決まりそうな気がしてきたらしく、原田が言った。

だが、松崎はその時、どういうわけか、フッと死んだ前川のことを思い浮かべていた。そして〈……③－⑥だ④－⑥だと、馬券にどっぷりとつかっていて一生、銭と追いかけっこで俺は終わっちゃうんじゃねえだろうか……〉と、自嘲《じちょう》めいた一人ごとを呟いていた。

2

ソープランド『歌川』の待合室で、フッと浮かんだ自省の念は、松崎の頭の隅っこに、こびりついたかのように離れなかった。

「いい女を抱けてサァ、うまい物を食べて、いいオベベを着て一生過ごすのが俺の夢よ……どのみち、今からどうリキんだところで、小佐野賢治みたいな大物にゃあなれんし、チマチマと算盤を弾《はじ》いてみみっちく生きたところで一生は一生よ……」

堀之内から品川へ帰るタクシーの中で、松崎が、

「こんな毎日を送ってて、俺たちは一体、最後はどうなっちまうんだろう……」

と、さりげなく原田に訊いた答えがこれだった。

松崎も似たような生活をしている人間である。原田の言わんとしている意味は、わかる。だが、若いうちはともかく、四十、五十になって、果たしてどうかという疑問めいたものが、どうしても引っかかってくる。

「でもヨオ……ヨイヨイの爺《じじ》イになってからよ……今みたいに女を喜ばせることはできんだろうし、博奕ごとだって、その頃、気力が萎《な》えているだろうしな……」

うまくはいかんよ……というニュアンスで松崎が問い返すと、

「しゃあねえ、……そうなりゃあ往生するだけサ……二百円券一枚、汗の出るほど握りしめてヨオ……競馬場の金網にへばりついて、声が嗄《か》れるほど怒鳴ったりしてヨ……、案外と、そんな生き方のほうが、正解なんじゃないの……」

屈託のない口ぶりで、原田が小さく笑った。

〈……そうかも知れない……〉

つられて松崎もニヤッと笑いながら、そう思った……。

〈……どうも銭がなくなってから、考え方が深刻になっていけねえ……喧嘩で負けたり、前川が死んだりで、気が弱くなってるのかも知れない……〉

窓の外を、ぼんやりと眺めながら、松崎は、ともすれば臆病《おくびょう》になりがちな自分の気持ちを叱咤《しった》していた。

車は、ちょうど、大井競馬場の脇にある『泪橋《なみだ》』のあたりを走っていた。雨が激しく、フロントのガラスを叩いていた。

夜から降り出した雨は、朝のうちに止む気配がなかったが、九時頃になって急に空が明るくなり、松崎がアパートを出る頃は上がっていた。

中山競馬場に着いた時は、鉛色の雲の切れ目から、薄日がこぼれはじめていた。

向正面の桜が、薄いピンク色をした帯のように広がり、煙っているように見える。

2レースに出走する馬たちが、馬場に出てきて、思い思いの方向に散っていく。

雨をタップリと吸い込んだ芝は、青々と色づきはじめ、伸びかけた白っぽい葉裏を春風になびかせている。

十年、二十年先のことを考え、深刻ぶっても始まらないと思い直した松崎だが、飛び込みざまに馬券を張る気はなかった。

焦って、わかりもしない難しいレースに、ばんきり手を出し、アッというまにオケラになった、ちょいと前の後遺症がまだ残っていたからだ。

向こうみずというより、まぐれか奇跡を狙った買い方で儲かるほど、馬券は甘くないということを、嫌というほど知ったばかり。高い月謝と諦めてしまうには、あまりにも千三百万円の金は大きい。

土曜日と違って、確定出馬のない日曜日は、競馬記者たちも、出足が鈍く、記者席には、五、六人しか来ていない。

松崎は、ロッカーの中から双眼鏡を出し、自分の席の上に置くと、三階の食堂へ向かった。

ゆうべ『歌川』の帰りに、原田とラーメンを食っただけで、腹が鳴っている。

食堂も空いていた。

松崎の座った隣のテーブルに、三人連れの男がいて、盛んに飯を食いながら『スプリングステークス』の話をしている。

三人とも、関西訛《なま》りである。

聞くともなしに、耳を傾けていると、しきりにスタイリストの名前が出ている。

どうやら『スプリングS』の馬券を買いに、わざわざ関西から来たらしく、五十万円だ百万だと威勢のいい数字がポンポンと口を突いて出ていた。

競馬場には、得体の知れない人種がたくさん集まってくる。

上？　は政治家から、下は泥棒、詐欺師にいたるまで、多種多彩である。

松崎の隣に座っている三人組の男たちも、ちょっと得体の知れない感じであった。

言葉つきや、仕草から素っカタギのサラリーマンでないことは確かである。といって、ヤクザモンでもない。周囲を見回す目には、筋モン特有の暗く鋭い光はなかったし、三人とも全く同格ともいうべき五分の口をきいている。裏の社会に生きてる人間だと、三人が三人とも五分の兄弟であるということは殆《ほとん》どない。必ず強弱のひずみが出て、言葉づかいに目上と目下の違いが出てくるものだ。

「10レースまで、チンタラ買いして遊ぶとしまっか……タダ見てても退屈やし……」

「そうやな……わからん競馬に手ェ出して熱うなったら、しゃあないしな……」

食事が終わったらしく、軽口を叩きながら食堂を出ていった。仕立てのいい服である。

〈……関西から、スプリングSだけ買いにきたとは、えらく熱心な連中だな……〉

そう呟きながら、三人組の後ろ姿を見ているうと、

「ヘイ！　お待ち……鮭定食に、とん汁と御新香の上ですね……」とアルミの盆に乗った、注文品がテーブルの上に置かれた。

面白い連中だ……ぐらいにしか気にとめていなかった松崎は、飯を食ってるうちに、その三人組の男たちのことを忘れてしまった。

土曜日のように、本線でズバズバと当たりはしなかったが、気なしに押えた馬券がいい配当になったりして、僅《わず》かずつではあるが松崎の懐はふえていった。

馬場は、ダート、芝ともに不良である。水の浮いたダートコースは、ひとレース終わるたびにローラー車が、平らにならしていくが、あまり効き目はなく、一団となって各馬の通過する1コーナーのカーブでは、茶色の水しぶきが高く舞い上がった。

松崎は、一見堅そうなレースでも、馬場状態を考え、手広く流して成功していた。

ひときわ高い、重賞レースのマーチが場内に流れ、『スプリングS』に出走する九頭の馬が、馬場に入ってきた。

青く色づき始めた芝は、激戦の跡を物語るように、赤土がむき出しになっている。水をタップリと吸い込んだ芝は、馬たちの鋭い蹄《ひづめ》に踏み荒らされ、かなり掘り起こされてしまっている。

「こんな馬場じゃ、何がくるかわからないね……まあ、ヒシスピードは重馬場も巧《うま》い

から大丈夫だとは思うけど……」

　日刊スポーツの福内が、双眼鏡で、返し馬に移る馬たちを追いながら、松崎に訊くともなしに話しかけてきた。

「ヒシスピードも、18キロ体重が減っているようじゃ、わからんぜ……輸送でだいぶやつれ込んだって噂だし……」

　力は、ヒシスピードが一番上と思いながら、松崎はなんとなく今回のヒシスピードだけは、あまり買う気がなかった。

　いつもは強気な小島太が、木曜日の追い切りのあと、「ちょっと急仕上げかもしれないなあ……神経の繊細な馬だから、馬運車の中で、気合をそがれるような気もするし……」と、チョッピリ不安気な顔をみせていたのも、気になっていた。

といって、何を軸に買おうという自信のある馬もいなかった。

　馬たちが散ったあと、松崎は、買い目も定まらぬまま馬券売り場の方へ歩き出した。

　顔見知りの馬主や、他社の記者連中から「何を買うの？」と訊かれたが「わからない……」と短く答え、首を振って通り過ぎた。正直、何を買っていいのか、自信めいたものは何もなかったからだ。窓口まで来た松崎は、そこで足をとめた。

　見覚えのある、洒落《しゃれ》た服を着た三人の男が、三つの窓口を占領して馬券を買っていたからだ。

朝、食堂で隣り合わせた三人組である。窓口の中、左側に客の買った馬券の目と金額が表示される、電卓風のメーターがある。

その男たちの背後に、さり気なく歩いて行った松崎は、表示されたその買い目と金額を見て驚いた。

合計金額が一枚で十万円まで買えるユニット馬券を、リミットの十万円ずつ無造作に何枚も買っている。しかも一点十万円ずつ。三人が三人ともそうである。

そして、その買い目を見て、松崎は舌を巻かざるをえなかった。

〈……ふてえ買い物をしてやがる……〉馬券で大勝負することにかけては、人後に落ちないと自負している松崎も、その三人組の荒っぽい買い方には度肝を抜かれた。

表示される馬券の目は、すべて③枠がらみである。それも①枠のフジノミラージュから⑧枠のタカアキオー、テンザンサクラまで、買い求める枚数こそ大小の差はあれ、総流しにしている。

一枚、十万円まで買えるユニット馬券は、売り子のオバさんがボタンを押すと同時に、馬券が飛び出してくる。時間にして五秒足らずである。

それが、三つの窓口で、互いに競争するように買っている。まるで、早く買わないと③枠がらみの馬券が売り切れてしまうとでも思っているかのように、分厚い万札の束を引っ張り出して、売り子に渡している。

10 発馬 15.15 場外 14.45

第26回 フジテレビ賞 スプリングS（皐月賞トライアル）（サラ四才オープン 牡56・牝54キロ）

〔芝、内〕 **1800m**

連馬番	白1	黒2	赤3	青4	黄5	緑6	橙7	8	桃9
父	㊥ネプテユーヌス	ネヴァービート	シャトーゲイ	㊚リユウフアーロス	ミステリー	㊚ヒシマサヒデ	㊚アローエクスプレス	コントライト	ネプテユーヌス
馬名	フジノミラージュ	ヨシノリュウジン	スタイリスト	リュウキコウ	セントスキー	ヒシスピード	アローバンガード	タカアキオー	テンザンサクラ
母（勝数）	ウメノダイリン（2）	クリエイション（英）	クインビユーチー（1）	リユウアイアンス（2）	ミスリユウエン（1）	ヒシハクギン（5）	サンパギータ（1）	ウメノヤヨイ（0）	サクラテンザン（4）
性令	牡4	牡4	牡4	牡4	牡4	牡4	牡4	牡4	牡4
毛色	鹿	栗	鹿	栗	鹿	黒鹿	鹿	栗	鹿
重量	56	56	56	56	56	56	56	56	56
騎手	的場	中島啓	安田伊	久保敏	増沢	小島太	柴田人	柴崎	*堀井
賞金	① 590	870	① 910	③ 2520	570	③ 3100	② 870	① 930	③ 1600
本賞金	1100	1620	1750	5020	920	6410	2350	1617	3484
母の父	ネヴァービー	タレベロ	ヒカルメイジ	ザラズースト	アワパブー	タリヤートス	モンタヴアル	ナユーダーベ	アトランテイ
所属厩舎	㊥久保金	㊊尾形藤	㊇栗田	㊇久保	㊊鈴木勝	㊊高木	㊐高松	㊥矢倉	㊇松永善
バイオニック	…	…	▲	◎	…	○	…	△	…
C鶴田	△	…	△	○	…	◎	…	…	…
㊊鶴田賢	…	△	▲	○	…	◎	…	…	…
㊥高野	…	…	▲	◎	…	○	…	△	…
㊐川口	…	△	△	○	…	◎	…	…	▲
山崎正行	…	▲	△	○	…	◎	…	…	△
本紙	…	△	▲	○	…	◎	…	…	△
最高タイム 1400	東良1259	東D1255	京良1247	京良1243	名稍1248	東良1241	東良1237	千良1002	名良1231
最高タイム 1600	東D1391	東D1380		阪良1371	名D1435	中良1366	東D1377	中良1369	京良1381
最高タイム 1800	二〇良2047	東良1510	名良1490	名良1489	乇良1492	東良1501	中良1506		名良1494
距離	一二 一四 一六 一八	一二 一四 一六 一八	一二 一四 一六 一八	一二 一四 一六 一八	一二 一四 一六 一八	一二 一四 一六 一八	一二 一四 一六 一八	一二 一四 一六 一八	一二 一四 一六 一八
1着	0 1 1 0	2 1 0 0	0 1 0 0	1 0 1 1	1 0 1 0	1 0 1 1	0 1 1 0	0 0 1 0	0 2 1 0
2着	0 0 0 0	1 0 1 0	1 0 0 1	0 1 0 0	0 0 0 0	0 1 2 0	0 1 0 0	0 0 0 0	1 0 0 0
3着	0 0 0 0	0 0 0 0	2 0 0 0	0 0 0 0	0 1 0 0	0 0 0 0	1 1 0 0	0 0 0 0	0 0 0 0
着外	0 1 0 0	0 1 1 1	0 0 0 0	1 0 0 0	2 0 0 0	0 0 0 0	1 0 1 1	0 0 2 0	1 0 0 1
前走4	1東1.5 ①新馬 1 一四1259 53的場84 428 4身 13ト11タ7人 中鋭伸378 向8三7四7 Mダンデン	6東11.21 ⑥ステークス 5 一六1414 54大崎78 484大3.5 5ト2タ4人 先末失406 向3三2四2 Mマルゼンス	5阪12.4 ①新馬 2 ダ一二1147 53安伊87 444 2身 9ト2タ2人 好位伸373 向4三4四3 Mハリウフド	4阪10.24 ⑥りんどう 1 一二1186 53久敏92 448 1½身 16ト16タ2人 四角頭367 向9三3四1 Hチエリーモ	1名1.23 ②300万 6 ダ一七1503 54増沢76 520 6身 11ト8タ2人 好一杯420 向4三4四3 Mセリーダレ	6東11.21 ⑥ステークス 2 一六1379 55小島太95 490 ハナ 5ト5タ2人 直競負371 向2三3四2 Mマルゼンス	1東1.5 ①600万 3 ダ一四1260 54柴田人89 492 2½身 8ト1タ1人 先一杯401 向1三2四2 Hヨシノリユ	3福11.20 ❼きょうよう 1 千1012 52柴崎85 472 アタマ 12ト7タ2人 中位伸366 向7三7四7 Mトライキン	4名12.5 ④はだ 1 一四1231 53河内100 484 6身 8ト4タ3人 先楽勝371 向2三2四2 Mダローダイ
前走3	1東1.23 ⑦つばき 9 ダ一四1284 54的場72 432大2.9 12ト10タ5人 後方侭398 向8三8四9 Hメイワロツ	1東1.5 ①600万 1 ダ一四1255 54大崎92 484 1½身 8ト4タ4人 好抜出395 向3三3四3 Hメジロモガ	5阪12.19 [6]新馬 1 ダ一二1154 53安伊85 448 クビ 10ト2タ1人 中位伸388 向5三4四4 Mラブアンナ	5京11.13 ③オープン 2 一四1243 54久敏97 454 3身 9ト7タ2人 後伸も359 向8三6四7 Mナルタキサ	1名2.13 ⑧300万 2 ダ一七1492 54増沢82 522 1½身 8ト8タ6人 二位粘395 向2三2四2 Mシヤダイア	5中12.12 ④朝日杯 2 一六1366 54小島太89 476大差2.2 6ト1タ2人 二位粘389 向2三2四2 Mマルゼンス	2東1.30 [1]オープン 2 一四1244 54柴田人92 490 2身 5ト5タ2人 二位粘373 向2三2四2 Mダイワテス	5中12.19 ⑥ひいらぎ 4 一六1377 53柴崎83 474 7身 6ト5タ5人 後方詰376 向6三6四6 Hプレストウ	4名12.19 ⑧ラジオ 1 一四1232 53河内99 484 1½身 11ト3タ1人 逃切る369 向1三1四1 Mエーワンコ
前走2	2東2.20 ⑧つ 1 ダ一八1391 54的場87 434 1½身 11ト10タ8人 中位伸375 向5三5四6 Mブライフオ	1東1.22 ⑥ジュニア 2 ダ一六1380 55大崎93 488 ハナ 7ト2タ2人 直競負377 向3三3四2 Mワールドサ	2京1.30 ①寒 1 一四1247 54安伊93 448 3身 8ト8タ6人 中位伸359 向5三4四5 Sフエアブロ	5阪12.12 ④ラジオ 1 一六1371 54久敏90 454 クビ 7ト4タ5人 脚一気355 向7三6四6 Hオープンフ	2名2.27 [4]た 3 一四1248 54増沢85 512 4½身 7ト3タ3人 先一杯366 向3三2四2 Mロイヤルブ	1東1.16 ⑤京成 1 一六1367 56小島太90 488 クビ 8ト5タ1人 好位伸375 向4三2四2 Mラツキール	2東2.19 ⑦サジ 1 ダ一六1377 54柴田人94 488 4身 12ト10タ2人 先抜出388 向2三2四1 Hキタアサジ	2東2.19 ⑦サジ 11 ダ一六1404 54柴崎79 470大2.7 12ト12タ12人 後方侭419 向7三11四11 Hアローバン	1京1.16 ⑤シンザン 1 一六1381 55河内84 484 ½身 7ト1タ3人 一杯逃363 向1三1四1 Mナルタキサ
前走	1中3.13 ⑥ヴァイ 2 二〇2047 54的場82 436 アタマ 9ト1タ3人 先行伸381 向3三3四1 Mエースドラ	2東2.13 ⑥トキノ 6 一八1510 55中島啓77 486 5身 9ト1タ6人 先一杯384 向2三2四2 Mヒシスピー	1名2.13 ⑧きさらぎ 2 一八1490 55安伊94 444 クビ 10ト8タ4人 後伸も358 向9三8四5 Mリユウキコ	1名2.13 ⑧きさらぎ 1 一八1489 55久敏95 450 クビ 10ト6タ5人 後鋭伸356 向10三9四6 Mスタイリス	2名3.5 ⑤300万 1 ダ一七1435 54増沢74 510 3身 8ト1タ1人 逃切る416 向1三1四1 Mエゾブリン	2東2.13 ⑥トキノ 1 一八1501 57小島太82 488 ½身 9ト9タ1人 四角頭376 向4三3四1 Mパワーレン	1中3.6 ④弥生賞 5 一八1506 55柴田人84 492 4½身 12ト10タ4人 逃一杯381 向2三1四1 Hラツキール	1中3.12 ⑤オープン 1 一六1369 54柴崎86 472 1½身 10ト6タ4人 後鋭伸376 向8三8四9 Hラツキーギ	1名2.13 ⑧きさらぎ 4 一八1494 55河内92 484 3身 10ト9タ1人 先一息367 向1三3四3 Mリユウキコ
コース別 左回り芝	1 1 0 0	0 1 1 1	0 0 1 1	1 0 0 3	0 1 0 1	2 0 2 0	1 1 1 0	0 0 0 3	2 0 0 1
左ダート	0 0 0 1	0 2 0 0	1 0 1 0	0 0 0 1	0 1 0 0	2 0 0 1	1 0 1 0	0 0 0 0	0 0 1 0
右ダート	0 0 0 0	0 0 0 0	0 0 0 2	0 0 0 0	1 0 0 0	0 0 0 0	0 1 1 0	0 0 0 0	0 0 0 0
右回り芝	0 1 0 0	3 0 0 0	0 0 0 0	0 0 0 1	0 1 0 2	0 0 1 0	0 0 0 3	0 1 0 2	1 0 0 1
芝重・不良	0 0 0 0	0 0 0 1	0 0 1 0	1 0 0 0	1 0 0 0	0 1 0 0	0 0 0 1	1 0 0 0	0 0 0 0
短評	調子良い	今一息か	昇り調子	西の大将	ここ苦戦	東の大将	展開次第	切れある	速度ある

①②③外

賞金	レコード
2200 880 550 330 220	1.47.4 ナスノチグサ 55嶋田功 50.9.7

芝内1800m

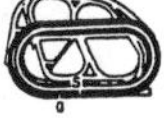

推定　1.51.5

条件早見表

ヴァイ…600万	寒…300万
トキノ…オープン	ひいらぎ…600万
桜…300万	つばき…300万
きさらぎ…オープン	カトレア…300万
ジュニア…600万	りんどう…300万
つ…300万	はだ…300万
サジ…600万	きょうよう…300万
た…300万	

馬身とタイム差

1馬身＝0.2
6馬身＝1.0

「なんや、ユニット馬券てえのは、どうも勝負したような気がせえへんな……これで二百万あるんやから……」

一番早く買い終わった男が、手に持った一枚十万円ナリのユニット馬券の束を隣の男に、チラつかせて首をヒネった。

「そうやなあ……やっぱ、ぎょうさんないと迫力がないわ……」

真ん中の男も、手の平の上に乗せたユニット馬券にしげしげと目を落とし、同感といった口ぶりで頷《うなず》いた。

やがて、窓口から離れた三人組は、何やら楽しげに話しながら、三階へ通じる階段を降りていった。

〈あるところには銭があるもんだ……〉他人の懐ながら、よくもまあ……と恐れ入った松崎だったが、それ以上に、六百万近い馬券を買いながら、平然としていた三人の男たちに、畏敬《いけい》の念を抱かざるをえなかった。

〈自分なら、ああは悠然としていられない……たいしたもんだ……〉と俄然《がぜん》、三人の男たちに興味以上のものを覚えた。

スタイリストが、ほぼ絶対に近い確率で連にからむという、なにがしの根拠なり、理由がなければ買えない馬券である。単なるファンの目で、スタイリストにほれ込んだというには、あまりに巨額の銭であった。

去年の秋の菊花賞で、トウショウボーイとクライムカイザーを軸にした本命サイドの馬券を、五千万買った男がいたというニュースは、ひとしきり話題を呼んだが、見方によっては、それ以上、危険な賭《か》けともいえる。

本命サイドの馬券は、銭さえあれば勝負してできないことはないが、人気薄の馬から総流しするというのは、かなり勇気のいる買い方である。が、それにもかかわらず、三人の男たちに悲壮めいた色が全くなかったことに、松崎は驚愕《きょうがく》していた。

結局、松崎は一枚も馬券を買わずに記者席へ戻った。買う気を、三人組の男たちにすっかりそがれてしまったからだ。

自分の懐には全く関係ないレースに松崎はなぜか胸がときめき興奮した。

ファンファーレが鳴った。カシャーンというゲートの開く音がして、九頭の馬が一斉に、ぬかるんだコースへ飛び出した時、松崎は、声にならない叫び声を上げた。

ヒシスピードが、たたらを踏んだ感じで大きく出遅れたからだ。

中島のヨシノリュウジンが、まるで先頭に立つことを約束されていたかのように、スンナリ馬群を従えた。

外からテンザンサクラが内へ切り込むようにして、二番手につけたが、何がなんでもトップに立つという構えではない。その内にスタイリストがピタッとつけ、いい気合で進む。

　向正面に入って、後方からヒシスピードが外目を突いて、ぐいぐいと先行グループに接近。四番手に上がったが、他の馬は現在の位置に満足しているのか、抑えたまま。だが、4コーナーの手前にさしかかると、足色にハッキリとした優劣が出てきた。

　ピンク色の帽子の馬二頭がズルズルと後退。フジノミラージュにもムチが入った。外から、ヒシスピードが、まくり気味に上がってくる。内からスタイリストが、いい手応《てごた》えでヨシノリュウジンに接近。五、六頭が一団となって4コーナーを回った。

　各馬の服色は泥をかぶって、その柄さえ判別がつきにくいほど汚れている。

　だが一頭だけ、中島の水色の勝負服だけが、スタートした時と全く同じであった。

〈……②－③……だ〉

　そう確信すると同時に、松崎は三人の男の満足そうな顔を、頭の中で浮かべた。

◇10R　第26回　スプリングステークス
（四歳オープン　別定・1800㍍芝　不）

1		❷	②	ヨシノリユウジン	56	中島啓	1.56.0		478	6人	東京尾形藤
2	△	❸	③	スタイリスト	56	安田伊	1.56.3	1¾	448	3人	栗東栗田
3	○	❻	⑥	ヒシスピード	56	小島太	1.56.4	¾	470	1人	東京高木嘉
4	◎	❹	④	リユウキコウ	56	久保敏	1.56.5	½	448	2人	栗東久保
5	△	❶	①	フジノミラージユ	56	的　場	1.56.6	½	436	7人	中山久保田金
6		❼	⑦	アローバンガード	56	柴田人	1.56.6	クビ	482	8人	白井高松
7	▲	❽	⑨	テンザンサクラ	56	堀　井	1.57.3	4	490	5人	栗東松永善
8		❽	⑧	タカアキオー	56	柴　崎	1.57.4	½	462	4人	中山矢倉
9		❺	⑤	セントスキー	56	増　沢	1.58.2	5	506	9人	東京鈴木康

単2210円　複 270円 190円 110円　連❷—❸5460円⑯

泥田と化した馬場を走り抜いてきた馬たちは、例外なく、力を使い果たしていた。

ヨシノリュウジンとスタイリストが、内、外に開いて叩き合う、さらにその外を突いて、小島太のヒシスピードが必死に追い上げてきたが、スタイリストに馬体を並びかけたところが、ゴールであった。

「②－③だ！」

「驚いたねえ……ヨシノリュウジンだってヨオ……」

記者席のあちこちから、思いがけぬ結果に、驚きとタメ息ともつかぬ声が上がった。

「ヨシノリュウジンが道悪下手だなんていったのは、誰《だれ》だい……まったく……水かき……がついてるんじゃねえかってくらい巧いじゃねえか……」

憤懣《ふんまん》やるかたないといった顔つきで、馬券を投げ捨てた日刊スポーツの福内が、ボヤきながら記者席を飛び出していった。

ジョッキーのコメント取材に行くらしい。松崎も、福内の後を追って、エレベーターに乗った。

カンカン場の脇にあるロッカールームは、引き上げてきたジョッキーと新聞記者たちで、ごったがえしていた。

どのジョッキーの顔もゴーグルをはずした目の部分を除いて、泥にまみれている。

首をかしげながら、カンカン場から出てきた小島太は、報道陣の林をすり抜けるようにして、控室のある二階へ行きかけたが、まとわりついて離れないブンヤ連中に諦めたのか、足を停《と》めた。

「予想以上に体が減ってしまったのが応えたようだ。道悪と、スタートでアオッたのは、それほど影響していない……」と、次々に浴びせかけられる質問に答え、唇をギュッと噛《か》んだ。

人垣の中に松崎の顔をみつけた小島太は（まいったよ……）という風に弱々しく笑い、「まさか、中島さんの馬にやられるとは考えてもみなかったよ……あの馬（ヨシノリュウジン）そんなに道悪が巧かったのかなあ……」と、松崎の耳元で呟くようにいった。

中島と小島太は、年齢こそ中島が三つほど上だが、五分の兄弟みたいに仲がいい。誠実温厚な人柄で、先輩や調教師達から一目置かれ、後輩から慕われる中島啓之。天衣無縫といった感じで思ったことをズバズバいう小島太は、騎手の中でも屈指の理論家であり、個性豊かな男である。飲むと「太……」「アンちゃん（兄弟の意味）」と呼び合い、互いに乱暴な口を利き合いながらも、相手を腹の中から好き合っているという面白いコンビである。

小島太が控室に消えていくのと同時に、中島啓之が表彰式から戻ってきた。待ち構える報道陣の列から、松崎が近づいてくるのに気がついた中島啓之は「勝っちゃったよ……」と、おどけた表情で、握手を求めてきた。

二十人近い報道関係者に囲まれるようにして、インタビュールームへ入っていく中島啓之を見送った松崎は、スタンドへ戻った。
②-③が五千四百六十円の配当になったのを、松崎は、後から来た他社の連中に訊いて知っていた。
〈……あの連中、②-③を幾ら取ったんだろう……〉

他人の懐ながら、気になるところである。四階でエレベーターから降りた松崎は、真っすぐに払い戻しの窓口に向かった。

〈もう払い戻しをして、どこかへ行ってしまったあとかも知れないな……〉と思ったが、自然に足が動いていた。

食堂を通り抜け、窓口の傍までできた松崎は、三階へ通じる階段の向こう側にある、払い戻し窓口のあたりが、妙にざわついているのに足を早めた。

こちらへ歩いてくる二人連れの男が窓口のあたりを振り返りながら、

「びっくらこいたね……②-③を六十万買ったんだってよ……」

「三千二百七十万だぜ……バカバカしくて千円、二千円買ってられない心境になるよ……」と喋ってるのが、すれ違いざまに聞こえた。

〈……奴《やつ》らだ……〉

窓口までできた松崎は、大きな革のカバンの中に、札束をギューギューと押し込んでいるところに出くわした。

呆っ気《あけ》にとられて、その光景を見守る人垣など気にもしていないらしく、入りきらない札束に、その三人の男はうれしい悲鳴を上げていた。

「払い戻す銭が足らん……とは傑作やな……」

「三階の払い戻し所から、銭を掻き集めてきよったらしいわ……」

「こういうことで待たされるのは、なんぼでも辛抱でけるから不思議やなあ……」

勝てば官軍である。入れきれない札束を、もて余したように、ポケットにねじ込みながら、三人組の男は胃袋まで見えそうな大口を開けて笑っている。

半ば呆《あき》れ、半ば嫉妬《しっと》めいた気持ちを覚えながら、松崎は遠巻きにして見守る人込みの中でじっと立っていた。

四、五百万の払い戻しを受けるところは、今までにも何度か目撃したことのある松崎である。

現に松崎も、春先の『府中障害S』でメジロオーサカ＝イシノフブキの⑤－⑥五百三十円を一点で百万取り、五百三十万の払い戻しをした経験もあった。

だが、三千二百万もの馬券を払い戻すシーンを見たのは、長い競馬記者生活でも初めてである。

二百円券一枚に、ささやかな夢を託し、それが一万円になったことで無上の喜びを感じる、一般席のごく普通のファンとは、全く異質の人間が、松崎の前にいた。

金を金と思わない人種が、掃いて捨てるほどいるゴンドラ席で馬券を買いまくっているうちに、いつしか金銭の感覚が麻痺《まひ》してしまった松崎にさえ虚《むな》しさを覚えさせるほど、それは強烈なシーンであった。

ボストンバッグを二人でしっかと持ち、意気揚々と階段を降りていく三人組に、松崎を含めた人垣は、それぞれの思惑を胸に複雑な視線を送っていた。

〈あれだけの銭をひとレースにぶち込むんだから、カタギじゃあない……といって、ヤクザモンでもない……奴らはいったい何モンなんだろう……〉

連中の素性を知ったところで、無意味なことである。だが、好奇心を呼び起こさずにはいられないほど、鮮やかな張りっぷりである。

松崎は、世間でよく言う馬券師なる者の存在を否定していた。

馬券の巧い人間はいる。しかし、馬券を張って、それで儲け、永いこと人並み以上の生活をしている人間は、今までお目にかかったことがない。コーチ屋やノミ屋も広い意味では、馬券にからんで、たつき（生活）を立てているのだから、馬券師と言えなくはないが、張って儲け続ける純然たる馬券師など、いるわけがないと信じていた。

松崎が、記者席に戻ると、すでに噂が伝わっているらしく、②－③を六十万取った三人組が、話題になっていた。

「スタイリストが勝負だという情報でもなけりゃあ、とても総流しできないぜ……なあ、松ちゃん……」

夕刊フジの今藤が、松崎に同意を求めるように訊いた。

「でもなあ、これが古馬の中堅どころのレースなら、勝負とわかっていればその馬から総流しもできるが、クラシックを目指そうという四歳の一流どころだから、首をヒネッちゃうんだよな……。勝負っていえば、どの馬も勝負の筈《はず》だし、スプリングSで、引っ張る（いかない）馬なんていやしないはずだ……」

否定とも肯定ともつかぬ、あいまいな返答を松崎がすると、

「俺もそう思うんだ。しかもだぜ……関東と関西の一流どころが初めて顔を合わせるレースだから、幾らスタイリストが目一杯の勝負を賭けたって、関東馬の中でもっと走る馬が二頭いたら、三着に終わる危険が凄《すご》くあるはずだ。しかも、こんな泥ンコの馬場じゃ、何がすっとんでくるのか、わかったもんじゃないしな……」

日刊スポーツの福内が、今藤の考え過ぎだというような、顔つきをした。

「でもなあ……②－③に六十万、何の根拠もなしに買うってのは、やっぱしおかしいよ……。わけありだと思うな……」

納得がいかないらしく、今藤は憮然《ぶぜん》としている。11レースのスタートを告げるファ

ンファーレが鳴ったのを汐《しお》に松崎は二人の傍《そば》を離れた。

メーンのあとの二鞍《くら》は、人気のサリュウホマレとクリセイハが勝ち、波乱なく終わった。松崎は、結局、勝負らしい勝負をすることなく終わってしまった感じであった。

早版用の原稿を電話で社に送り、競馬場の正門前に出た松崎は、運よく構内に滑り込んできたタクシーに乗った。西船橋駅まで五百円の相乗りであった。松崎が乗り込むと同時に、車をめがけて何人かの男が走ってきた。

「ちょうどええわ……三人乗れるわ……」

関西弁のその声に、ヒョイと顔を向けた松崎は、それが三人組の男たちであるのに驚いた。

助手席に乗り込んだ年嵩《としかさ》の男が、革のバッグを運転席の間に無造作に置いた。三千万円を超す札束でふくれあがったバッグは、シートの上でバウンドした。

「この車どこまでゆくんや……」

タクシーが走り出すと、後部座席の真ん中に座った男が、運転手に訊いた。

「西船ですよ……一人、五百円ずつください」

そんなことは百も承知で乗ったんだろう……といった感じで運転手は、前を向いたままぶっきら棒に言った。

「西船とかなんとかいう駅で乗り換えるのは、面倒やな……。オタクハンはどこまででっか……」

独り言を呟いたあと、真ん中の男は、松崎に愛想笑いをしながら尋ねた。

「……銀座ですが……」

松崎が答えると、

「そりゃあ、都合がええ……ほな、運チャン、銀座まで行ってんか……。なあ、ええやろ……」

後部のシートから身を乗り出すようにして、運転手の顔を覗きこんだ。

「……まずいですよ……千葉の車だから、東京じゃあ、客を拾えないし、空車で戻ってくるんじゃ、商売になりませんよ……」

怒ったような口ぶりで首を振った運転手。車の混んでる東京へ行くより、競馬場と西船橋の間を、もう一、二度、相乗りで往復した方が率がいいと判断しているようだ。

だが、ふてくされた顔の運転手が、急に卑屈な笑いをこぼし、

「ヘイ！　行きましょう……」

と気が変わったのは、実に簡単であった。

身を乗り出した男が、胸のポケットから五、六枚の万札を摘《つま》み出し、運転手の鼻先に、突き出したからだ。

原木中山のインターチェンジで高速道路に乗ると、三人の男たちは、黙っているの

に飽きたのか、楽しげに喋り始めた。

「久々のヒットやったな……スタイリストでイケルゆう情報は……」

「そうやな……中山の梶田君から、情報が入った時は、それほど食指が動かんかったんやが、府中の久保沢君が、ヒシスピードの調子が今ひと息や言う報告があってから、乗り気になったのが成功やった……」

「梶田君と久保沢君に、ボーナスを出してやらんといかんな……」

「そうやな……五十万ずつも、口座に振り込んでやりまっか」

三人のやりとりを、松崎は黙って聞いていたが、会話の中に出てきた人間の名前を聞いてから、急に興味が湧いてきた。

梶田はN専門紙の中山担当トラックマンであり、以前は関西にいたこともあり、関西馬のきゅう舎情報に詳しいと定評のある男であった。

久保沢は、新聞社系のL専門紙でコラム記事を書いているベテランのトラックマンである。

どうやら話の内容から、この三人の男たちは、各競馬場の有能なトラックマンと契約を結び、情報を仕入れているらしかった。

松崎は、専門紙のトラックマンにしては、いつも仕立てのいい服を着ている梶田と、馬券でかなり大勝負をしていると噂のある久保沢の金の出所が理解できたような気がした。

「来週は、小倉にええのがありそうやと、西川君から電話があったでェ……」

「ホンマか……西川君の情報は、今まで十回のうち八回はきとるさかい、大勝負でけるんちゃうか……」

「まあ、いずれにしても、小倉へ行くか、阪神にするか、また中山へ来るか、金曜日の夜、ジックリと情報を分析してからでも遅うないわ……」

〈……西川？　あの西川も、この三人の男たちと関わりがあるのか……〉

松崎は、この男たちの情報網の広さと、行動力に新たな驚きを覚えた。昨年夏の札幌開催で、松崎はよく西川と飲み歩いた。栗東のトラックマンだが、兄が日高で手広く牧場を営んでおり、その関係で、騎手や調教師と深く付き合っている。関西の若い騎手など、西川の顔を見るとペコペコと挨拶《あいさつ》をするほどであった。

車は、箱崎《はこざき》のインターを通り過ぎ、呉服《ごふく》橋のあたりを走っている。

三人の話は、まだ続いていた。

「これからパーッと派手に遊びに行くゆうても、まず泊まるドヤ（宿）を探さなあ、あきまへんな……」

「そうや……それをコロッと忘れとったわ……なあ、運チャン……どこぞいいホテル知らんかいな」

尋ねられた運転手は困惑気な顔で振り返った。都内のホテルはあまり知らないようである。

「……さよか……千葉の車じゃあ無理かもしれまへんなあ……」

年嵩の男は、頼む方が悪かったという風に、二、三度大きく頷いた。

呉服橋を通り過ぎて、車は東京駅の前を走っている。

松崎は、築地の社へ顔を出そうと考えていた。原稿は電話で送ってあったが、ゲラ刷りを見る仕事がまだ残っていた。

東京駅で降りても、銀座で降りても、どのみち別なタクシーに乗り換えなければならなかった。

この三人の男たちには、好奇心以上の興味があったが、しょせんは、行きずりの人間に過ぎない。

〈……また会う時もあるだろう……〉

そう思って、

「そのあたりで降ろしてくれ……」

と松崎は運転手に声を掛けた。

すると、松崎の隣に座った男が、

「どこまででっか……急ぐ旅やおまへんし、近くなら送りまっせ……」

と親切そうに申し出た。

「ええ……築地なんですが……」

遠慮がちに松崎が答えると、

「運チャン……築地やそうや……行ってんか……」

いやも応もない。五万円もチップを弾んでくれた上客である。運転手は黙って頷くと、有楽町の手前を左に曲がり、電通通りに車を向けた。

築地本願寺の脇を通り、小さな陸橋を渡った右側に松崎の社がある。

東洋スポーツの看板が、大きく見えてきた。

「あの新聞社の前でいいです……」

運転手にそう言い、松崎は乗り合わせた三人の男たちに、礼を言おうとすると、

「失礼でっけど、オタクハンは、東洋スポーツの人でっか？」

ちょっと意外だったという表情で年嵩の男が尋ねた。

「ええ……」

相手が何を訊こうとしているのか測りかねて、松崎は短く答えた。

「競馬の記者さんでっか？」

「まあ、そんなところです……」

ドアを半開きにしたまま、松崎は頷いた。

「よろしかったら、御名前を教えてくれませんか……」

助手席の男が、言葉を引き継ぎ、にこやかな顔で訊いた。

「松崎と言いますが……」

他人の名を訊いてどうするんだ……と怪訝《けげん》そうな表情になった松崎が、三人の顔を順ぐりに見ていくと、男たちは、互いに顔を見合わせ、嬉しそうな笑いをみせた。

「知ってまんがな……そうでっか、オタクハンが松崎はんでっか……」

「こりゃあ、奇遇や」

と、勝手に喜んでいる。

松崎が馬券で大勝負しているという噂は、競馬記者たちの間でかなり知られているが、一般のファンは知るよしもない。しかも、東スポの読者ならまだしも、関西の人間が松崎の名を知っているのは不思議である。

〈……コイツら、ヒョッとして俺をからかっているのでは……〉

と松崎は思った。当惑気な松崎の表情に気がついたのか、急に年嵩の男は、真面目な顔になり、

「実は……折り入って頼みたいことやら、ジックリ相談したいことがあるんですわ……よろしかったら、後ほどホテルを取ったあと電話しますさかい、連絡する場所なり、電話番号を教えてもらえまへんでしょうか……」

恐縮しきった口ぶりで、小さく何度もその男は頭を下げた。

真剣な顔つきである。

「別に私は、かまいませんが……」

相手の真意がどこにあるのか……皆目見当がつかなかったが、なんとなくひかれるものがあった。

一レースに六百万もの銭を平然とぶち込み、三千万円にした男たちである。松崎の脳裏には、つい二時間ばかり前の強烈なシーンが焼きついていた。


その晩、松崎と男たちは、品川のホテル・パシフィックで会った。

ホテル・パシフィックは、品川駅前の高台にある。松崎のアパートから歩いて五、六分の近さで、レギュラー以外の女と遊ぶ時、松崎もちょくちょく利用していた。

三階のロビーに、男たちは待っていた。

「忙しいところ、わざわざ御足労かけて、えらくすいまへんな……」

ロビーの隅にあるボックスで、何やら楽しげに語らっていた男たちは、松崎の姿を見ると、シートから立ち上がり、手をさしのべてきた。

「高須いいます……よろしゅう……」

年嵩の男が自己紹介して、名刺を出した。

変な名刺であった。高須義雄という名前と、連絡先の電話番号が刷り込まれているだけで、肩書なり、会社名はなかった。

「芳本ですが……」

「市丸修二です……」

後の二人は、そう名乗っただけである。

得体の知れない人間たち……という最初の印象は、名乗りあった後、更に強くなった。

「まあ、ここでは長い話もできしまへんから、上に行きまっか……」

高須という男は、そういうと、松崎を促すようにして、エレベーターの方へ歩き出した。

ホテル・パシフィックの三十階にあるブルーパシフィックでは、外国人客や、生活の楽そうな人間たちが、静かにワインを傾けながら、ショーを楽しんでいた。

旅慣れている男らしく、高須は、案内に立ったボーイに、さり気なくチップを弾んだ。

銭の威力は効果てきめんで、松崎たち四人は、品川駅とその後方に続く東京湾の夜景が一望に見渡せる、窓際のテーブルに案内された。

松崎は、水割りと、スモークサーモンを注文した。

男たちは、松崎の聞いたこともないようなブランデーの銘柄を言い、びっくりするほど値の張るキャビアを四人前オーダーした。

「食うのは安いもんや……」

「ホンマや……ハズレ馬券じゃあ、どんなぎょうさんあっても、腹はくちくなりまへんからなあ……」

田舎モンの大金持ちが、虚勢を張って、高い物を注文するあのいやらしさは三人にない。

いつも、そんな物を呑み食いしているらしく、言い馴《な》れた口調であった。

料理と酒が運ばれ、ややくつろいだところで、年嵩の高須が、三人を代表するような口ぶりで、話を切り出した。

「折り入っての相談いうのは、ほかでもない馬券のことなんやけど、わたしたちのグループに協力してもらえまへんか……いうことなんですわ……もちろん、毎月ギャラも払いますし、いい情報で儲けた時はボーナスも払います……どうでっしゃろう？承知してもらえまへんか……」

おおよそのことは、帰りのタクシーの中で三人が喋っていた話の内容から察しがついていた。

だが、なぜ、松崎にそんなことを依頼するのか疑問が残っていた。

「これは！　……いう自信のあるレースだけ、電話してくれたら、いいんですわ……相手馬や、買う馬券の目は、自分たち三人で相談して決めますさかいに……」

「でも、なんで私なんかに……。もっと優秀なトラックマンや、新聞記者はたくさんいるでしょうに……」

返事を即答しかねて、松崎は探りを入れてみた。

「いやいや、そんなことはありませんがな……それに、うちらが望んでいるのは、真面目に、ただきゅう舎を回ってありきたりの話を聞いてくる人じゃありまへん。新聞社なら、それでいいかも知れまへんが、そんな話は馬券の参考にも目安にもなりまへん……そんなこったあ、松崎さんも馬券で大勝負するさかいよく御承知の筈でっしゃろが……」

「ワシら、馬券で食べていこう思うとる人間には、公式発言はいらんのどすわ……騎手やきゅう務員の、本ネが訊きたいんや……」

高須と市丸が交互に口をはさんだ。

松崎は、しばらくの間、黙って三人の話を聞いていた。彼らは驚くほど、きゅう舎の内部事情に詳しく、トラックマンたちのことも熟知していた。

どの記者とどの騎手が深く付き合っているか、あのトラックマンとこの騎手は家族ぐるみの交際をしているといった、松崎の知らないことまで彼らは知っていた。

「色気のあるところへ、行きましょうか……」

のっそりと立ち上がった高須たちに松崎は〈……やってみるか……〉と腹の中で考え、頷いていた。

3

高須たちが松崎を案内した店は、四谷三丁目の交差点脇にあるこぢんまりしたクラブ風の店であった。

入り口のところで松崎を振り返った市丸という男が、恐縮したような口ぶりで言った。

「日曜やなければ、銀座に知ってるところもあるんやが、まあ、今晩は一つこのあたりで許してくださいな」

だが、戸外《そと》から受ける店の印象とは大違いの、酒落た造りで、ホステスも洗練された感じの子が七、八人もいた。客種もよさそうな、落ち着いた雰囲気である。

高須たちの馴染《なじ》みの店らしく、マスターらしい男とママが挨拶にきて、親しげに口をきいている。

酒が入り、ホステスたちが賑《にぎ》やかにハシャギだすと、高須たちは、仕事の話をピタリと止め、ユーモアに富んだ小噺《こばなし》を次々と繰り出して、座を笑わせた。なんとなく構えた感じで、水割りを空けていた松崎も、しだいに打ち解けた気分になって、笑い転げるほど、座持ちが巧く、遊び馴れていた。

午前一時を過ぎると、客は松崎たちのボックスだけになった。

女の子も帰りはじめたが、なぜか四人だけ残った。ママが、目顔でサインを送り、頷いて承知した子が居残ったようであった。

「右の子……気に入りましたか……よろしかったら今晩どうです……話は通っていますから……」

芳本という男が松崎の耳元で囁《ささや》いた。

小柄で松崎好みのタイプである。しかし、松崎は他人にあてがわれた女を抱く気にはなれなかった。

「ええ……でも……」

それはまずいですよ……と松崎は言おうとしたが、隣のその子がチラッと目を動かし、松崎の言葉に聞き耳を立てているような気がして、語尾を濁した。

高須たちは、はなから、その気で来たらしく、自分の隣に座った女と、親しげに話している。松崎は、ホテル・パシフィックで高須たちが依頼した仕事の話をケロッと忘れてしまったのではないかと、いらぬ心配をしていた。承諾する気になったのを、なんとなくはぐらかされているような気さえした。

女たちが着替えに席を立つと、そんな松崎の腹の中を見透しているように、身を乗り出した高須が、

「さっき、お話しした件、よろしう頼みますわ……それと、松崎さんの口座番号を教えてくれまへんか……」

承知するものと決めてかかっているようなニュアンスである。

確かに、誰が聞いてもオイシイ話である。情報を取材して電話で教えれば、毎月ギャラが貰え、しかもそれが当たればボーナスまでくれるという嘘《うそ》みたいなうまい話である。断るわけがないと高須たちが考えても、当然であった。

「お役に立てるかどうか、自信はありませんが……」

と松崎が頷くと、満足そうな顔をした高須たちは、勢いよく立ち上がった。

タイミングよく、奥の控室から女たちが現れ、自分が付き合うことになってる男の腕を握ってきた。

四組のペアになって、店の外へ出た。めいめいが勝手に車を拾ってホテルへ帰ることになっているようだった。

さすがに、午前二時を過ぎた日曜日の四谷周辺は、行き交う車も少ない。

深夜も営業しているスーパーマーケット『セイフー』のネオンだけが、点滅を繰り返している。

「全員が同じ場所に立ってても、ラチあかんからここで別れましょうや……」

高須の提案に皆、苦笑しながら同意した。

「これ……受け取ってや……気にせんでええがな……」

金が入っているらしい白い封筒を、松崎のポケットにソッと入れた高須は、

「あす昼頃、パシフィックのロビーにきてくれまへんか……ちょっと頼みたいこともあるんですわ……」

と言ったあと、女の腕を引っ張るようにして踵《きびす》をかえし、松崎の傍から離れていった。高須たちと別れたあと、松崎は新宿のラブホテルに泊まった。

あまり気は進まなかったが、成り行きに任せたような感じであった。知らない女と寝ても、松崎はどこか醒《さ》めた部分があって、セックスに没頭できない。一回終えたあと松崎は、すぐに寝てしまった。

翌日、ホテル・パシフィックで高須たちと待ち合わせた松崎は、部屋に案内された。

そして、いきなり目の前に積まれた札束に、驚かされた。

五百万円近い金である。

競馬場で払い戻した金の一部らしくかなり古ぼけた札である。

「ずいぶんあるもんですね……」

うず高く積まれた札束を、上から押すように手で触った松崎が、

〈この金をどうするんです？〉

という風に高須たちに、目で尋ねた。

「松崎はん……実はやなァ……密度の濃い情報を流してもらう仕事の他にもう一つ頼まれてほしいことがあるんや……アンタなら大丈夫やと、信用しての、話なんやが……」

「…………」

「ゆうべも話したように、ワシらは、三人の意見が一致した時に、その競馬場へ行って馬券を買うことにしとるんやが、関東と関西に一つずつ、どうしても、勝負したいレースが、たまにあるんや……。今までは、そんな場合、関東のレースを諦めていたんやが、よく考えてみると実に勿体《もったい》ない話や……といってやな、馬場状態や馬体重、人気、馬の気配など、やはりレースの直前にならんと、前の日に相手馬の選択やら、駒の賭け方など決めかねるケースが多いやろ……そやから、馬券を頼むわけにもいかんのや……その点、松崎ハンのように記者席にいて社の電話が自由に使える人は、レースの直前でも関西にいるワシらと連絡がとれるやろ……」

タバコをくわえ、ライターを取り出した高須に代わって、市丸が話を引き継いだ。

「早い話が、ワシらの銭を松崎さんに預かってもらい、こちらで指示するレースを競馬場で買ってほしいんですよ……」

「そんなことだったら、お安いご用ですよ……まあ、スタートの五分前にでも連絡をくだされば、窓口まで走りますから……」

松崎がそう言って頷くと、高須は、テーブルの上の札束を松崎の方へ押しやり、

「じゃあ、とりあえず五百万、置いていきますわ……」

と、こともなげに言った。

それまで、ベッドの上に腰かけ、松崎と高須のやりとりを黙って聞いていた芳本が、のっそりと立ち上がり、

「三年前、ある専門紙のトラックマンに、これと同じことを頼んだんですが、ふざけた奴で、預けた銭もろとも姿を消しましてね、捜すのに十日ほどかかりましたよ。ノミ屋を利用したこともあるんですが、金額が大きいだけに、当てられると苦しがりましてね、入った入らない……で揉《も》めたこともあって、それからノミ屋はやめたんですよ……」

淡々とした口調であったが、松崎に（変な気を起こすなよ）と警告しているようなニュアンスがあった。

芳本は、三人の中では一番口数が少なく、どこか崩れた雰囲気を漂わせていた。

五百万は、彼らにとってはハシタ金にしか映らないらしく、預かり書などは請求しなかった。


「男と男の約束ごとですから……」

袋の中に金を入れる時、芳本が松崎に聞こえるように呟いた。

午後の便で帰るという、高須たちと別れ、松崎はアパートへ帰った。以前、金を隠していたベッドの下にとりつけた布袋の中に、預かった金をしまい込んだ。


翌週『ダイヤモンドステークス』が行われた日、高須から記者席に電話がかかってきた。

勝負レースがある時は、前もって連絡することになっており、松崎は高須たちから預かった金は、競馬場に持ってきていなかった。

「どうです調子は……儲かってまっか」

「取ったり取られたりですよ、今週は、いいレースがなさそうだったんで電話しなかったんですが」

松崎が、そう答えると、高須はダイヤモンドSの出走馬の気配やらオッズをこまごまと訊き、最後に馬場状態のことを根掘り葉掘り尋ねた。

良馬場発表であったが、二レース前に行われた『菜の花賞』の勝ちタイムは、千八百メートル一分五十三秒四である。四歳の六百万クラスの特別レースにしては、二秒ほど時計が遅いし、しかも勝ったパリアッチは、皐月賞《さつき》が道悪になれば……と一部で伏兵視されている馬であった。

「そうでっか……じゃあ、馬場はまだ完全に回復しとらんようやな……」

高須の口ぶりに失望したような響きがあった。

「いやな……これは情報やないんやが、三千二百メートルで馬場が乾いておるんなら、トウショウロックが面白い思うたんやが、そんな馬場じゃあきへんな……」

アッサリと諦めた高須は、そう言って電話を切った。

〈トウショウロックに気があるなんていってるようじゃあ、たいしたことないな……〉

松崎は高須からの電話を切ったあと腹の中でせせら嗤《わら》った。

五歳暮れのステイヤーズSを勝ったトウショウロックも、六歳になってからは全く精彩がなく、以前の軽快な先行力と粘りがなくなっていた。峠を越した七歳馬、しかも不得手の渋い馬場とあって、人気も八頭立ての六番人気と低かった。

松崎が席に戻ると、ファンファーレが鳴り、スタートが切られた。

グレートセイカンを先頭に、コクサイプリンスが指定席の二番手につけ、ゆるみないペースで馬群が流れて行く。トウショウロックは三、四番手を追走。以下カミノリユウオー、イシノアラシ、ハーバーヤングあたりが一団となって進む。

〈コクサイプリンスは、どうやってもからみそうだ……〉

二周目の向正面に入り、コクサイプリンスが先頭のグレートセイカンの外に馬体を並べかけた時、松崎はそう思った。

だが、4コーナーを回り、最後の直線に向いた瞬間〈まさか……〉と声にならぬ叫び声をあげた。

グレートセイカンが、外からかわしにかかってきたコクサイプリンスと、ホッカイノーブルを振り回すように馬体を外に持ち出したため、ガラッと空いた内をトウショウロックが一気に突き、先頭に躍り出たからである。

中島啓之のムチを浴びたトウショウロックは、力強い足どりでゴールを目指す。坂上からは、馬首を立て直したホッカイノーブルとの一騎打ちになり、ゴールでは首の差まで脅かされたが、ギリギリガマンしてしまった。
③－⑥は五千円以上のオッズであった。
意外なことのなりゆきに、スタンドはざわついている。

だが、松崎は結果に対しての驚きより、高須の鋭い洞察力に、肝を冷やす思いであった。

〈もう、高須がトウショウロックからの流し馬券を、五万ずつぐらい立て替えて買っ

てくれと頼んでいたら、喜んでノンじまったんじゃないか……〉

　そう考え、背筋が寒くなるのを覚えた。

　と同時に、かなりトウショウロックに色気を示しながらも、馬場状態を確認すると、アッサリ買うのを諦めたあたりに、高須たちの馬券に対する厳しさを、改めて見せつけられたような気がしていた。

〈遊びや楽しみの要素が少しでもあるようでは、馬券で食っていけまへんわ……〉

　四谷のクラブで、高須たちがそう言った時、松崎は〈わかったようなことをいってやがる〉と内心では反発したものだが、現実に、そのセリフ通りのことを実証されると、舌を巻かざるをえなかった。

　朝のレースから、最終レースまで、張り駒の厚い、薄いはあるにしても、ばんきり勝負したくなる松崎たちには、確かにレースを楽しむ……という甘さがある。これ！という自信のあるレースに一発必中の覚悟で、ドーンと勝負する高須たちに比べ、馬券に対する心構えの点で、大きな隔たりのあることを、松崎は思い知らされていた。

　築地本願寺の脇にある社へ上がり、原稿を書いていると、ノミ屋の梅原から電話があった。

　赤電話らしく、せき込んだ口調で、今晩会って話したいことがあるという。

約束した九時少し前に『ベラミ』に松崎が行くと、時間に正確な男らしく梅原は、奥のボックスで待っていた。

めっきり薄くなった額《ひたい》の毛を気にしているのか、手で撫《な》でるようにたくし上げた梅原。松崎が対面に座ると「景気はどうなの……あまり品川で見かけなくなったもんな……もっとも俺も用がある以外は、うろつかないから……」と、ニヤニヤしながら、言った。

「相変わらず空気を売って儲けてるんだろ？　顔のツヤがいいもん……頭が禿《は》げたって銭があれば大丈夫……女はついてくるよ……」

冗談めかして松崎が皮肉ると、梅原は、声を落とし、マジな口ぶりで、

「実は、その商売のことで相談があるんだが……」

と松崎の気をひくような、含みのある顔で言った。

「なんだい、また別のノミ屋でも殺そうっていうの……」

そこまで言うと、梅原は首を振った。

「実は……」

どんぐり眼《まなこ》を狡《ずる》そうにしばたいた梅原は、コーヒーカップをテーブルの隅に押しやり、身を乗り出した。

「ぶっちゃけた話、なんだか、ここんとこ客がめっきり減っちゃって、どうしようも

ねえんだ。五百円だ、千円だの細かい注文ばかりで、経費倒れに終わりそうな気がしてきたよ。それで、いい客がいたら紹介してもらおうかと思って相談してんだが……」

松崎の反応を確かめるように、下から覗き込んだ梅原。

「もちろん、歩合は出すさ……客への一割落としは当たり前だが、客がやられた時は、やられの七分を松ちゃんにバックするよ……」

これならいい条件だろう……という風に、タバコをくわえ、松崎の言葉を待っている。

「客はいないこともないけど、万が一揉めたりすると、めんどうくさいからな……梅さんの払いの堅いのは知ってるけど、仮に一千万もぶち当てられたらどうするの？」

そのくらいの銭はため込んでいるはずの梅原だが、松崎は、からかい気味にいってみた。

「大丈夫だよ……俺もこの商売やって長いんだぜ……客がパンクして逃げられたことはあるけど、銭がツケられなかったことは自慢じゃないが、一度もないよ」

軽く見られたもんだ……と怒った口ぶりで梅原は言い、タバコを灰皿にもみ消した。

「よしんば、大銭打《ぶ》ちに一、二週やられても、長い目でみりゃあ、絶対にノンでる方が強いって……そうそう当たるもんじゃないよ、競馬なんてものは……」

梅原の信念というか、競馬哲学が出た。

松崎は、そんな梅原にジッと目を注ぎながら、ある考えに思いつき、自分は危険を犯さず、確実に儲かる方法があることに気がついていた。

高須たちが、松崎に馬券で買うよう頼んでくる目を、そっくり梅原にノマせるのである。

ハズレ馬券を見せる必要はないし、当たった時、銭がちゃんとつけば、高須たちに文句はないはずである。

高須たちの馬券がハズれれば、一割七分の落ちはソックリ松崎に入る。当たれば、高須たちから祝儀が貰えるのである。どっちに転んでも損のない役割である。

唯一の心配は、高須たちの、すさまじい買いっぷりからみて、当たった場合一千万円を超える金額を梅原が払わなければならぬケースだけである。

だが、松崎は、ずるがしこいところはあっても、銭に関しては堅いと定評のある梅原を信用していた。

「ひと目五十万近く買う客がいるけど……どうする?」

「キチンと清算してくれる客ならいい。なにせ、こっちはウワバミだからなんでも、のんじゃう……」

「払いは間違いない。俺が保証するよ……」

松崎は胸を叩いた。なにせ、銭を預かっているんだから、太鼓判を押せる。

「じゃあ……今週からその客、頼むよ……」

「ああ……俺がその人から頼まれて入れることにするから、入った、入らないで揉めるようなこともないしな……」

商談？　は成立した。

「お互いに、巧く儲けようよ……」

梅原は嬉しそうに、松崎に握手を求めてきた。

馬券を張って儲けている高須たちと、馬券をノンで儲けている梅原をぶつけさせ、松崎は、それを傍観しているだけで銭になるのである。

どっちが勝っても、松崎の懐は潤うのである。

『ベラミ』の前で梅原と別れた松崎は商店街を通り抜け、紀子のアパートへ向かった。

芙蓉と深い関係になってから、それまで付き合っていた由紀や淳子とは、自然に会う機会が少なくなっていたが、水商売ではない紀子だけは、週二回の逢う瀬を重ねていた。もちろん、芙蓉とは、ひんぱんに会っていた。鮫島老人も、二人の仲を、喜んでいるようであった。

紀子とは、いつか別れなければならないが、芙蓉と所帯を持つまでは、そう深刻に考える必要もなかった。

松崎は、何もかもが好転したことに、満足していた。

だが、『桜花賞』が阪神で行われた日、松崎は己の甘さを、イヤというほど思い知ることになった。

最終レースが②－⑥で決まった瞬間から、梅原がプッツリと姿を隠してしまったのである。

4

「イッテツオーが勝負らしいんや……ヒョッとして買うことになるかもわからんから、銭をあんじょう頼んますわ……」

土曜日の夜に、高須から連絡が入った。松崎の情報ではない。中山のトラックマンがネタ元らしかった。

イッテツオーは、最終レースに出ている。同枠のモリムサシの方が人気になっており、あまり巧味のある馬とは松崎には思えなかったが、言われるまま念のために預かった五百万円の銭を競馬場に運んだ。万一、五百万ソックリ一点で買ってくれと頼まれたら、いくら梅原でもノミ切れないと判断したからである。

『中山大障害』はバローネターフが圧倒的な強さでソネラオー以下をちぎった。そして、阪神競馬場の『桜花賞』は福永洋一のインターグロリアが、評判通りのスピードで人気にこたえた。

関西テレビの杉本アナの名調子に松崎が酔い、しばしその余韻に浸っていると、高須から記者席に電話がかかってきた。イッテツオーとモリムサシの同居した⑥枠からのオッズを尋ね、馬体重や単勝人気を細々と訊いたあと、

「イッテツオーの単勝に五十万、ワイエムセイコーとの⑥-⑦とイシノホークの②-⑥に五十万ずつ、アサヒサクラ、ユウスイとの③-⑥に二十万、モリムサシとの⑥-⑥ゾロ目に二十万、計百九十万買《こ》うてや……」と二度繰り返して言った。

松崎は、すぐに梅原に電話を入れ、ノム気があるかないかを訊いた。梅原は、しばらく待ってくれと言ったあと「⑥-⑦だけ五十万、馬券で買ってくれ……あとはソックリ呑む……」緊張した声で伝えてきた。

⑦枠のワイエムセイコーが、久々の出走にもかかわらず、単勝はダントツの一番人気である。

⑥-⑦は六倍前後の配当であった。⑦枠はからむ……と梅原は考えているようであった。

電話が何本もあるらしく、梅原と話してる間も、ひっきりなしに電話が鳴り、若い

衆が受けている声が聞こえてくる。

松崎は、馬券売り場へ走り、梅原が呑むのを拒んだ⑥－⑦の馬券だけ五十万、ユニットで買った。

松崎が馬券をポケットに忍ばせ、記者席に戻るとファンファーレが鳴って、最終レースのスタートが切られた。
④枠のキクノバンダが、ダッシュよく飛び出し、1、2コーナーを先頭で回り、二番手に外から郷原のワイエムセイコーがつけた。
イッテツオーは、五番手をキープ。向正面に入ると、外を通ってジリジリ進出。ワイエムセイコーの直後に上がってきた。淡々とした流れである。

〈……⑥－⑦で決まりそうだ……梅原の野郎……いい勘してやがる……〉
3、4コーナーで、スパートしたワイエムセイコーがキクノバンダをかわし、トップに躍り出ると柴田政人のイッテツオーもスルスルといい手応えで二番手に上がってきた。三番手以下は、やや離され気味である。誰も損せず、高須も梅原も、そして松崎も儲かる馬券ができ上がりつつあった。
だが、勝負は、最後の最後までわからないものである。成田の乗るイシノホークが、直線に入るとグイグイと脚を伸ばし、二頭の外に馬体を並べた。そして、早目の仕掛けが裏目に出たワイエムセイコーが力つきたように、競り合いから脱落した。

まばたきする間もない逆転劇である。しかも、写真判定にもつれ込んだイッテツオーとイシノホークの争いは、ハナ差でイッテツオーが勝っていた。

②－⑥は千九百五十円。イッテツオーの単勝は九百五十円もついた。千四百五十万円の払い戻しである。買いの百四十万を引いても、梅原の払いは千三百万を超える強烈な一撃であった。

松崎は、高須たちの鋭さに改めて驚愕すると同時に、梅原が約束通り、チャンと払えるのかどうか、さすがに不安を覚え、確認の電話を入れた。

しかし、梅原の電話は、何度かけても空しく、呼び出し音が聞こえてくるだけで、誰も出ようとしなかった。

脂汗が、松崎の全身から吹き出しはじめた。

〈まさか……〉

そんな筈はないと、二本ある電話の番号をとっかえひっかえ、狂ったように回し続けた。

だが、無駄であった。体の中から力が抜けていくような漠々とした思いであった。目に映るものは色彩がなく、松崎は品川へ戻る間、発狂寸前の錯乱した精神状態に陥っていた。

雀荘『ロン』に松崎は駆け込み、自分と梅原に繋《つな》がりのある人間にかたっぱしから電話を入れた。

そして、筋モンになっている後輩にも連絡をとり『ロン』へ集まるように伝えた。

〈梅原を探し、けじめをつけなければならない〉

怒りと焦燥の中で松崎は、何度もそう呟いていた。

五反田や大井町の繁華街で遊んでいる松崎の後輩の中には、梅原の顔を知っている者が多い。

立ち寄りそうな先を、手あたりしだいに洗っていく必要がある。

何ごとかと、おっとり刀で駆けつけた連中に、松崎は詳しい説明は省き「梅原を見つけたら、有無をいわさずしょっ引いてきてくれ……」

怒りをあらわにした口ぶりで、言った。

松崎が「雀荘」に人を集めている……という噂を伝え聞いた原田と山健も、姿を見せた。

この二人にも松崎は協力を頼まねばならなかった。梅原の若い衆である芦川や坂口の顔まで知ってる者は、限られていたからだ。

原田と山健にだけは、大ざっぱなところを手短に説明した。

「ホントかよ……まさか……」

松崎の話に、信じられないといった顔つきをした二人とも、千三百万を超える金額

を聞くと、

「それじゃあ、無理ないな……」

「誰だって逃げ出したくなるんじゃねえかな……」

金額のデカさに、納得がいったらしく、大きく頷いた。

〝他人の痛いのは百年我慢できる〟というが、事が事だけに、二人とも急に深刻な顔になった。
十四、五人の男たちが、狭い雀荘から飛び出していった。
そして、一時間もしないうちに、芦川と坂口が、キョトンとした顔で、松崎の前に引き連れられてきた。

五反田にある行きつけのスナックで飲んでいたところを、捕まえたらしいが、二人ともなんでこんな目にあうのか、わからないらしく、泣きそうな面《ツラ》をしてる。

「梅原はどこに行った、知らねえとは言わさない……」

凄むつもりはなくても、松崎の目は自然に険しくなっている。

だが、二人の言葉は、松崎のかすかな期待を裏切るものだった。

「最終レースが終わると、社長（梅原）が、計算は明日やるから帰っていいって、言ったんです……風呂にでも行ってこいって三万ずつくれたんです……ホントですよ……」

嘘をついてる顔ではない。無論、二人とも松崎が最終レースで、そんな馬券を注文したことなど知らされていなかった。

風をくらって逃げる……という表現がピッタリの、鮮やかな蒸発ぶりであった。梅原の女が途方に暮れて、逆に居所を捜してくれと、松崎や原田に泣いて頼むありさまである。

怒りをぶつけるやり場のない、やり切れなさと、絶望感にさいなまれながら、松崎は偶然を唯一の頼みに、捜し歩き回った。

しかし、それは全く無駄な努力であった。その匂《にお》いすら残さず、梅原は消えてしまっていた。

あまりに愚かな話すぎて鮫島老人に相談もできず、ましてや警察に足など運べない問題である。

高須から電話が入ったのは、梅原を捜し疲れ、半ばヤケ糞《クソ》になりはじめた金曜日の朝であった。

「皐月賞の翌日に、東京へ行く用事があるので、銭は送らずに持っててくれ……ヒョッとすると、皐月賞で勝負するかもわからへんから……」

と一方的に言って電話を切った。

松崎が、ちゃんと指示どおりに馬券を買ったものと信じ切っているのか、いつもと同じ口調であった。

いっそのこと、梅原の真似《まね》をして逃げてしまおうかとさえ真剣に考えた松崎だが、会社や、品川の連中の嗤《わら》いモンになるのだけは、耐えられなかった。

芙蓉を捨てて行くことも、オドオドとした逃亡生活を送る気にもなれない。だが、その高須の電話は、真っ暗闇《やみ》のトンネルの中に、かすかな光りを投げかけてくれた。

最後の最後、それこそ崖《がけ》っぷちに爪先《つまさき》で立ってやるような勝負を、賭けることができるかもしれないからである。実際にはないが、計算上の高須たちの金は、当たりの分千三百万円と預かり金の残り三百十万の計千六百三十万である。

松崎の手元には、⑥－⑦を五十万だけ買った残りの四百五十万と、自分の金二百三十万の計六百八十万がある。

その差額は一千万。

その金を、高須たちがやってくる『皐月賞』の翌日までに、作ればいいのである。馬券で勝負するしか、無論、道はない。

松崎は覚悟を決めた。

のるかそるかである。不思議と梅原を恨む気持ちは消え、自然と体中が震えるような興奮を覚えていた。

9

発馬 15.50
馬場外 15.20

第37回 皐月賞

（サラ四才オープン 牡57・牝55キロ）

〔芝〕 2000m

レコード 2.01.1 スズタカツバサ 54 東 50.9.20

連馬番	白 1 [1]	白 1 [2]	黒 2 [3]	黒 2 [4]	赤 3 [5]	赤 3 [6]	青 4 [7]	青 4 [8]	黄 5 [9]	黄 5 [10]	黄 5 [11]
父	ネヴアービート	ネプテユーヌス	ファバージ	ステユーペンダス	パーシア	ナデイア	パーソロン	フラツシユライト	⊗リュウファーロス	ハードリドン	㊥ネプテユーヌス
馬名	ヨシノリュウジン	テンザンサクラ	ハードバージ	ラッキールーラ	ニッセキハーミット	パリアッチ	パワーシンボリ	ソーウンムサシ	リュウキコウ	ボルテール	フジノミラージュ
母（勝数）	クリエイション（英）	サクラテンザン（4）	ロッチ（3）	トースト（17）	アンジエロ（0）	アオイトピックス（未）	スイートエメラルド（3）	ブランドフエイム（1）	リュウアイアンス（2）	スカイナー（2）	ウメノダイリン（2）
毛色	栗	鹿	栗	黒鹿	黒鹿	鹿	鹿	鹿	栗	黒鹿	鹿
性令	牡4	牡4	牡4	牡4	牡4	牡4	牡4	牡4	牡4	牡4	牡4
重量	57	57☼	57	57☼	57	57	57	57	57	57	57
騎手	中島啓	堀井	*福永洋	伊藤正	清水出	吉沢	安田富	*蛯名	久保敏	*郷原	的場
賞金	① 1970	③ 1600	① 1070	② 1850	② 1070	① 950	① 850	② 1670	③ 2520	① 520	① 590
本賞金	3820	3484	2182	4268	2704	1652	2284	3690	5350	1036	1320
母の父	クレペロ	アトランテイ	ダイハード	ハタリヨウ	インフアチユ	チヤイナロツプ	インデイアナ	ラナイフイケ	ザラズースト	ラヴアンダン	ネヴアービー
所属厩舎	㊡尾形藤	㊡松永善	㊡伊藤雄	㊡尾形藤	㊡星川泉	㊡佐藤正	㊥黒坂	㊡阿部	㊡久保	㊥二本柳	㊥久保金
パイオメツ			△	△		△	○		△	△	
C鶴田				△	△		△		○		
㊡鶴田賢			▲	◎		△	△		△		
㊥高野				△		△	▲		△		
㊒川口	△			◎		△	▲				
山崎正行	△			◎			△		△		
本紙			△	△		△	▲		△		
最高タイム（1600・1800・2000）	東D1380 東良1510	京良1381 名良1494	阪良1386 京D1555 阪稍2041	東良1367 中良1498	京良1379 名良1508	東D1396 中良1534	中良1372 東良1502	中良1375 名良1511	阪良1371 名良1489	中良1379 右D1474 中稍2062	東D1391 中不1566 中良2047
距離（短 マ 中 長）1着	3 0 1 0	2 1 0 0	0 0 1 1	1 1 1 0	1 1 1 0	1 0 2 0	1 1 0 0	3 0 0 0	2 1 1 0	0 0 0 1	1 1 0 0
2着	1 1 0 0	1 0 0 0	0 1 0 0	2 2 0 0	2 0 0 0	0 0 1 0	1 0 1 0	2 0 0 0	1 0 0 0	2 0 0 0	0 0 0 1
3着	0 0 0 0	0 0 0 0	0 1 0 0	1 0 0 0	0 0 0 0	0 0 0 0	1 2 0 0	0 0 0 0	0 0 0 0	1 0 0 0	0 0 0 0
着外	1 1 1 0	1 0 2 0	5 0 0 0	0 0 1 0	3 3 1 0	0 1 0 0	2 1 1 0	1 2 1 0	1 0 1 0	3 1 0 0	1 0 1 0
前走4	1東1.5 ①600万 1 ダ1255 54大崎92 484 1½身 8ト4ヲ4人 好抜出395 向3三3四3 Hメジロモガ	4名12.19 ⑧三才 1 西1232 53河内99 484 1¾身 11ト3ヲ1人 逃切る369 向1三1四1 Mエーワンコ	5阪12.12 ④寒 3 天1386 53内田82 454 1½身 14ト7ヲ2人 後方伸374 向10三8四8 Mダービーボ	5中12.19 ⑥ひいらぎ 2 天1368 53伊藤正88 556 2½身 6ト1ヲ2人 二位粘380 向2三2四2 Mプレストウ	2京2.19 ⑦幹 6 天1392 54清出80 488 4½身 7ト5ヲ6人 好一杯362 向2三4四5 Sファインニ	2東2.20 ⑧つ 5 ダ1396 54吉沢85 470 3身 11ト6ヲ7人 後方詰385 向8三7四10 Mフジノミラ	5中12.25 ❼旗 1 天1420 53安田富62 434 2身 16ト17ヲ4人 好位伸411 向7三4四3 Mトウフタフ	4中10.24 ❻新 4 壬1139 53岡部78 446 6身 9ト4ヲ5人 好位粘395 向2三3四4 Hセーヌスポ	5京11.13 ③幹 2 西1243 54久敏97 454 3身 9ト7ヲ2人 後伸も359 向8三6四7 Mナルタキサ	5中12.5 ②寒 4 天1379 51飯島83 498 7½身 18ト7ヲ6人 三カ月休 馬体調整	1東1.23 ⑦若 9 ダ1284 54的場72 432大2.9 12ト10ヲ5人 後方侭398 向8三8四9 Mメイワテツ
前走3	1東1.22 ⑥ジュニ 2 ダ1380 55大崎93 488 ハナ 7ト2ヲ2人 直競負377 向3三3四2 Mワールドサ	1京1.16 ⑤ジンザ 1 天1381 55河内84 484 ½身 7ト1ヲ3人 一杯逃363 向1三1四1 Mナルタキサ	1京1.23 ⑦寒 1 ダ1555 54内田83 450 1½身 12ト9ヲ2人 先競勝390 向3三1四1 Mベルノタイ	1東1.16 ⑤新 2 天1367 54伊藤正90 556 クビ 8ト9ヲ5人 後方伸370 向6三8四5 Mヒレスビー	2名3.5 ⑤サ 2 芝1446 54清出88 494 1身 9ト5ヲ2人 中伸も367 向5三5四5 Mゲローライ	1中3.6 ④300万 1 ダ1545 54吉沢80 462 クビ 10ト8ヲ1人 先抜出378 向3三2四1 Sテンマオー	1東1.16 ⑤新 5 天1372 54安田富88 434 3½身 8ト3ヲ6人 下益返374 向5三5四8 Mヒレスビー	5中12.12 ④朝日杯 5 天1375 54加賀84 452大3.1 6ト2ヲ4人 中一杯388 向3三4四4 Hマルゼンス	5阪12.19 ④三才 1 天1371 54久敏90 454 クビ 7ト4ヲ5人 殿一気355 向7三6四6 Hオーブツフ	1中3.5 ③寒 3 ダ1148 54飯島83 492 5身 14ト12ヲ1人 中伸も386 向7三8四6 Mペリーゴー	2東2.20 ⑧つ 1 ダ1391 54的場87 434 1½身 11ト10ヲ8人 中位伸375 向5三5四6 Mプラザフオ
前走2	2東2.13 ⑥トキ 6 天1510 55中島啓77 486 5½身 9ト1ヲ6人 先一杯384 向2三2四2 Mヒレスビー	1名2.13 ⑧ささ 4 天1494 55河内92 484 3身 10ト9ヲ1人 先一息367 向1三3四3 Mサユウキコ	2京2.6 ③ク 5 西1262 54内田93 448 9身 10ト2ヲ4人 四角不利381 向7三6四6 Mファインツ	2東2.13 ⑥トキ 4 天1507 55伊藤正79 556 3½身 9ト2ヲ2人 後方詰378 向6三5四4 Mヒレスビー	2名3.13 ⑧財 1 天1508 54清出85 490 ½身 7ト5ヲ3人 後方伸355 向6三6四4 Mナルタキサ	1中3.20 ❽[illegible] 2 天1539 56吉沢67 468 ¾身 14ト13ヲ2人 後方伸387 向10三11四8 Mブルーフイ	2東2.13 ⑥トキ 2 天1502 54安田富81 434 ½身 9ト6ヲ4人 中位伸373 向5三5四4 Mヒレスビー	1東1.16 ⑤新 6 天1388 56加賀80 456大2.1 8ト7ヲ7人 先一杯392 向2三2四4 Mヒレスビー	1名2.13 ⑧ささ 1 天1489 55久敏95 450 クビ 10ト6ヲ5人 後鋭伸356 向10三9四6 Mスタイリス	1中3.19 ❼寒 1 ダ1474 52加藤和78 488 1½身 14ト7ヲ3人 好抜出391 向7三7四5 Mウインザボ	1中3.13 ⑥ヴイ 2 芋2047 54的場82 436 アタマ 9ト1ヲ3人 先行伸381 向3三3四1 Mエースドラ
前走1	2中3.27 ❷スプリン 1 天1560 56中島啓57 478 1½身 9ト2ヲ6人 鮮逃切393 向1三1四1 Sスタイリス	2中3.27 ❷スプリン 7 天1573 56堀井50 490 7½身 9ト9ヲ5人 逃一杯407 向2三1四1 Sヨシノリユ	1阪3.6 [4]毎 1 芋2041 54内田79 440 1½身 12ト8ヲ10人 後方伸368 向8三8四2 Mケイツナミ	1中3.6 ④[illegible] 1 天1498 55伊藤正88 540 ¾身 12ト1ヲ5人 先行伸370 向1三2四2 Hカネミノブ	2中4.3 ④幹 4 天1528 56清出73 486 2½身 6ト3ヲ2人 後方詰371 向6三6四5 Sワールドサ	2中4.3 ④智 1 天1534 54吉沢70 466 1½身 12ト6ヲ3人 好位伸374 向2三3四2 Mマツアイダ	1中3.6 ④[illegible] 4 天1503 55安田富85 436 3身 12ト11ヲ3人 中位伸367 向9三7四6 Hラブキール	1名2.13 ⑧ささ 10 天1511 55加賀84 456大2.2 10ト5ヲ8人 後方侭380 向8三10四10 Mリユウキコ	2中3.27 ❷スプリン 4 天1565 56久敏54 448 3身 9ト4ヲ2人 後方詰391 向7三9四6 Sヨシノリユ	2中3.26 [1]弥生 1 芋2062 54加藤和74 486 5身 10ト9ヲ6人 先抜出375 向2三2四1 Mスカイスポ	2中3.27 ❷スプリン 5 天1566 56的場54 436 3½身 9ト1ヲ7人 四角頭398 向3三3四1 Sヨシノリユ
コース別 左回り芝	0 1 1 2	2 0 0 1	0 0 1 1	1 0 0 2	1 0 0 2	0 1 1 1	0 0 0 2	0 0 2 1	1 0 0 3	0 0 1 1	1 1 0 0
左ダート	0 2 0 0	0 0 1 0	0 0 0 1	2 0 0 2	2 0 0 1	0 0 0 1	1 0 0 1	0 0 1 1	0 0 0 1	0 0 1 1	0 0 0 1
右ダート	0 0 0 0	0 0 0 0	0 0 0 1	0 0 0 1	0 0 0 0	0 0 0 0	1 0 0 2	0 0 0 0	0 0 0 0	0 0 1 0	0 0 0 0
右回り芝	3 0 0 0	1 0 0 2	0 0 3 2	1 0 0 0	0 0 1 6	0 1 0 0	1 0 0 3	2 0 0 2	0 0 0 2	1 0 0 3	0 1 0 1
芝重・不良 ①②③外	1 0 0 1	0 0 0 1	0 0 0 2	0 0 0 0	0 1 0 3	0 1 0 0	1 0 0 0	0 0 0 1	1 0 0 1	0 0 0 1	0 0 0 1
短評	前回好走	ピーク過	鞍上強化	競り強い	速下一杯	充実示す	今度は骨	逃げても	雪辱期す	一皮むけ	調子良い

賞金
3700
1500
930
560
370

芝内2000m

推定 2.03.1

条件早見表

サ	600万	沈丁	300万
わかば	600万	寒	300万
ひいらぎ	600万	館	300万
ヴイ	600万	すみれ	300万
ジュニ	600万	弥生	300万
智	600万	桜	300万
鯖	300万	つ	300万
旗	300万	椿	300万
甜	300万		

馬身とタイム差
1馬身=0.2
6馬身=1.0

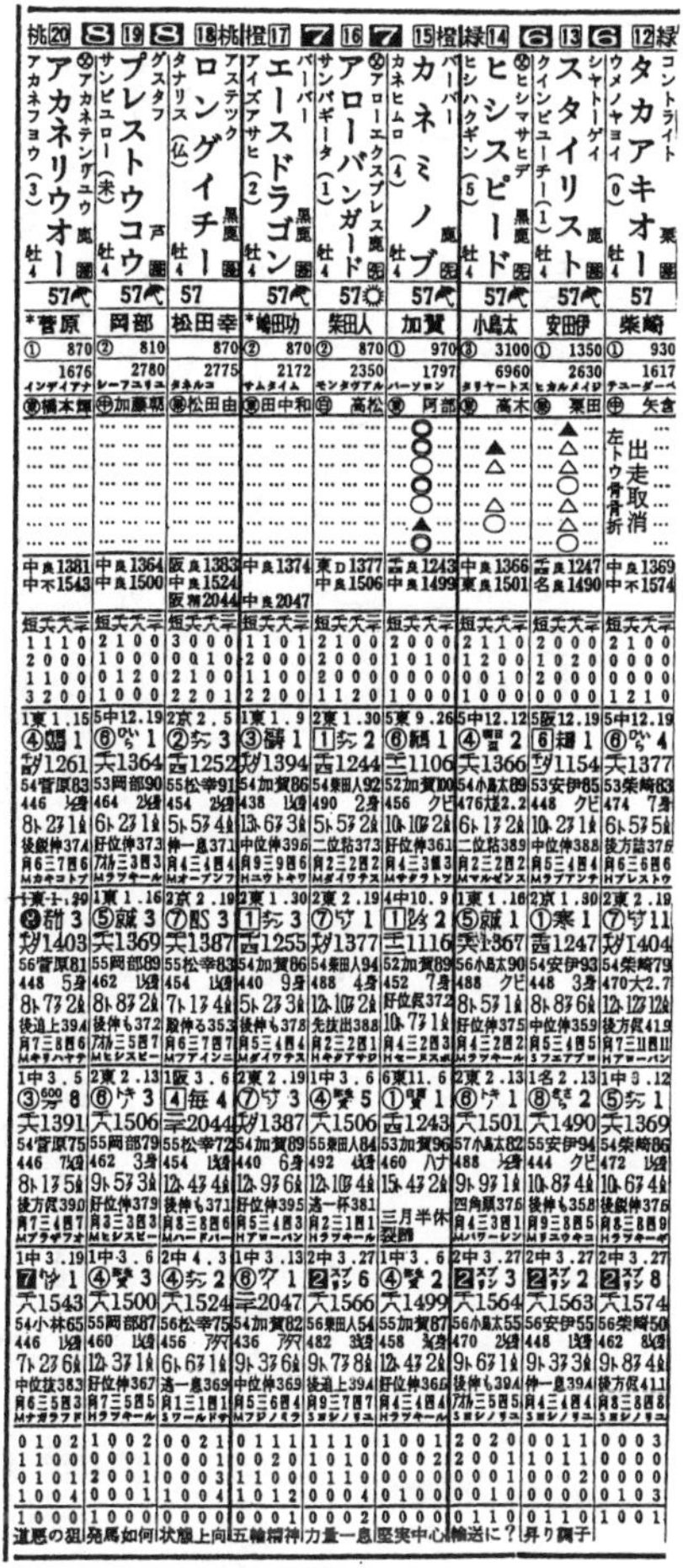

20	19	18	17	16	15	14	13	12
アカネリウオー	プレストウコウ	ロングゲイチー	エースドラゴン	アローバンガード	カネミノブ	ヒシスピード	スタイリスト	タカアキオー
57	57	57	57	57	57	57	57	57
菅原	岡部	松田幸	嶋田功	柴田人	加賀	小島太	安田伊	柴崎

新芽を伸ばし、春風に葉裏をそよがせる中山の芝生は、青く瑞々《みずみず》しかった。遅咲きの牡丹桜が、陽炎《かげろう》に揺れ、ちぎれ雲の中を泳ぐように鯉《こい》のぼりがなびく。

のどかな日曜日である。

だが、松崎にはそんな情緒を愉《たの》しむゆとりなどない。

刻々と迫ってくる〝その瞬間〟を待つだけであった。退くことの許されないただ一つの道である。

しかも、それは確実に、間違いなくやってくる……。

ややもすれば萎えがちになる気力を、松崎は〈負けてたまるか〉と腹の中で叫ぶことによって奮い起こしていた。

皐月賞に挑む十九頭の馬たちが、馬場に散っていった時、高須からの電話が鳴った。口唇が乾き、喉《のど》から自分でも信じられないようなひからびた声が出ていた。

「風邪でもひいたんかいな……あんじょうたのんまっせ……」

軽口を叩いたあと、

「②枠からの流しや……、ええか、いきまっせ……①－②百万、②－④六十、②－⑤百、②－⑥二百、②－⑦百……や、この五点に五百六十万や……」

メモを取る松崎の字は、小刻みに震えた。

〈しっかりしろ！　……〉

と己れを叱咤するのだが、字が斜めに走るのを抑えることはできない。

松崎に買い目を読み返させた高須は、

「黒い帽子がくるのを祈ってや……」

と小さく笑い、電話を切った。

高須たちの狙いがラッキールーラなのかハードバージなのか判然としない。しかし、今の松崎にとって、そんなことはどうでもいいことであった。

高須の言った目を、言われたとおりに買うわけにはいかない状況なのである。といって、高須たちの恐るべき勘というか洞察力を全く無視するのは、墓穴を掘ることであった。

〈②枠は絶対にからむ……〉

錯乱しかける頭の中で松崎は呟いた。②枠がからみなおかつ松崎が助かる道は、一つきりしかない。

②枠からの抜け目を買うのである。

松崎は走った。そして、狂ったように、馬券を買い漁《あさ》った。

②－②、②－③、②－⑧に、百万円ずつぶちこんだ。

松崎の周りに人垣が集まり、呆れたように覗きこんでは、さまざまな反応を示したが、もう、そんな周囲のざわめきなど眼中になかった。

松崎は、記者席に戻り、群衆で埋まったスタンドを見降ろした。

〈……もう賽《サイ》は投げられたんだ……〉

そう呟き、のっぴきならないところまできてしまった自分を、罵り、そして哀れにさえ思った。

お金をオモチャがわりに弄《もてあそ》んだむくいが、逆にその金によって翻弄《ほんろう》されることになろうとは……。

ホゾを噛む思いであった。

松崎は、虚《うつ》ろな視線を、色彩のまるでなくなってしまったターフに落とした。どう、しゃかりきになったところで仕方がないのである。

運を天に任せるしか術《すべ》はなかった。

激流にもまれる一枚の木の葉にも似ていた。

十九頭のサラブレッドがどう走るか——その答えが出た瞬間に、松崎の人生は大きく変わるはずであった。

高須たちの思惑どおりの結果になれば、松崎は莫大《ばくだい》な借金を背負いこむことになる。黙って許してくれるほど、高須たちは甘い連中ではない。おそらく、会社も辞めねばならぬ苦境に落ち込むことは火を見るまでもなく明らかである。

そして、よしんば、高須たちの馬券がハズれても、残り金の一千万円は渡さねばならない。これもできないことである。

だが、もし、②-②、②-③、②-⑧のどれかで決まれば、松崎は一気に楽になれる。

ポケットの中で静かに息づいている馬券の束は、当たりさえすれば高須たちにソックリ払った上で、なお、あり余るのである。

天国と地獄以上の開きがそこにあった。

すでに、ゲートのまわりでは、輪乗りがはじまっていた。

松崎は、おそるおそる双眼鏡を手にした。

ひょっとすると、もうこの記者席から、競馬を見ることはできなくなるかも知れない……そんな思いがチラッと脳裏を走った。

だが、次の瞬間、フッと浮かぶものがあった。

〈もし、この勝負で負けたら、俺は競馬をやめるんだろうか……〉——と。

多分……やめないだろう……いや、やめるもんか……松崎は自問自答していた。

〈自分の好きな道で精一杯やってゆくのよ……それで駄目でも自分が納得できれば、しあわせよ……。極道ってのは、何もヤクザに限ったことじゃないんだ。いいか、悪いか結果はともかく、真っすぐにその道を進んでいくのも、極道なんじゃねえかな……〉

死んだ前川が、耳元で囁いている。

〈人間、とことんやるのよ……それで駄目なら往生すりゃあいい……〉

叔父の役者・政の口ぐせも……。

〈アタシも、こうなるまで、何十回、地獄を覗いたことか……負け犬になったら、人

間、終りですよ……〉

鮫島龍五郎も……。

するると、不思議に、今までの恐怖感にも似た、追いつめられた心境から、徐々に平静さが戻ってきた。

〈好きな道で苦労するんなら、それでもいいじゃねえか。落ちぶれて、二百円券一枚握りしめ競馬場の金網にぶら下がって大声出していたって、それも一生じゃねえか〉

そう思うと、急に気が楽になってきたのである。

生まれた時は、みな裸である。裸一貫からやり直せば、いいんだと――。

クラシックレースのスタートを告げる重い響きのあるファンファーレが高らかに鳴った。

次々とゲートの中に収まっていく馬。

芙蓉の顔が、

前川の笑い顔が、

鮫島老人の顔が、

そして、かつてあった出来事が走馬灯のように、なぜか頭の中をよぎっていく。

不意に、ゲートが開いた。

色さまざまな花がパッと散ったようにそれは見えた。

〈きれいだ……〉

松崎は、どんなレースの時でも味わったことのない感動を覚えた。

そして、張り裂けそうなほどの充実感を――。

かすかな蹄音を残し、松崎の前を、サラブレッドがよぎっていく――。

（馬柱提供：ケイシュウNEWS）

『極道記者』を生んだ品川の空気

井崎脩五郎

「日本の小説で、英訳のものすごく難しい小説といったら、何？」

競馬風俗研究家の立川末広のところへ、ニューヨークに住んでいる彼の知り合いから、そういう電話がかかってきた。日本語の翻訳家をめざしているアメリカ人の学生たちに、教材として与えるのだという。すでに英訳が出てしまっているものは除くのが条件。

立川末広の頭に、真っ先に浮かんだのが『極道記者』だった。

（あれはまず、英訳できっこねえよなぁ……）

そう考えて、ニューヨークへ本を送ってやったところ、半年ほどして、「アメリカ人の学生たちが頭を抱えている。それを見ているだけで楽しい。いい本をありがとう」という返事が来た。

アメリカ人の学生たちが、もっとも頭を悩ませたのが、やはり、地口や洒落。小説から言葉を抜き出して、この例文を作ったという。

「どうだい、調子は？」

「豚のケンカだよ」

「はは。トントン（豚々）か」

これを英訳するとなると、「どうだい、調子は？」という部分は苦もないが、そのあとが難しい。

豚のケンカを、字面どおり「Fight of pigs」と訳してしまうと、そのあとのトントンを「pig pig」とせねばならず、これでは何のことか、読む人はまったく見当がつかないに違いない。

こういう部分を意訳して伝えることが、翻訳家としての技術を上げる鍛錬になるのだそうだ。

アメリカ人の学生のなかに、この部分を、次のように意訳した人物がいたという。

「How's life?」

「Fight of bee」

「Oh, beeven《ビーブン》」

つまり、「どうだい、調子は？」と声をかけられて「蜂（bee）のケンカだよ」と答えているのである。

蜂（bee）がケンカをして、ブン（ven）という羽音を立てている。つなげると「beeven」で、これが「be even」（出入りなし）と同じ音で、意味が通じるという仕掛け。

手紙には、「この学生には満点をつけました。その彼にしても、『カラスのカーで返すから』には手を焼いています」と手紙にあったそうだ。

たしかに、『極道記者』の英訳には手を焼くだろうなあ。

東京の品川一帯でしか通じないような言葉が次々と出てくる。品川というのは、特別なところなのだろうかと思ってしまうのは、じつは随筆家で早稲田大学教授をつとめた品川生まれの岩本素白《そはく》（1883～1961）の随筆『東海道品川宿』にも、英訳不能と思われるような文章が出てくるからだ。

〈年寄りの人たちがまた面白い事を云うのを私は小耳に留めている。それは「おこもの門前、死に長屋、粥雑炊寺」と云うのである。新長屋から遠くない所に熊野神社と海蔵寺があった。昔は乞食が菰《こも》を着て歩いていたので「おこも」と呼ばれていた。お熊野さまの門前というのをもじって「おこもの門前」、新長屋を「死に長屋」、海蔵寺を粥雑炊寺というのは、上方《かみがた》の方では粥や雑炊を盛んに食べるようであるが、昔の江戸っ子や古い東京人は余りこれを食べない。煮花《にばな》をかけてお茶漬をさらさらとはやるが、粥や雑炊というものは病人か乞食の食う物ぐらいに思っている。何にしても景気のよくない物で、短い言葉の戯れでこの辺の空気を出しているのである。今は賑かな町に変っているだろうが、こんな語路《ごろ》があった程昔は淋しい陰気な所であったのである〉

そういう淋しい所にも生まれてくる、うつくしいものや、イナセなものを、スパッと切りとってみせたのが、『東海道品川宿』であり、『極道記者』なのだと思う。じつは映画『幕末太陽傳』もそう。

昭和32年に日活によって製作された『幕末太陽傳』（監督―川島雄三）は、品川の遊郭を舞台にしており、落語の『品川心中』が下敷きの一つになっている。

一銭もないのに品川の遊郭で遊んで飲んで、お大尽の限りを尽くした主人公の佐平次（フランキー堺）が、いざ勘定の段になって、払えるわけもないから遊郭で働いて返すことにする。しかし佐平次は悪びれることなく、遊女の恋文の代筆をしたり、勤皇の志士と仲良くなったり、廓の仕事をテキパキとこなして、なくてはならない人間となり、ある日突然、そろそろあっしはこれでとばかりに、廓を去っていくシーンがラストにある。そのときの佐平次の所作といったら、うっとりするほどの完璧。

うしろ手に広げて持っていた半纏を、肩越しにひゅっと投げ上げ、落ちてくるところをスパッと袖に両手を通すのだ。

一体、この所作、佐平次はどれくらい練習したんだろうと、思わず唸ってしまうような美々《びび》しさ。

そして同時に、こういうことを膨大な時間をかけて練習するのが放蕩者（＝極道）なんだよなあと、しみじみ分かるのである。

佐平次の頭の中で、出世や金儲けなどより、投げ上げた半纏の袖にスパッと一瞬で両手を通すことのほうが、価値が上なのだ。

その所作は、金なんかよりも、一瞬にしてその場の空気を変え、なんて格好いいのと、女はそこに惚れるのである。こういう洒脱をよしとする空気が、品川には濃厚にあったのではないか。

鈴ヶ森より鈴口《すずぐち》さ　幡随院《ばんずいいん》より御随陰《ごずいいん》

これは品川所縁《しょえん》の鈴ヶ森や幡随院長兵衛より、鈴口（亀頭の異称）や御随陰（自由にできる女）のほうが、ここじゃ大事なんだという品川発祥の相聞の戯歌《ざれうた》だが、たぶん、そういう空気なのではないかと斜推《しゃすい》するが、どうか。

（競馬評論家）

本書は一九九六年十二月に徳間書店より刊行された『極道記者』を定本としました。

なお本作品はフィクションであり、実在の個人・団体などとは一切関係がありません。

文芸社文庫

極道記者

二〇一六年四月十五日　初版第一刷発行

著　者　塩崎利雄
発行者　瓜谷綱延
発行所　株式会社　文芸社
〒一六〇-〇〇二二
東京都新宿区新宿一-一〇-一
電話　〇三-五三六九-三〇六〇（編集）
〇三-五三六九-二二九九（販売）
印刷所　図書印刷株式会社
装幀者　三村淳

ISBN978-4-286-17507-2

［文芸社文庫　既刊本］

トンデモ日本史の真相　史跡お宝編
原田　実
日本史上の奇説・珍説・異端とされる説を徹底検証！　文庫化にあたり、お江をめぐる奇説を含む2項目を追加。墨俣一夜城／ペトログラフ、他

トンデモ日本史の真相　人物伝承編
原田　実
日本史上でまことしやかに語られてきた奇説・珍説・伝承等を徹底検証！　文庫化にあたり、「福澤諭吉は侵略主義者だった？」を追加（解説・芦辺拓）。

戦国の世を生きた七人の女
由良弥生
「お家」のために犠牲となり、人質や政治上の駆け引きの道具にされた乱世の妻妾。悲しみに耐え、懸命に生き抜いた「江姫」らの姿を描く。

江戸暗殺史
森川哲郎
徳川家康の毒殺多用説から、坂本竜馬暗殺事件の謎まで、権力争いによる謀略、暗殺事件の数々。闇へと葬り去られた歴史の真相に迫る。

幕府検死官　玄庵　血闘
加野厚志
慈姑頭に仕込杖、無外流抜刀術の遣い手は、人を救う蘭医にして人斬り。南町奉行所付の「検死官」が、連続女殺しの下手人を追い、お江戸を走る！